Katja Büllmann
Eine einzige Reise kann alles verändern

PIPER

Zu diesem Buch

Reisen ist viel mehr als nur Urlaub machen: Es ist immer auch ein Flirt mit dem Schicksal, besonders wenn man alleine reist. Jede Reise zeigt uns neue Wege auf, und manchmal kann sie ein ganzes Leben verändern. Die Journalistin Katja Büllmann porträtiert fünfzehn Frauen, die weit weg von zu Hause ihre Berufung oder den Fleck der Erde gefunden haben, an dem sie für immer bleiben wollen. Sie überwanden persönliche Ängste, als sie sich ins Ungewisse aufmachten: die Münchnerin Elena, die nach Venezuela reiste, um ihren unbekannten Vater zu suchen; Marianne, der ein Aufenthalt in Sri Lanka die Augen öffnete und die heute Patenschaften für Kinder aus Asien und Mittelamerika vermittelt; Barbara, die auf Safari in Kenia ihr Talent für die Fotografie entdeckte; oder die Medizinerin Heike, die seit einer Indienreise für »Ärzte der Welt« arbeitet. Sie alle hat das Reisen zu neuen Menschen gemacht: stärker, mutiger und freier als zuvor.

Katja Büllmann, geboren 1969, ist Journalistin, Soziologin, Amerikanistin und Politikwissenschaftlerin. Sie weiß, dass sie die Welt kennenlernen will, seit sie mit neunzehn ein Jahr in Australien lebte. Mehrere Jahre arbeitete sie als Redakteurin und Textchefin für »Amica«, »Cosmopolitan« und »Freundin«, ehe sie sich als reisende Reporterin auf den Weg um die Welt machte. Heute lebt sie in Apulien. Mehr zur Autorin: http://katjabuellmann.wordpress com/

Katja Büllmann

Eine einzige Reise kann alles verändern

Frauen erzählen

Piper München Zürich

Mehr über unsere Autoren und Bücher:
www.piper.de

Ungekürzte Taschenbuchausgabe
1. Auflage Januar 2007
5. Auflage Mai 2010

Umschlagkonzept: semper smile, München
Umschlaggestaltung: Birgit Kohlhaas
Umschlagfotos: Jan Greune / LOOK
Autorenfoto: Anna Fiore
Satz: Satz für Satz. Barbara Reischmann, Leutkirch
Papier: Munken Print von Arctic Paper Munkedals AB, Schweden
Druck und Bindung: CPI – Clausen & Bosse, Leck
Printed in Germany ISBN 978-3-492-24863-1

Inhalt

Vorwort

Wer kennt sie nicht, die Biografien von furchtlosen Entdeckerinnen und Pilgerinnen, von weiblichen Pionieren der Lüfte und Meere, des Orients und der Antarktis? Dian Fossey, die Gorillaforscherin, ist darunter. Margaret Mead, die Ethnologin. Karen Tania Blixen, die »Jenseits von Afrika«-Heldin. Anna Maria Sibylla Merian und Alexandra David-Neel. Freya Stark und Gertrude Bell …

Lese ich ihre außergewöhnlichen Geschichten, und betrachte ich die Fotos der unerschrockenen Abenteurerinnen auf Pferden und Kamelen, in der Wüste, im Busch oder auf Bergflanken, dann bin ich beeindruckt davon, wie viel Mut diese Frauen gehabt haben müssen. Schließlich überwanden sie nicht nur persönliche Ängste, als sie sich ins Ungewisse aufmachten, sondern setzten sich auch über kulturelle, sexuelle und wirtschaftliche Barrieren hinweg, um ihren großen Traum zu verwirklichen. Das Reisen hat sie verändert, sie zu neuen Menschen gemacht – stärker, mutiger und freier als zuvor. Mit dem Perspektivenwechsel haben sich ihnen neue Horizonte eröffnet, ein neuer Blick auf die Welt und das Leben. Die Autorin Miriam Beard hat das sehr treffend auf den Punkt gebracht: »Reisen ist ein tief greifender

Wandel, dem wir uns unterwerfen, ein fundamentales Umdenken in Bezug auf das Leben.«

Haben Sie nicht auch schon mal davon geträumt, eine andere zu sein? Altes abzuschütteln, in eine neue Haut zu schlüpfen und in eine Welt einzutauchen, in der uns niemand kennt? Im Alltag sind uns die Hände gebunden. Da sind wir Berufstätige, Freundin, Mutter, Ehefrau, Partnerin. Da gibt es einen Terminplaner, viele Verpflichtungen, tausend Zwänge – und keinen Platz für Experimente. Nur auf Reisen, da lockert sich das Korsett ein wenig. Und genau diese Freiheit wirkt unglaublich erlösend. Schon das Blättern in einem schönen Bildband oder ein günstiges Angebot im Schaufenster eines Reisebüros kann die Reisesehnsucht in Gang setzen. Vielleicht kitzelt aber auch eine Geschichte, erzählt von der besten Freundin bei einem Glas Wein, Ihr Fernweh wach?

Reiselust ist nichts anderes als Vorfreude auf den Flirt mit dem Zufall, ein lustvolles Spiel mit dem Schicksal. Kaum verlassen wir das Haus, mit Rucksack über der Schulter oder dem rollenden Samsonite im Anschlag, beginnt das große Abenteuer. Und bereits die Sitzplatzwahl im Zug, der Cappuccino-Stop im Transitbereich am Flughafen oder ein harmloses Gespräch im Überlandbus mit dem Sitznachbarn kann eine wahre Kettenreaktion auslösen.

»Nicht Menschen machen Reisen, Reisen macht Menschen«, hat John Steinbeck geschrieben. Und er meinte damit ganz bestimmt nicht die Pauschal-Nummer »all inclusive«. Man muss schon mal an seine Grenzen gehen, die Komfortzonen des Massentourismus verlassen und Selbst-Erfahrung zulassen, um in Gegenden vorzustoßen, die man noch nicht kennt, weder an sich selbst noch in der Welt. Dann erst werden Kräfte frei. Dann erst tauchen Fähigkeiten wieder auf, derer wir uns gar nicht mehr bewusst waren. Dann erleben wir uns völlig neu: ausdauernder, zäher und einfallsreicher, als wir es uns selbst je zugetraut hätten.

Eine einzige Reise kann alles verändern. Die Frauen, die ich Ihnen auf den folgenden Seiten vorstellen möchte, haben es erlebt. Sie sind keine Abenteurerinnen und Pionierinnen, keine Extremsportlerinnen oder andere Rekordsuchende, sondern Frauen wie Sie und ich. Ihre Nachbarin könnte darunter sein, die nach einer Studienreise nach Südamerika den Neuanfang gewagt und sich von ihrem Mann getrennt hat. Eine alte Freundin aus Kindertagen, die sich seit einer Asienreise um Waisenkinder aus Vietnam kümmert. Oder eine Kommilitonin, von der Sie lange nichts gehört haben. Vielleicht betreibt sie heute ein Yoga-Resort in Costa Rica? In diesem Buch begegnen Ihnen reiselustige Frauen, die unterwegs eine Menge erlebten, jedoch neben faszinierend fremden Orten und interessanten neuen Menschen vor allen Dingen sich selbst ganz neu kennen lernten. Weil sie auf ihrer Tour den Menschen wieder entdeckten, der sie von Natur aus sind, und die Reise nutzten, um eine ganz neue Beziehung zwischen sich und der Welt herzustellen. Dass dabei auch noch ganz andere Dinge ins Rollen kamen, kann kein Zufall sein. Kyra etwa ging in Sydney der Mann ihrer Träume ins Netz. Barbara entdeckte auf (Ich-)Safari in Kenia ihr Talent für die Fotografie, und Angelika aus der DDR fand erst nach einer abenteuerlichen Flucht in den Westen und ihrer Rückkehr zu ihren Wurzeln im Osten das Leben, das sie leben will. »Beflügelt von neuen Perspektiven und einer Welt voller Möglichkeiten, erweitern wir unsere Kreativität, beginnen, ihr Potenzial zu begreifen. Mit einem Mal sehen wir Dinge, die wir vorher nie gesehen haben, denken uns Dinge aus, wo wir vorher nie auf die Idee gekommen wären. Wir setzen einen Fuß in das Reich dessen, was sein könnte«, meint der kanadische Weltenbummler Steve Zikman. »Reisen führt zu uns selbst. Es macht uns echt.«

Im Folgenden werden Sie Zeugin der unterschiedlichsten Lebensläufe – und der Reisen, die dafür wichtige Impulse gaben. Das Beeindruckende ist die Offenheit, mit der die Frauen in teils tagelangen Interviews ihre Geschichte preisgaben. »Was ich erlebt habe, ist doch nichts Besonderes!«, habe ich während der Arbeit an diesem Buch mehr als einmal gehört – und alle Überzeugungskraft aufgewendet, um meine Interviewpartnerinnen dazu zu bewegen, dennoch weiterzuerzählen. Weil die Storys so echt, so authentisch und so bewegend sind, dass sie Gänsehaut verursachen. Vielleicht spüren Sie beim Lesen hier und da ja auch ein kleines Kribbeln. Dann sollte es Ansporn für Sie sein, Ihre eigenen Träume, Ihre eigene Geschichte zu leben. Machen Sie es den Heldinnen dieser Reisen nach, fühlen und erleben Sie ihre großen und kleinen Abenteuer mit, und lassen Sie sich anstecken von der unbändigen Reiselust, die man aus jeder einzelnen Geschichte herauslesen kann. Reisen Sie! In Gedanken, in Ihren Träumen, mit dem Finger auf der Landkarte. Oder ganz klassisch, mit Koffer und Reisepass, Tasche und Kompass. Seien Sie offen für Veränderungen. Es lohnt sich.

Katja Büllmann
München

Elena

»Mein Vater war das fehlende Puzzleteil, nach dem ich mein Leben lang gesucht habe.«

»Ich werde diesen Winter wieder nach Caracas fahren«, sagt Elena und greift in die große Glasvitrine neben sich. Da liegt die Zigarrenbox mit seinen Briefen und ein kleiner Stapel Schwarzweißfotos, die den gut aussehenden Mittzwanziger in dunklem Anzug und Nickelbrille zeigen. Mal auf dem Oberdeck einer Fähre, selbstvergessen in die Sonne blinzelnd. Mal mondän im Liegestuhl, mit einem kleinen Jungen auf dem Schoß. Oder im Obstgarten, ein Baby in Blumenkleidchen auf dem Arm. Nie ohne Schlips und polierte Schuhe, selbst in der privatesten Situation noch perfekter Gentleman. »Hat was von Gary Cooper, nicht?«

Eine Hand voll Bilder und ein paar Briefe, geschrieben in Spanisch, einer Sprache, die sie kaum versteht. Das ist alles, was Elena von dem Mann im Dreiteiler besitzt. Dem Mann, der einmal der wichtigste Mensch für sie war. Das jedenfalls sagt ihr kindliches Strahlen auf den vergilbten Schwarzweißfotos. Dem Mann, dem sie ihr Leben verdankt. Weil sich der junge Priester aus Caracas bei einem Studienaufenthalt in Rom unsterblich in die gut aussehende deutsche Krankenschwester Helene, Elenas Mutter, verliebte, sie mit nach Venezuela nahm und heimlich, still und leise zwei Kinder mit ihr bekam. Auch wenn er damit bei seinem Arbeitgeber, der katholischen Kirche, Kopf und Kragen riskierte. Der Mann, der schließlich, als Helene mehr von ihm wollte, lieber die junge Familie als Gott sitzen ließ.

»Er hatte meiner Mutter ein Ultimatum gestellt«, erklärt Elena mit Blick auf eines der Fotos. »Entweder nach seinen Spielregeln oder gar nicht. Mehr konnte er ihr nicht bieten, bei seinem Status als einflussreicher Kirchenmann. Da hat Helene ihre Konsequenzen gezogen und ist mit meinem Bruder und mir zurück nach Deutschland gegangen.«

Jahre-, jahrzehntelang kein Wort. Bis sich Gil vor vier Jahren aus heiterem Himmel in ihr Leben zurückmeldet. »Es geht ihm nicht gut«, erklärt Elena und blickt aus dem Fenster. Das Wort »Vater« nimmt die Achtunddreißigjährige nur ungern in den Mund. »Er leidet unter grauem Star, sieht fast nichts mehr. Auch die Operation im vergangenen Jahr hat nichts dagegen ausrichten können.«

Deshalb will sie wieder hin nach Venezuela, in den kleinen Ort Barquisimeto, zu Gil, seiner Frau Sonia, ihrer Stiefschwester Yosmar, der kleinen Alessandra und den vielen Cousins. Das Ticket ist schon gebucht, die Familie am anderen Ende des Atlantiks ist informiert. »Man kann nie wissen, wie lange das noch gut geht ...«

Drei Jahre zuvor. Wie süß, ein Päckchen von zu Hause, denkt Elena bei sich, als sie an einem kühlen Junimorgen den dicken Umschlag aus Schleswig aus dem Postkasten fischt. Sicher ein paar Zeitungsausschnitte, sagt ihr ein prüfender Griff. Ihre Mutter, eine kunst- und kulturbeflissene Rentnerin, schneidet ihrer Tochter immer mal wieder interessante Rezensionen aus. Aber für solche Dinge hat Elena im Moment keine Zeit. Sie muss Emily, die Katze, versorgen, einkaufen gehen, E-Mails checken. Und noch einen Blick in die Süddeutsche Zeitung vom Wochenende werfen. Vielleicht gibt es ja irgendwo eine interessante neue Stelle zu besetzen. Seit ihr die Produktionsfirma, bei der sie als rechte Hand des Chefs tätig gewesen war, gekündigt hat, ist die angehende TV-Produzentin arbeitslos. Nicht ungewöhnlich in einer Branche, in der je nach Auftragslage von heute auf morgen eingestellt und ebenso schnell wieder entlassen wird. Elena will die Sache auch nicht allzu dramatisch sehen. Sie hat noch Rücklagen von einer Erbschaft, und mit dem Arbeitslosengeld obendrauf kommt sie ganz gut über die Runden. Wenn sie ehrlich ist, ist ihr die Zwangspause sogar ganz willkommen: Endlich eine Gelegenheit, um nach all dem Stress ein bisschen runterzukommen und wieder zu sich selbst zu finden.

Elena kann nicht ahnen, dass der Schlüssel dazu nur ein paar Handgriffe entfernt auf dem Wohnzimmertisch liegt. Selbst als sie abends bei einem Teller Pasta vor dem Fernseher endlich den Umschlag öffnet, braucht sie eine Weile, um zu verstehen. Statt der vermuteten Zeitungsschnipsel flattert ihr ein kleiner, kompakter Airmail-Umschlag entgegen. Bunte Briefmarken mit exotischen Vögeln, schmucken Gebäuden und ein paar nie gesehenen Politikergesichtern kleben darauf. Der Brief ist abgestempelt in Caracas, gut drei Wochen zuvor.

Elena dreht und wendet das zerknitterte Kuvert. Streicht mit dem Daumen über die sorgfältig gemalten Buchstaben. Stutzt kurz. Fragt sich, wer wohl die ursprüngliche Bonner

Adresse durchgestrichen und durch die aktuelle in Schleswig ersetzt hat. Da, noch ein Zettel. Ein paar Zeilen ihrer Mutter. »Dein Vater hat geschrieben.« Nüchtern und einsilbig. Wie ein Einkaufszettel. Als hätte Gil Ruiz nie etwas anderes getan, als seiner Familie zu schreiben. Dabei ist dieser Brief aus Barquisimeto das erste Lebenszeichen, das Elena überhaupt von ihrem Vater bekommt. Eine halbe Ewigkeit hat der Mensch, der sich ihr Vater nennt, kein Sterbenswörtchen von sich hören lassen. Kein: Wie war's in der Schule? Kein: Hast du Liebeskummer? Kein: Wie geht es dir eigentlich? Keine Fragen, keine Antworten. Keine Geburtstagpost, noch nicht einmal Weihnachtsgrüße. Nichts.

Und jetzt dieser Brief. Mit einer Mischung aus Verachtung, Trotz und Neugier beginnt sie zu lesen. Ist einigermaßen erstaunt über sich selbst, als sie spürt, wie ihr bei den etwas ungelenk von Hand geschriebenen Zeilen ein kleiner Schauer über den Rücken läuft. Wohlig, irgendwie. Aber auch ein bisschen beängstigend. »Meine geliebte, nie vergessene Elenita«, steht da. So viel Spanisch versteht sie gerade noch. Und in dem Gefühlschaos, das der Brief aus Südamerika von einer Sekunde auf die andere in ihrer behaglichen, kleinen Zweizimmerwohnung auslöst, lässt Elena etwas zu, das sie sich seit Jahren nicht gestattet hat: Sie akzeptiert, wie vertraute Bilder in ihr hochkommen, in Zeitlupe, wie bei einem Super-8-Film im Ultra-Langsam-Durchlauf. »Ich sah mich plötzlich wieder auf Gils Schultern sitzen«, erinnert sie sich. Ganz so, wie auf den Bildern, die sie sich hunderte Male angesehen hat. »Meine Mutter, Johannes, die Großeltern – alle waren da.« Vom Rest des Briefes, drei hauchdünne, vorn und hinten eng beschriebene Seiten, versteht sie kaum ein Wort. Ohne den Blick abzuwenden, ertastet ihre Rechte noch einmal den Umschlag, findet endlich die handschriftliche Übersetzung, die die Mutter für sie angefertigt hat.

Gil schreibt von sich, von seiner Familie, seinem schlechten Gesundheitszustand. Eine rührende Momentaufnahme aus dem Leben eines nahezu Fremden. Und er schreibt von seinem großen Wunsch, Elena, die Tochter kennen zu lernen. Elena liest die Zeilen immer wieder. Vergleicht sie mit dem Original, lässt sich die spanischen Worte auf der Zunge zergehen. Sie ist so fasziniert, dass sie die Sprachwissenschaftlerin in sich im Zaum halten muss, denn die will den Brief schon analysieren wie ein unveröffentlichtes Rilke-Gedicht. Einordnen, verstehen, kategorisieren – um bloß nicht zu viel Gefühl zu investieren, ihr pochendes Herz zu schützen. Wenn die Seele im Ausnahmezustand ist, muss der Verstand übernehmen.

»Dieses Foto hatte er mir mitgeschickt.« Sie zeigt auf ein briefmarkengroßes, blaustichiges Automaten-Passbild, das sie im Umschlag mit dem Brief aufbewahrt. Der Greis auf dem Bild und der Lebemann auf ihren alten Schwarzweißfotos haben so viel gemein wie Mutter Beimer und Julia Roberts. Enttäuschend? Desillusionierend? Oder einfach nur ein bisschen viel Realität auf einmal? Elena kann es bis heute nicht einordnen. Die ganze Sache sei völlig skurril gewesen. Natürlich habe sie Erleichterung gespürt, dass es ihn noch gab. Da war auch Mitgefühl, weil der Mann so krank und gebrechlich war. Und, sehr irritierend zunächst, so etwas wie Triumph – oder eher Erleichterung: Sie brauchte keine Angst zu haben, dass dieser alte, gebrechliche Mann mit der fensterglasdicken Brille sie noch einmal so verletzen würde wie damals.

Sie habe sich hundertmal gefragt, was Gil so urplötzlich von ihr wollte, erinnert sich Elena. Geht es »nur« darum, dass der Mittsiebziger mit sich und seinem Leben ins Reine kommen will? Will er sich von der Ex-Freundin Helene eine Generalabsolution holen, um in Ruhe sterben zu können?

Ein Telefonat mit der Mutter stiftet noch mehr Gefühlsverwirrung. Elena ist klar, dass für sie alles ungleich schwerer sein muss. Sie hat diesen Mann einmal sehr geliebt. Und es hat sie zweifellos unglaubliche Kraft gekostet, über die ganze Geschichte hinwegzukommen. Jahrelang habe die Mutter alle Kraft zusammengenommen, um sich vor den Kindern nichts anmerken zu lassen. Sie habe ihre Traurigkeit nie wirklich verarbeitet, habe sie eher erstickt, in Arbeit und Tüchtigkeit, in ihrer gelebten Illusion von Glück.

Der Brief reißt alles wieder auf, was Helene so sorgsam weggeschlossen hat. Die Zeilen verlangen von ihr, dass sie sich ihrer Vergangenheit stellt, ob sie nun will oder nicht. Gil, das geht aus seinen Zeilen deutlich hervor, bleibt nicht mehr viel Zeit. Elena hingegen hat so gut wie keine Erinnerungen an den Vater, sie kann etwas gelassener an die Sache rangehen. Doch der Brief verändert etwas zwischen ihr und ihrer Mutter. Er bricht etwas auf, was die beiden jahrelang, bewusst oder unbewusst, unterdrückt haben. Da ist plötzlich ein Gefühl, das vielleicht nie gefühlt, geschweige denn je thematisiert worden wäre. Umso verstörender, umso irritierender, dass es das Mutter-Tochter-Verhältnis zum allerersten Mal auf die Probe stellt. Die Mutter ist eifersüchtig, ohne es zu wollen, sie kann nicht anders. Gil hat nicht sie beide nach Venezuela eingeladen, sondern will Elena kennen lernen. Für Helene ist das schwer zu akzeptieren.

Elena liegt in dieser Nacht noch lange wach. Kramt nach Erinnerungen, an die sie sich im Chaos der aufwallenden Emotionen klammern kann. Doch sosehr sie sich auch bemüht: Da ist immer nur das Leben ohne den Vater. Die Geborgenheit bei den Großeltern, das enge, liebevolle Verhältnis zu Johannes, dem älteren Bruder. Und über allem immer die patente, zupackende, durch und durch realistische Mutter, die die Kleinfamilie zusammenhält und sich keine Schwäche eingesteht.

Die Kinder fragen nicht, sie erzählt nichts. Venezuela wird totgeschwiegen, als handele es sich um einen kriminellen Tatbestand, der stillschweigend von allen Beteiligten gedeckt wird, um nur ja keinen Staub aufzuwirbeln. Einziges Zugeständnis der Mutter an die sentimentale Seite ihrer Persönlichkeit: Sie schickt alle paar Monate eine Hand voll Fotos an die Adresse von Gils Studentenwohnung in Caracas. Antwort bekommt sie niemals.

Jahre später, Elena ist sechs oder sieben Jahre alt, steht der Vater plötzlich in der Tür. Wie ein entfernter Verwandter, der geschäftlich in der Stadt zu tun hat und eine Übernachtungsmöglichkeit sucht. Wie ein Fremder habe er auf sie gewirkt, erinnert sich Elena. Dabei sei er sichtlich gerührt gewesen. Er habe sich so gefreut, seine Kinder zu sehen, wollte sie in den Arm nehmen und küssen. Doch Johannes und ihr sei das alles zu viel gewesen. Richtig Angst hätten sie gehabt, dass der Vater sich zwischen sie und die Mutter drängen wollte. Und sie seien heilfroh gewesen, als er sich nach einer Woche endlich wieder auf den Weg machte.

Erst viel, viel später erfuhr Elena von der Mutter, dass dieser Besuch die letzte Chance für die vier als Familie gewesen war. Gil hatte probieren wollen, ob es für Helene, ihn und die Kinder nicht doch noch eine gemeinsame Zukunft gab. Das war natürlich nicht so einfach, nach all den Jahren. Man war sich fremd geworden, das hatten sie alle gespürt. Und Helene hatte sich auf nichts Halbherziges einlassen wollen. Wenn er keine Zugeständnisse machte, wenn er sich nicht wirklich zu ihr und den Kindern bekannte, würde sie nicht mit nach Venezuela kommen. Dabei blieb es. Gil konnte nicht über seinen Schatten springen. Die Gefühle waren nicht stark genug, um allen Widrigkeiten zu trotzen. Also ging er. Das war das letzte Lebenszeichen, das seine deutsche Familie von ihm sah.

Elenas Erinnerung hangelt sich stockend weiter. Die Chronologie der Ereignisse verblasst vor dem einzigen, großen und tragischen Erlebnis jener Tage: dem Tod des Bruders. Johannes stirbt nach zweijähriger Krankheit an Leukämie. Plötzlich sind Elena und Helene ganz allein. Natürlich hatte die Mutter nach Caracas geschrieben, dass Johannes sehr krank war. Gil wusste, wie es um ihn stand, dass es ihm immer schlechter ging. Und als Johannes schließlich starb, bekam er auch eine Todesanzeige. Doch von dem Vater aus Venezuela kam nichts. Keine Reaktion. Elena: »Da war auch er für mich gestorben. Sein Schweigen hat mich unglaublich enttäuscht.«

Zwanzig Jahre später sitzt sie am Küchentisch ihrer Zweizimmerwohnung und schreibt. Etwas unsicher, zunächst. »Lieber Vater, dank dir für dein Lebenszeichen. Ich war so wütend auf dich, dass ich von meiner Seite nie die Initiative ergriffen hätte …«

Das musste sie ihm sagen! Er sollte wissen, dass sie es ihm nicht so leicht machen würde. Danach fällt es ihr leichter: »Dank dir für deinen Brief. Ich habe daraufhin viel mit Helene geredet. Endlich weiß ich etwas mehr über die wahren Gründe, weshalb wir damals aus Venezuela weggegangen sind …« Ein bisschen stolz berichtet sie dem Vater, dass sie ihm nicht nur äußerlich sehr ähnlich sei, mehr noch als Johannes, sondern auch im Wesen und im Charakter. Das finde sie spannend, schreibt sie. Und weil sie gern diesen Teil ihrer Wurzeln kennen lernen möchte, formuliert sie gegen Ende des Briefes: »Vielleicht mache ich mich tatsächlich auf den Weg nach Venezuela. Ich bin momentan im Leben an eine Schwelle geraten. Die Auseinandersetzung mit meiner Vergangenheit und meiner Herkunft könnte ein Schlüssel für die Zukunft sein.« Sie wolle gleich anfangen, Spanisch zu lernen, verspricht sie, um endlich seine Version der ganzen Geschichte zu hören. Diesen Brief werde sie einem Freund zur Übersetzung geben und dann abschicken. Wie sie schließen soll, überlegt sie hin und her. Bis bald? Wir sehen uns? Alles Liebe? Das will alles nicht so recht passen. Stattdessen nimmt sie all ihre Courage zusammen und schreibt: »Ich möchte dir nur sagen, dass ich offen für dich bin. Deine Tochter Elenita.«

Im nächsten Winter will sie nach Caracas fliegen. Das sind nur ein paar Monate hin, nicht viel Zeit, um konversationssicher Spanisch zu lernen und alle Reisevorbereitungen zu treffen.

Kurz nach dem ersten Advent macht sie sich auf den Weg,

die neue Digitalkamera und ein kleines Tagebuch im Handgepäck. Ihre Freundin Heike bringt sie zum Flughafen. Ein Kuss, eine innige Umarmung, dann steckt Heike ihr noch einen kleinen, hellblauen Briefumschlag in die Jackentasche. Für später, sagt sie dazu, wenn du ein bisschen Ruhe hast.

Beim Abendessen, im Bordfernsehen läuft irgendeine amerikanische Komödie, reißt Elena das Kuvert auf.

Ich möchte Sie, so gut ich es kann, bitten, Geduld zu haben gegen alles Ungelöste in Ihrem Herzen und zu versuchen, die Fragen selbst liebzuhaben wie verschlossene Stuben und wie Bücher, die in einer sehr fremden Sprache geschrieben sind, steht da. Es ist ein Auszug aus den »Briefen an einen jungen Dichter« von Rainer Maria Rilke.

Forschen Sie jetzt nicht nach den Antworten, die Ihnen nicht gegeben werden können, weil Sie sie nicht leben könnten. Es handelt sich darum, alles zu leben. Leben Sie jetzt die Fragen. Vielleicht leben Sie dann allmählich, ohne es zu merken, eines fernen Tages in die Antwort hinein.

Elena erinnert sich, dass das Gedicht ihre Verfassung auf den Punkt traf. Natürlich habe sie sich mit unzähligen Fragen auf den Weg gemacht, und selbstverständlich hoffte sie, manche Unklarheit zu klären. Aber es steckte noch mehr dahinter. »Die Reise war ein Zeichen, dass ich mich diesen Fragen und damit meiner Vergangenheit stellte. Mein Vater war schließlich nicht tot oder vermisst. Er lebte. Und es gab gute Gründe zu hoffen, dass in Venezuela das fehlende Puzzleteil steckte, nach dem ich mein Leben lang gesucht hatte.«

Sie erkennt den Vater sofort, als sie in Caracas das Terminal verlässt. Gil steht etwas verloren inmitten einer Gruppe

Wartender und winkt ihr ungelenk zu. Mit einem Lächeln kommt der Zweiundsiebzigjährige nach vorn, schließt die Tochter in die Arme und drückt sie für ein paar Sekunden ganz fest an sich. Elena lässt es ermattet geschehen. Ihre anfängliche Aufregung ist nach dem langen Flug bleierner Müdigkeit gewichen. Sie will nur noch schlafen und all das, was sie nun erwartet, lieber hellwach erleben. Doch ehe sie wirklich ankommt in Caracas, stecken Vater und Tochter noch eine quälende Stunde im Feierabendverkehr fest. Eine Fahrt, die sich zieht wie Kaugummi. Eine Fahrt, auf der keiner von beiden spricht. Oder sie setzen gleichzeitig an, verstehen kein Wort, entschuldigen sich höflich »Nein, du zuerst …« Ganz normal unter wildfremden Menschen. Beide sind wahnsinnig aufgeregt. Da darf man nicht gleich zu viel erwarten, sagt sich die verlorene Tochter.

Doch Gil bleibt auch in den folgenden Tagen eher still und verschlossen. Wenn sie im Haus von Gils Schwester nicht so freundlich aufgenommen würde, müsste sie sich dort wie bestellt und nicht abgeholt fühlen. Hab Geduld, redet sie sich ein. Vielleicht überfordert ihn das alles ein bisschen. Während der Vater die Zeit in der Hauptstadt nutzt, um ein paar wichtige Arztbesuche zu machen, nimmt Elena Spanischstunden. Oder führt vom Dach des Stadthauses aus ihr filmisches Tagebuch. Mit Gil kann sie nicht reden, und daran ist nicht nur die Sprachbarriere schuld. Aber sie muss die Gefühle, die in ihr hochkommen, irgendwie kanalisieren. Wenn sie es schafft, all die Emotionen, die hier in ihrer Heimatstadt aus ihr herausbrechen, in positive Energie umzuwandeln, würde sie als völlig neuer Mensch nach Hause zurückfliegen, hofft sie. Diese Vorstellung allein macht jeden einzelnen Tag in der für sie so neuen Welt zum großen Abenteuer.

Eine Sache irritiert sie jedoch von Anfang an: Niemand hier, weder Gils Schwester noch die Brüder, weder die Cousins noch Cousinen, scheint sich darüber zu wundern, dass sie da ist. Nach und nach beginnt sie zu begreifen: Uneheliche Kinder sind in Venezuela keine Seltenheit. Selbst Priester-Kinder gibt es immer wieder. Sie ist nicht, wie befürchtet, der seltene Vogel, auf den alles starrt. Im Gegenteil: Es kommt ihr so vor, als verschaffte ihr dieser Sonderstatus eine Art Sympathiebonus bei den Verwandten, so sehr wird sie von allen umhegt und gepflegt.

Gil dagegen will nicht recht auftauen. Er bleibt die ganze Zeit über so distanziert und gefasst wie auf Elenas alten Fotos. Dabei freue er sich so, sie bei sich zu haben, verrät ihr die Tante. Er sei unglaublich glücklich darüber, wie sehr die Tochter ihm ähnele. Elena gegenüber geht er dagegen äußerst sparsam mit derlei Gefühlsäußerungen um. Fast so, als habe er Angst, die Fassung zu verlieren, wenn er sich etwas öffnet. Dabei würde seiner Tochter schon ein schlichtes »Ich freue mich, dass du gekommen bist« genügen. Selbst, als er Elena eines Nachmittags sein Arbeitszimmer zeigt, das bis an die Decke mit Büchern voll gestopft ist und das außer ihm niemand betreten darf, bleibt er so sachlich, als handele es sich um eine Wohnungsbesichtigung, bei der er der Makler und Elena die Interessentin ist. Dabei will er ihr ganz dringend etwas zeigen, hat tagelang mit sich gerungen, ob es dem Anlass angemessen wäre. Nun fischt er das betreffende Buch aus dem Regal, pustet von allen Seiten, um den Staub zu entfernen, guckt kurz auf den Titel, Dostojewskis »Schuld und Sühne«, und öffnet es. Da steht eine Widmung, datiert auf Weihnachten 1960. Das Buch ist ein Geschenk von Helene. Elena rechnet zurück. 1960, da hatten sich die beiden gerade kennen gelernt. Sie möchte so gern mit Gil darüber sprechen. Sie wünscht sich so sehr, dass er ein paar Worte dazu sagt. Doch dem Vater entlockt das Erinnerungsstück nicht mehr als ein kurzes, etwas kauziges Lächeln. Dann stellt er es mit der Beflissenheit eines alternden Archivars wieder an seinen Platz zurück.

Wäre sie nicht so entschlossen gewesen, den Vater kennen zu lernen, sie hätte sicher bald die Geduld mit ihm verloren. So kühl, distanziert und eigenbrötlerisch habe er sich ihr gegenüber verhalten, erinnert sie sich. Manchmal kam er ihr vor wie eine Schildkröte, die sich nur ganz selten zum Fressen aus ihrem Panzer wagte. Gefühl und Herzlichkeit schienen Fremdworte für ihn zu sein. An den Abenden allerdings, wenn sie ganz allein ist und Zeit hat nachzudenken, rückt sie ihr Urteil immer wieder zurecht. Sie selbst hat ja auch ihre komplizierten Phasen. Vielleicht ist sie sogar ebenso grüblerisch, zaudernd und unentschlossen wie er. Sollte er gar so etwas wie ein Spiegel für sie sein? Ein lebendes Beispiel dafür, dass man sich durch Sturheit und Verstocktheit viel verbauen kann? Immer wieder denkt sie an die Mutter daheim in Schleswig und spürt ihr gegenüber mehr Dankbarkeit als je zuvor. Dafür, dass sie ihr als Balance zu Gils Schwermut und Kauzigkeit ihre Offenheit und Heiterkeit vererbt hat.

Eine Woche später. Vater und Tochter sitzen Seite an Seite im Überlandbus nach Barquisimeto. Und, Elena weiß nicht, wie ihr geschieht, auf der gut vierstündigen Fahrt wird Gil zum ersten Mal seit ihrer Ankunft richtig gesprächig. Er erzählt von seiner Arbeit als Professor für Volkswirtschaft an der Uni Caracas. Von seiner Sorge, immer schlechter zu sehen. Alles Mögliche sprudelt aus ihm heraus, wild und ungestüm wie ein Wasserfall. So heiter und unbeschwert hat Elena den Vater noch nicht erlebt, und selbst wenn sie noch nicht alles verstehen kann, was er sagt – seine gute Laune steckt an. Bis kurz vor dem Ziel bleibt Gil der gute Erzähler und charmante Unterhalter. Erst in Barquisimeto sackt er wieder in sich zusammen.

Dort übernimmt Sonia, Gils sechzehn Jahre jüngere Ehefrau. Sie hat für Elenas Begrüßung eine Party inszeniert, die ihr nach der langen Fahrt wie Karneval in Rio vorkommt. Kinder, Enkel, Verwandte, Nachbarn – alle sind da, um Gils Tochter aus Deutschland willkommen zu heißen. Elena hat solche Berührungsängste gehabt. Am liebsten hätte sie diesen Moment, diese Begegnung allen Beteiligten erspart. Doch von Peinlichkeit ist nichts zu spüren, der freudige Begrüßungsstaat treibt ihr vor Rührung die Tränen in die Augen. Die Stiefmutter kommt auf sie zu, strahlt sie an und schließt sie zärtlich in die Arme. Elena. Wie schön, dass du hier bist. »In diesem Augenblick habe ich mich in Venezuela zum ersten Mal richtig willkommen gefühlt«, erinnert sie sich.

Der Vater steht daneben und beobachtet die beiden Frauen mit gequältem Lächeln, und als zu allem Überfluss auch noch eine Mariachi-Band eintrifft und im Familien-Wohnzimmer heitere Volksweisen anstimmt, verlässt er die Feier fluchtartig und lässt sich stundenlang nicht wieder blicken. Sonia nimmt nicht weiter Notiz davon. Lass ihn ruhig gehen, sagt sie Elena. Er mag solchen Trubel nicht …

Wie kauzig der Vater sein kann, soll Elena noch erfahren. Gil hat seiner Frau erst ein paar Tage vor ihrer Ankunft von ihrem Kommen erzählt. Beiläufig, als gebe es nichts Normaleres auf der Welt. Kein Sterbenswort von dem Briefwechsel, kein Wort von seiner Einladung. Und weil Sonia ihren Mann kennt und es nicht anders gewohnt ist, hat sie sich auf ihre eigene Weise mit dem Besuch auseinander gesetzt. Elena ist schließlich Gils Tochter, sie hat es verdient, dass man ihr einen gebührenden Empfang bereitet. Sie lässt das Gästezimmer neu streichen, bestellt die Mariachis und lädt die Freunde ein. Sie freut sich so, Elena endlich kennen zu lernen!

Nach dem Abendbrot bringt Sonia sie ins Bett. Das kleine Gästezimmer riecht nach frischer Farbe und zartem Blumenparfum, auf dem Nachttisch, in einer hübschen kleinen Vase, steht eine Tulpe. Mit einem Gutenachtkuss auf beide Wangen gibt Sonia ihr ein dickes, halb zerfleddertes Buch in die Hand. Es ist ein Fotoalbum, dick und schwer und klebrig. Zahllose Bilder, sorgfältig eingeklebt und im Lauf der Jahre etwas aus dem Rahmen gerutscht. »Das Buch hat seinen festen Platz im Wohnzimmer«, erfährt Elena. »Jeder weiß davon, jeder kennt es.« Nun sei sie an der Reihe, sagt Sonia. Und, Elena kann nicht erklären, wieso, aber ein bisschen fühlt sie sich in diesem Moment als Teil des Ganzen. Ein Teil von ihr gehört ja auch hierher. Sie ist eine Ruiz – auch wenn sie nicht so heißt. Und Sonia, das spürt sie, würde alles tun, um sie darin zu bestärken.

Die Reise, die Elena jetzt antritt, spätnachts, im schummrigen Schein der Nachttischlampe, hat sie auf Film gebannt. Zu laufender Kamera blättert sie sich durch Impressionen einer glücklichen Familie, Seite für Seite. Da ist er wieder, der smarte Mittzwanziger in Anzug und Krawatte, den sie von ihren Schwarzweißfotos kennt. Und Helene, jung, attraktiv, glücklich. Johannes baut Holztürme, und sie, Elena, krabbelt in T-Shirt und Shorts im Garten herum. Seiten später. Die Geschwister sind älter geworden, sitzen am Esszimmertisch und spielen Karten, machen Hausaufgaben, sehen fern …

Eine Familienchronik in vergilbten Bildern. Elena kämpft mit den Tränen, je weiter sie sich nach hinten blättert. Sie kann nicht fassen, dass Gil all diese Bilder sorgfältig gesammelt und doch nie auf einen der Briefe geantwortet hat. Was ist er nur für ein Mensch? Das passt doch alles nicht zusammen.

Tage später. Elena und Sonia sitzen im Wohnzimmer wie gute Freundinnen. Elenas Stiefschwester Yosmar steht am Herd und bereitet Burritos fürs Abendessen zu. Und Sonia erinnert sich an die Zeit, als sie sich in Gil verliebte. Sie selbst habe den Freund damals nach Deutschland geschickt, erklärt sie. Er sollte klären, was zu klären war. Sie habe gewusst, dass er in Schleswig noch eine Familie hatte. Wenn es dort noch etwas gab, was ihn hielt, wollte sie es nicht kaputtmachen. Sie hätte ihn nicht geheiratet, wenn er sich seiner Gefühle nicht sicher gewesen wäre, dafür stand für alle Beteiligten zu viel auf dem Spiel …

Elena weiß, wie die Geschichte ausgeht. Sie kann sich an den Besuch des Vaters noch lebhaft erinnern. Wie spröde Johannes und sie sich ihm gegenüber verhalten haben und wie froh sie waren, als sie die Mutter endlich wieder für sich allein hatten.

Gil kehrte nach Venezuela zurück und traf die längst fällige Lebensentscheidung. Er wollte nicht noch einmal eine Familie verlieren. Also hängte er seinen Job als Priester an den Nagel und bewarb sich als VWL-Professor an der Uni. Dann heiratete er Sonia.

München, im Januar 2005. Vor wenigen Tagen ist Elena aus Venezuela zurückgekommen. Es war ihr zweiter Besuch und, wenn man sie voller Begeisterung erzählen hört, sicher nicht der letzte. Der Vater sei ihr zwar nach wie vor ein großes Rätsel, sagt sie. Er sei so unglaublich distanziert, daran habe sich nichts geändert. Umso herzlicher sei der Empfang von Sonia und ihrer Schwester Yosmar gewesen, vielleicht freute sich Gil ja auch darüber. »Die Reise hat einen neuen Menschen aus mir gemacht«, sagt Elena. Sie habe aufgehört, nach dem Warum zu fragen. Jahrelang sei das die einzige Frage für sie gewesen. Warum hatte sich die Mutter nicht in einen ganz normalen Deutschen verlieben können? Warum musste der Vater ausgerechnet Priester sein? Und warum war nur alles so unglaublich schwierig und kompliziert? Heute stellt sie sich andere Fragen. Wofür ist das alles gut? Was bedeutet es für ihr Leben? Und vor allem: Was kann sie aus alldem machen?

Mutiger sei sie geworden durch die Reise. Mutiger fürs Leben. Sie traue sich deutlich mehr zu als früher. Im Job – heute ist sie Produktionsleiterin bei einem Privatsender – wie auch in Beziehungen. Sie stehe dazu, wer sie ist, und trete ein für ihre Bedürfnisse. Ihrer Mutter, Freunden, Partnern gegenüber. Mehr denn je und mit einer Konsequenz, die ihre Umwelt zunächst irritiert habe. Unterm Strich komme sie auf diese Art jedoch bedeutend besser durchs Leben.

Und Reiselust habe sie bekommen! Die letzte Venezuela-Reise hat sie mit einer Stippvisite nach Kuba verbunden, um nach dem »Familien-Stress« auch noch ein bisschen echten Urlaub zu haben. Sie habe einen Brieffreund besucht und sich von ihm Havanna zeigen lassen. Atemberaubend!, schwärmt sie.

Venezuela. Das war immer eine Welt, die sie nicht kannte. Völlig abstrakt und absolut nicht greifbar. Das hat sich geändert. Heute ist Caracas, Elenas Geburtsstadt, weit mehr für sie als nur ein Fleck auf der Landkarte. »Ich habe eine Familie in Venezuela, darauf bin ich stolz. Und es fühlt sich toll an, am anderen Ende der Welt heimzukommen.« Die Mentalität der Menschen ist ihr sympathisch, vielleicht auch deshalb, weil sie selbst eine Menge davon hat, wenn sie es bisher auch nicht einordnen konnte. Das Puzzle ihres Lebens ist nun fertig. Venezuela, Gil, Sonia, Yosmar – das waren die fehlenden Teile. Nun, da sie sie alle kennt, fühlt sie sich stimmig und eins mit sich selbst. Was den Vater angeht, so lässt sich Elena zu keiner falschen Sentimentalität hinreißen. Er ist und bleibt ein komischer Kauz, meint sie. Das habe auch Sonia bestätigt, die seit Yosmars Geburt mehr wie eine Schwester oder gute Freundin mit ihm zusammenlebt als als Ehefrau. Und Elena fragt sich immer wieder, was die Mutter wohl damals an ihm gefunden hat. »Aber da war er sicher auch noch ein anderer. Er sah toll aus, hatte unglaublich viel Charme und hat Helene einfach bezaubert. Sie konnte schließlich nicht ahnen, dass er kein Familienmensch ist.«

Marianne

»Unser Leben ist doch so privilegiert. Müssen wir da nicht dafür sorgen, dass es anderen Menschen auch ein bisschen besser geht?«

Als die Flutwelle anrollt, sitzt Marianne Raven im Flugzeug von Vietnam nach Deutschland. Beim Zwischenstopp in Bangkok hört sie zufällig, dass es in der Region ein Erdbeben gegeben hat. Sie müsse sich keine Sorgen machen, sagt man ihr. Es sei nichts passiert. Doch als sie am Morgen des 27. Dezember 2004 wieder festen Boden unter sich hat, laufen in ihrem Hamburger Büro bereits die Telefone heiß. Tageszeitungen, Radiostationen, Fernsehsender – alle wollen ein Statement von Marianne Raven, Geschäftsführerin von Plan Deutschland, zum Tsunami, dem Thema des Tages. »Wie, Sie können nichts sagen? Sie kommen doch gerade aus der Gegend!«, hört die Verzweifelte immer wieder. Während sie versucht, etwas Ordnung ins Chaos zu bringen, reicht ihre Sekretärin pausenlos gelbe Post-its mit weiteren Nachrichten herein: besorgte Paten, die wissen wollen, wie es ihren Schützlingen geht. Erleichterte Plan-Kollegen aus aller Welt, die froh sind, dass Marianne wieder heil zurück ist. Verwandte, Freunde. Abends sieht sie im Fernsehen die ersten Katastrophenbilder aus Südostasien. Unzählige Tote, Verletzte, Vermisste. Verheerende Verwüstungen, zigtausend Obdachlose. Dass sie selbst vielleicht nur ganz knapp mit dem Leben davongekommen ist, daran denkt Marianne Raven nicht eine Sekunde. Sie denkt nur an die Kinder, die Plan in der Region betreut. Und sie bangt und hofft, dass die Schäden nicht ganz so verheerend sind, wie die Bilder befürchten lassen. In Sri Lanka liegt eins der vier Plan-Projektgebiete, direkt am Meer, wird sie in den nächsten Tagen unzähligen Journalisten berichten. Und dass viele der Familien vom Fischfang leben. Dass mit an Sicherheit grenzender Wahrscheinlichkeit die Arbeit von Jahren an einem einzigen Tag dem Erdboden gleichgemacht worden ist.

Marianne Raven und ich haben uns vor vier Jahren kennen gelernt. Damals rührte sie deutschlandweit die Werbetrommel für die so genannte »Mädchen«-Kampagne, und ich arbeitete als Redakteurin bei einer großen deutschen Frauenzeitschrift. Auf unsere Begegnung hin schickte die Redaktion eine Reporterin ins Plan-Einsatzgebiet von Mali – für eine Reportage zum Thema Frauenbeschneidung, Marianne Raven begleitete sie.

Die Geschichte war äußerst bewegend, nicht zuletzt dank der vielen guten und wertvollen Kontakte, die Marianne und ihre Mitarbeiter vor Ort unterhalten. Die Reporterin konnte mit einigen beschnittenen Frauen sprechen und sich das ganze Ausmaß des Schreckens schildern lassen. Mithilfe von Plan gelang ihr auch, was vor ihr nur ganz wenige geschafft hatten. Sie interviewte eine professionelle Beschneiderin, die sich mit dem »Beruf« jahrelang ihren Lebensunterhalt verdient hatte und nun, mit Unterstützung von Plan, eine Umschulung machte. Der Bericht war so mitreißend, dass wir im Anschluss daran noch eine ganze

Reihe weiterer, ähnlich erschütternder Reportagen gemeinsam realisierten.

Kontakte wie dieser sind Marianne Ravens Kapital. Nur Gutes zu tun reicht eben nicht aus. Man muss auch darüber reden, um die Menschen überhaupt erst aufmerksam zu machen auf das Elend der Welt, muss Journalisten initiativ auf packende Geschichten stoßen. Man muss selbst gesehen haben, wie Menschen unter Plastikplanen im feuchten Müll lebten, um glauben zu können, dass es so etwas heute noch gibt, sagt die Plan-Chefin und spricht von Port-au-Prince auf Haiti – bevor die Hilfsorganisation dort aktiv wurde. Heute stehen an derselben Stelle stabile Häuser, es gibt Trinkwasser und eine ordentliche Abfallentsorgung. Port-au-Prince ist nur ein Beispiel von hunderten in 45 Plan-Ländern auf der ganzen Welt. Insofern ist das Netzwerk, das sie mit den Plan-Helfern in aller Welt unterhält, unverzichtbar. Und es ist Teil ihres Berufs, sich mit prominenten Plan-Paten wie Marie-Luise Marjan, Ulrich Wickert, Udo Lindenberg, Christine Neubauer und anderen zu treffen, um gemeinsame Aktionen zu entwickeln.

Auch Transparenz und Offenheit sind nicht zu unterschätzen, hat sie erfahren. Man glaube gar nicht, welcher Konkurrenzkampf unter den verschiedenen Hilfsorganisationen herrsche! Da werde mit harten Bandagen um die Gunst und Spendenbereitschaft der Bevölkerung gekämpft. Wenn es darum ginge, einen Mitbewerber auszuschalten, landeten die Schläge auch schon mal unter der Gürtellinie. »Uns hat man schon alles mögliche angedichtet«, sagt Marianne. »Völlig aus der Luft gegriffen! Aber das interessiert niemanden mehr, wenn die Gerüchte erst mal an einem kleben.« Sie hat gekämpft wie eine Löwin, um solche Angriffe zu widerlegen. Jedes Jahr erhält Plan ein unabhängiges Testat der Wirtschaftsprüfer von Pricewaterhouse Coopers, außerdem das Spenden-Siegel des deutschen Zentralinstituts für soziale Fragen (DZI) für geprüfte Transparenz und Wirtschaftlichkeit. Über jeden Zweifel erhaben, und doch immer wieder angeschossen – das Los vieler Hilfsorganisationen.

Marianne Raven hat selbst drei Patenkinder. Sie weiß also, wovon sie redet, wenn sie sagt, dass Plan-Paten nicht nur sähen, dass ihre Hilfe ankäme, sondern auch eine ganz persönliche Beziehung zu dem jeweiligen Land aufbauten. Die zwölfjährige Nhung aus Vietnam, Denisa, das zehnjährige Mädchen aus Albanien, und Maureen, acht, von den Philippinen, im Moment ihr Sorgenkind. Die Eltern können sie nicht mehr ernähren, daher fürchtet die Patin, dass das Kind in die Fänge von Mädchenhändlern geraten könnte. Dank Plan kann sie Maureen vielleicht vor diesem Schicksal bewahren. Und für viele andere wenigstens die nötigen Voraussetzungen schaffen, dass sie keine Armut mehr leiden müssen, sich frei entfalten und gesund entwickeln können.

Seit die Plan-Chefin aus Südostasien zurück ist, fühlt sie sich allerdings selbst nicht ganz gesund. Wochenlang laboriert sie schon an mysteriösen Symptomen herum. Sie kann weder essen noch richtig schlafen und fühlt sich abgespannt. Ein Laborbericht ergab, dass sie sich in der Region Bakterien eingefangen hat: hyperrobuste Einzeller, die sich in ihrem Zwölffingerdarm eingenistet haben und der viel beschäftigten Frau heftig zusetzten. Nach dem Medikamentencocktail, den ihr eine Ärztin des Hamburger Tropeninstituts verordnet hat, geht es zum Glück langsam wieder bergauf. Marianne hasst es, krank zu sein! Dafür hat sie viel zu viel zu tun. Die nächste große Plan-Pressekonferenz organisieren zum Beispiel. Oder Journalistenanfragen beantworten. Auch wenn die Plan-Tsunami-Hotline etwas abgeebbt ist, seit Marianne Raven offiziell Entwarnung geben konnte. Es grenzt an ein Wunder, als sie ein paar Tage nach der Flutkatastrophe schon verlässliche Angaben aus allen Plan-Gebieten beisammen hat. Die Plan-Patenkinder in der Flutregion sind alle am Leben geblieben! Seitdem spricht sie in Interviews lieber von den Soforthilfe-Maßnahmen der Organisation: der Bereitstellung von Generatoren zum Beispiel oder dem Säubern verseuchter Brunnen; der Einrichtung von Latrinen und Waschmöglichkeiten, um Seuchen vorzubeugen, und der Beschaffung von Medikamenten. Auch im Wiederaufbau sind die Plan-Mitarbeiter vor Ort aktiv. Ganze Dörfer werden wieder aufgebaut, Wohn- und Schulgebäude instand gesetzt, Gesundheitshelfer geschult, Kleinkredite gewährleistet. Für das Management ist sie zuständig, mit ein paar anderen Plan-Offiziellen, versteht sich. Eine riesige Herausforderung für eine so zierliche Person.

Bei unserem Treffen in ihrer Wohnung beginnt die Wahlhamburgerin zu erzählen. Es hat mehrere Reisen gegeben, die vielleicht nicht ihr Leben verändert, sie jedoch ungemein beeindruckt und ihre Spuren hinterlassen haben. Sri Lanka etwa, das liegt bestimmt schon zwanzig Jahre zurück. Sie war mit einer Freundin unterwegs; die Frauen kamen spätabends am Colombo Airport an und sollten von dort noch eineinhalb Stunden über die Dörfer ins Hotel gefahren werden. Die Straße führte aus der Hauptstadt hinaus Richtung Süden, in die dunkle Nacht. Sie rollten über Land, an unzähligen, winzigen Bambushütten und Bretterverschlägen vorbei, in denen ganze Familien dicht an dicht auf dem nackten Fußboden um eine Kerze herum hockten. Das war ihr erster Eindruck von der Dritten Welt. Bruchteile von Sekunden nur, aber die Bilder brannten sich ein. Sie habe großes Unbehagen empfunden, sich im Taxi durch diese Armenviertel kutschieren zu lassen, erinnert sie sich. Aber sie sei viel zu jung und unerfahren gewesen, um einen Schritt weiter zu denken. Sie hatte doch Ferien, brauchte dringend Erholung. Für mehr fehlte ihr jede Energie. Vielleicht hatte sie einfach Angst, erklärt sie heute, aus zeitlichem Abstand heraus. Angst vor sich selber. Denn sie wusste, wenn sie das Elend und die Not der Menschen wirklich an sich ran ließ, konnte sie nicht mehr loslassen, dafür war ihr Gerechtigkeitsempfinden viel zu ausgeprägt. Also redete sie sich ein, dass man als Privatperson ohnehin nichts tun könne gegen die Not der Welt, außer spenden. Und weil man bei Spenden nie wusste, wo sie landeten, war es ein einziger Teufelskreis, den sie, Marianne Raven, allein auch nicht durchbrechen konnte. Die üblichen Ausflüchte, Entschuldigungen, Ausreden. Die Zeit war einfach noch nicht reif.

Aber eine Reise, erzählt sie weiter, habe ihr Weltbild wirklich auf den Kopf gestellt, Ur-Ängste an die Oberfläche transportiert und verschüttet geglaubte Kräfte mobilisiert: Ihre Antrittsreise in die Plan-Projektgebiete in Mittelamerika, die sie als frisch gebackene Geschäftsführerin von Plan Deutschland unternahm und bei der sie alle anerzogenen und antrainierten Berührungsängste fahren ließ. Und, nicht zuletzt, die Reise, die ihre Lebenszufriedenheit um mindestens hundert Prozent steigerte, weil sie merkte, dass es im Leben um so viel mehr als nur um Arbeit und sechs Wochen Urlaub im Jahr ging. Was sorgte sie sich um Banalitäten wie »Was esse ich heute zu Mittag? Welches Kostüm trage ich morgen? Welches Auto kaufe ich mir übermorgen?« – wo in vielen Gebieten der Erde doch schlicht und einfach nur die Frage entscheidend ist, ob es genug regnet oder nicht, weil nur genug Regen die Existenz einer Familie sichern kann. Aus dieser Reise sei sie völlig verändert hervorgegangen, sagt sie.

Nun ist es nicht so, dass sich irgendwann ein Schalter umlegte und die Juristin von heute auf morgen zur Mutter Teresa aller verlorenen Drittwelt-Kinder machte. Und doch: Wer Marianne Raven kennt, hat schnell den Eindruck, dass sie nicht nur für Plan arbeitet, sondern Plan ist. Sie hat sich den Job nicht gesucht. Er ist zu ihr gekommen – über Umwege, Zufälle, Abenteuer. Vielleicht, weil sie Menschen liebt und ein großes Herz hat. Sicher auch, weil sie frei ist von Sozialromantik, die den Blick für die Notwendigkeiten nur verklären würde. Weil sie eine Kämpferin ist, mit starken Visionen. Eine Person, die Strukturen nicht kritiklos hinnimmt und sich fügt, sondern Herkömmliches grundsätzlich in Frage stellt. Die den Mund aufmacht, wenn sie eine bessere Idee hat, und sich von Autoritäten nicht einschüchtern lässt. Kurz: Weil sie die perfekte Galeonsfigur ist für eine Hilfsorganisation wie Plan. Und das schafft man nur, wenn man durch und durch authentisch ist und seinen Beruf lebt, statt auf Image zu schielen. Marianne Raven hat viel zu hart gearbeitet, um dahin zu kommen, wo sie heute steht, hat viel zu viel aufgegeben, um so zu leben, wie sie jetzt lebt, als dass sie sich mit Kleinigkeiten wie Außenwirkung abgeben würde.

Wenn es nach dem Vater gegangen wäre, hätte sie nicht mal Abitur, sagt sie. Und hätte sie sich als Stenotypistin nicht so gelangweilt, wäre es dabei wohl auch geblieben. Denn zunächst lässt sich ihr Leben ganz »klassisch« an. Marianne lernt in einer Disco in Pinneberg Klaus kennen. Wenige Monate später ziehen sie zusammen, heiraten. Eine Entscheidung aus Liebe, eine bewusste Entscheidung sei es gewesen, sagt sie. Dennoch bedeutete es für Marianne nicht automatisch – und vor allem nicht gleich sofort! – Familie. Sie wollte noch so viel mehr vom Leben, von ihrem Job. Von allem.

Ihr Mann bestärkt sie, das Abi nachzumachen. Er träumt wohl davon, dass sie Germanistik und Anglistik studiert, um mit ihm, dem Illustrator, später Kinderbücher zu realisieren. Doch das ist nur sein Traum. Sie selbst hat eigene Ideen. Sie will Jura studieren und setzt sich auch durch – gegen seinen Willen. Es kommt zum Krach, zur Trennung, schließlich zur Scheidung. »Ich habe mich damals zwischen Abhängigkeit und Unabhängigkeit entschieden, mit allen Konsequenzen«, erklärt sie rückblickend. Es macht sie traurig, dass ihr Exmann ihr bis heute nicht verziehen hat. Die erste Zeit nach der Trennung sei richtig hart gewesen. Doch irgendwann sei sie an einen Punkt gekommen, wo sie merkte, welche Möglichkeiten sie plötzlich hatte, nun, da sie auf niemanden mehr Rücksicht nehmen musste. Sie konnte all ihre Energie auf ihr Studium verwenden, es in Rekordgeschwindigkeit durchziehen. Sie war frei, ungebunden, konnte tun und lassen, was sie wollte.

Auch Partner kamen in diesem neuen Lebensplan wieder vor. Doch die wenigsten, das wurde ihr klar, suchten eine selbstständige Frau wie sie. Sie gab Acht, nicht noch einmal denselben Fehler zu machen. »Ich hatte mir meine Freiheit doch nicht umsonst erkämpft.«

Nach Abschluss ihres Jura-Studiums wäre sie gern in die Rechtsabteilung eines großen Hamburger Verlagshauses eingestiegen. Sie hatte dort schon jahrelang als Studentin und später Referendarin gejobbt, sie kannte den Laden, die Leute, das Geschäft. Doch als sie ihr Staatsexamen in der Tasche hat, ist dort keine Stelle für sie frei; Marianne muss sich neu orientieren. Schließlich fängt sie in einer Kanzlei an, als Expertin für Internationales Recht und Presserecht. Immerhin genau die Richtung, die sie hatte einschlagen wollen. Sie versucht, sich einzufügen, will der verpassten Chance nicht nachtrauern. Insgesamt hat sie es doch ganz gut getroffen, redet sie sich ein. Das Team stimmt, ihr Aufgabenbereich ist überaus reizvoll, sie kann zufrieden sein. Ihr großer Optimismus rettet sie über kleine Zwischentiefs. Nur ihr engster Kreis ahnt, wie es in ihr drin aussieht. Über eine Freundin erfährt sie von einer internationalen Organisation, die einen Geschäftsführer suchte. Das könnte doch etwas für dich sein, sagt sie ihr. Marianne ist skeptisch. Sie bringt in Erfahrung, dass es um Kinderpatenschaften geht – und rückt spontan noch weiter auf Distanz. »Ich bin kein Gutmensch, das bin ich nie gewesen«, erklärt sie. »Meine Stärke waren immer eher das Organisationstalent und mein analytischer Verstand.« Trotzdem. Es kann nicht schaden, wenn sie ihren Hut in den Ring wirft. Sie riskiert nichts, kann nur gewinnen.

Ein paar Wochen später steht sie vor dem internationalen Auswahlgremium, ausschließlich Männer. »Was würden Sie alles tun, um den Job zu bekommen?«, fragt man sie auf Englisch. Eine andere hätte das gehörig eingeschüchtert. Die große Versammlung, die inquisitorischen Fragen, die beklemmende Stille. Marianne Raven hat solche Situationen vor Gericht oft erlebt. Demütig will sie den Herren sicher nicht begegnen, das hat sie sich fest vorgenommen. Sie antwortet, schlagfertig, lächelnd: »I wouldn't die for it …« Gelächter im Saal. Etwas später wird der holländische Plan-Geschäftsführer sie zur Seite nehmen und ihr sagen, dass sie in dem Moment schon das Eis gebrochen hat. Den Herren gefällt ihr Selbstbewusstsein, es imponiert ihnen, dass Marianne nicht lange um den heißen Brei herumredet, sich Höflichkeitsfloskeln spart und gleich zur Sache kommt. Das ist neu, erfrischend und kommt gut an.

Marianne Raven wird Geschäftsführerin von Plan Deutschland, dem achten von heute fünfzehn Ablegern der Organisation, die 1937 von John Langdon-Davies gegründet wurde und mittlerweile 1,3 Millionen Patenkinder und deren Familien in 45 Ländern unterstützt. Die junge Juristin startet als Personal-, Marketing-, Presse- und Finanzchef in Personalunion. Sie soll Plan in Deutschland bekannt machen, neue Paten gewinnen und vor allen Dingen sparen, sparen, sparen … Ein Ding der Unmöglichkeit. Sie kann nicht gleichzeitig massiv expandieren und dabei große Summen einsparen. Doch die aufstrebende Juristin sieht ihren Posten als herausfordernde Management-Aufgabe. Sie wird es schon schaffen, irgendwie. Wenn sie ehrlich ist, hat sie einen Beruf wie diesen immer gesucht: Hier kann sie etwas aufbauen, spannende Projekte planen und realisieren, mit vielen interessanten Leuten auf internationaler Ebene rundum Positives bewirken. Plan ist nicht religiös, nicht politisch und absolut unabhängig. Das passt zu ihr. Und sie, pragmatisch und zupackend, wie sie ist, passt zu Plan. Die Kombination könnte nicht besser sein.

Die ersten Punkte macht die Neueinsteigerin im Hamburger Office. Sie hat sich fest vorgenommen, so zu wirtschaften, dass sie möglichst viel Geld in die Plan-Gebiete überweisen kann. Dafür muss sie woanders kürzen und einsparen, anders geht es nicht. Wenn im Büro ein neues Faxgerät Not täte, hören ihre Mitarbeiter von ihr nur: Für das Geld können wir vor Ort einen Brunnen bauen. Gekauft wird nur, was dringend notwendig ist. Je achtsamer sie mit den Spendengeldern umgeht, desto mehr kann sie helfen. Das ist eine ganz neue Form von Job-Motivation. Dass ihre Stelle in Wahrheit noch viel, viel mehr beinhaltet als Money-Management, wird ihr erst klar, als sie, kaum im Amt, zum ersten Mal auf Reisen geschickt wird. Sie soll sich einen Überblick verschaffen, heißt es, sich überall vorstellen und ein paar wichtige Leute kennen lernen. In Wahrheit war es eine Art Reifeprüfung, sagt sie heute, rückblickend. Denn der Job im Büro Hamburg ist nur die eine Seite. Nun soll sie zeigen, ob sie sich den extremen Anforderungen ihrer Aufgabe wirklich gewachsen fühlt.

Fest entschlossen, sich nicht einschüchtern zu lassen, fliegt Marianne Raven in die Dominikanische Republik. Ein Plan-Mitarbeiter bringt sie von Plan-Station zu Plan-Station. Unterwegs ist genug Zeit für ein Update. Der Helfer erzählt ihr, was sie in den nächsten Tagen erwartet. Dass das staatliche Gesundheitssystem nicht mal die Hälfte der Bevölkerung erreicht, ist nur ein Problem in dem bevölkerungsreichen Drittwelt-Land. Dass jedes zweite Kind an Unterernährung leidet und Trinkwassermangel die schlimmsten Durchfallerkrankungen, Lungenentzündungen, Ruhr und Malaria hervorruft. Dass das Plan-Team, das sich um fast 30 000 Patenkinder und deren Familien kümmert, einen erbitterten Kampf gegen Kinderarbeit, Prostitution und Verwahrlosung kämpft und man der Not und dem Elend einfach nicht Herr wird.

Marianne lässt das alles auf sich wirken, seufzt, stutzt, fragt nach. Versucht, bei allem Schrecken sachlich zu bleiben.

Als sie das Plan-Projektgebiet am Rande der Hauptstadt Santo Domingo erreichen, einst eine blühende Landschaft, doch nun ein einziges Elendsviertel, machen sie Halt. Großes Hallo, als der Betreuer aussteigt. Jubel, dass er hochkarätigen Besuch mitbringt. Kinder umringen ihr Auto, Erwachsene kommen auf sie zu, grüßen, nicken zufrieden, laden sie ein. Unterwegs sah Marianne Frauen und Kinder, die sich in einem Fluß wuschen. Bei näherem Hinsehen hat sie bemerkt, dass das Wasser über und über mit Schaumkronen bedeckt war. Der Plan-Helfer erklärt ihr, dass ein paar Kilometer flussaufwärts eine Waschmittelfabrik steht, die sämtliche Abwasser ungefiltert ausleitet. – Hier kann sie ansetzen, hier ist ihr Organisationsgenie gefragt. Marianne spricht mit den Dorfältesten und lässt sich die Probleme schildern. Sie macht Termine mit den Botschaften vor Ort und diskutiert mit Vertretern der Regierung. Sie nutzt die Autorität ihres Amtes, um den Menschen zu helfen.

In Guatemala, ihrer nächsten Station, sieht die Situation nicht viel besser aus. Wieder heißt sie ein Mitarbeiter am Flughafen willkommen, wieder macht man sich gemeinsam auf den Weg, hunderte von Kilometern durch unwegsames Gebiet. Über Amatitlan/Villa Nueva, das im Einzugsbereich der Hauptstadt liegt und wo es den Menschen von Wasser über Nahrung bis hin zur Gesundheitsversorgung an allem fehlt, erreichen sie El Progreso, das ein paar Jahre zuvor von einem Erdbeben heimgesucht worden ist. Der Fahrer zeigt ihr, wie man mit der Dorfbevölkerung daran arbeitet, wieder eine funktionierende Landwirtschaft zu etablieren, Schulen und Straßen zu bauen und die Trinkwasserversorgung sicherzustellen.

Schließlich erreicht Marianne Raven das Bürgerkriegsgebiet von El Salvador. Nur zwei Leute seien dort aus dem Flugzeug ausgestiegen, erinnert sie sich. Ein Manager von BASF und sie. Sie habe echtes Glück, sagt der Plan-Mitarbeiter zur Begrüßung. Bis gestern seien die Autos auf der Straße noch regelmäßig von den Guerilleros beschossen worden. Aber keine Sorge, beruhigt er sie. You'll be fine. In ihrem Hotel wohnten zwanzig Gäste, verteilt über 200 Zimmer. Aus Sicherheitsgründen, erfährt sie, denn das Haus steht auf der Liste der Widerstandskämpfer. Als Marianne die Menschen in der Plan-Gemeinde an jenem Morgen fragt, was sie denn am dringendsten brauchen, eine Schule?, sauberes Trinkwasser?, gucken sie sie nur mit großen Augen an. Dann steht einer in den hinteren Reihen auf und sagt: Frieden. Sie wünschen sich nichts als Frieden. Da werden ihr ihre Grenzen schlagartig bewusst. Was sie auch tut, wie sehr sie sich auch einsetzt: Sie kann der Bevölkerung nicht das geben, was sie am nötigsten braucht, Frieden, Sicherheit, Glück und Zufriedenheit.

Ein Stück weit habe ihr das die Augen geöffnet, sagt sie. Aber es habe auch ihren Kampfgeist angestachelt! Sie will so viel bewegen, wie eben geht.

Manchmal komme es ihr so vor, als hätte sie das große Glückslos gezogen, sagt Marianne Raven. Schließlich sei sie in die Erste Welt hineingeboren worden. »Wenn ich etwas trinken will, brauche ich nur den Hahn aufzudrehen. Meine Toilette ist in der Wohnung und hat eine elektrische Spülung. Mein Duschwasser ist warm, und wenn es draußen kalt ist, drehe ich die Heizung auf. Ist das Leben, das wir führen nicht wunderbar? Müssen wir da nicht ein bisschen was tun, dass es anderen auch besser geht?« Wie zur Bestätigung dreht Marianne Raven den Wasserhahn in der Küche ihrer Hamburger Wohnung auf, hält ein Glas darunter, trinkt es in einem Zug aus. Bis vor ein paar Tagen sei das gar nicht denkbar gewesen, sagt sie, weil sie danach stundenlang Bauchkrämpfe gehabt hätte.

Ein gutes Zeichen. Sie kann sich bald wieder auf den Weg machen.

Angelika

»Freiheit ist das höchste Gut, aber du musst eben auch was daraus machen.«

Mut. Risikobereitschaft. Pioniergeist. Nicht unbedingt Eigenschaften, die in der DDR besonders gefördert worden wären. Angelika hat sie im Westen studiert – um sich Jahre später im Osten, an der Mecklenburgischen Seenplatte, am Zierker See in Neustrelitz, selbstständig zu machen. Auch wenn es so nie geplant war. Sie packt ihr Leben an und tut was für sich und ihre Umwelt. Jeden Tag, mit immer neuen Ideen und erfrischender, kindlich-naiver Begeisterung darüber, was in einem freiheitlichen System wie der Bundesrepublik alles möglich ist, wenn man nur will. »Diese Freizügigkeit!«, schwärmt sie. »Freiheit, so zu leben, wie man möchte. An dem Ort, den man sich selbst aussucht. Von Geld, das man in einem selbst gewählten Job verdient.« All das ist für die junge Frau keine Selbstverständlichkeit. Sie hat ihr Leben dafür riskiert. Und würde es immer wieder tun.

Vielleicht sind einem die Dinge, die man sich selbst verdient hat, die teuersten. Für den einen ist es die erste Stereoanlage, für einen anderen der selbst erarbeitete VW-Käfer. Typische Jugendträume aus einer Welt, die Angelika nur aus dem West-Fernsehen kannte. Sie lebte in einer Welt, in der nur der Lehrer und der Arzt Telefon haben durften. In einer

Welt, in der man eine halbe Ewigkeit auf ein eigenes Auto oder ein Fernsehgerät sparte, bei einem Monatsgehalt von 900 Mark. In einer Welt, in der alles bis ins Detail reglementiert war. In so einer Welt wünscht man sich andere Dinge.

Wir sind alte Freundinnen aus Studienzeiten, sehen uns nur leider viel zu selten, seit sie nach Neustrelitz gezogen ist. Als wir an diesem späten Januarnachmittag durch das 20 000-Seelen-Städtchen fahren, zeigt sie unvermittelt auf eine heruntergekommene Stadtvilla. Der Putz rieselt von den Wänden, die Fenster, pechschwarz vor Dreck, drohen jeden Moment aus dem Rahmen zu rieseln. So habe es zu DDR-Zeiten überall ausgesehen. Aber man habe sein Haus nicht streichen dürfen, weil all die anderen sonst umso hässlicher ausgesehen hätten. Ihr Vater habe massive Probleme bekommen, als er sich weiße Farbe aus dem Westen kommen ließ. Damals habe sie das gar nicht so mitbekommen. Als Jugendliche steckte sie viel zu sehr drin im DDR-System. Bis ihr irgendwann auffiel, dass sie sich nicht frei entfalten konnte, den Mund nicht aufmachen durfte, wenn ihr etwas nicht passte. Niemand habe sich das getraut, sagt sie, jeder hatte Angst vor Repressalien.

Sie ist fünfzehn, als sie zum ersten Mal den Maulkorb zu spüren bekommt. Worum es ging, weiß sie nicht mehr so genau. Nur, dass ihre Eltern ihr damals dringend rieten, lieber den Mund zu halten. Jahrelang ging das gut. Zufriedenheit war was anderes, aber die junge Frau arrangierte sich. Nur habe sie sich einfach nicht frei gefühlt in der DDR. Je älter sie wurde, desto schlimmer sei es geworden. Man habe dort gelebt wie in einem Gefängnis. »Selbst die Urlaube waren nicht mehr als ein Spaziergang auf dem Gefängnishof …«

1988 macht sie ihr Abitur, will, als Arzttochter, Medizin studieren. Im Westen hätte sie mit ihrem Einser-Abitur den Numerus Clausus spielend geschafft. Im Osten wird ihr Studienplatz zum Politikum. Denn der Staat interessiert sich nicht für ihre persönlichen Wünsche. Angelika ist für einen anderen »Kampfplatz« vorgesehen. Sie hat die Wahl zwischen drei Fächern: Theologie, Lehramt für Geschichte und Staatsbürgerkunde oder Ökonomie. Was soll das, wo sie doch Medizin machen will? Warum wird ausgerechnet sie nicht zugelassen, wo ihr Bruder Christian längst Praktikant an der Berliner Charité ist? Angelika ist sauer und wütend, als sie die Absage bekommt. Sie hält das alles für eine schreiende Ungerechtigkeit, egal, wie viele weibliche Abiturientinnen neben ihr noch betroffen sind. Und weil sie ihrem Frust nicht anders Luft machen kann, fällt sie den Entschluss: Sie wird gehen.

Zu Schulzeiten hat sie sich noch hin und wieder aufgelehnt. Da war sie FDJ-Sekretär, so was wie Klassensprecherin. In dieser Position habe man ein kleines bisschen mitbestimmen dürfen, erinnert sie sich. Als ihre Klasse zum Beispiel im Sommer nicht Erdbeeren pflücken gehen wollte wie alle anderen, habe sie gekämpft und durchgesetzt, dass die Gruppe stattdessen die Götterallee vor dem Neustrelitzer Schloss sauber hielt. Da seien sie auch als billige Arbeitskräfte missbraucht worden. Aber der Job erschien ihnen einfach sinnvoller.

Wenn man Glück hatte, funktionierte so was. Aber die Regel war es nicht. Normalerweise kam man gegen die Macht der Partei nicht an. Das hatte zum Teil schon skurrile Züge, wie etwa im Sportunterricht. Wer keine 2000 Meter lief, sei es, weil er sich krank fühlte oder nur nicht trainiert genug war, riskierte damit, nicht zum Studium zugelassen zu werden. »Du hast nicht die richtige Einstellung!«, hieß es dann. »Daran musst du arbeiten.«

Von dem Entschluss, der in ihr brennt, erzählt sie niemandem ein Sterbenswort. Viel zu groß ist die Angst aufzufliegen. Ein Ausreiseantrag ist indiskutabel; Freunde der Eltern hatten diesen Schritt gewagt und waren von heute auf morgen aus allem rausgeworfen worden: Sie verloren ihre Jobs, ihre privaten Kontakte, Bekannte, Freunde – jeder distanzierte sich von ihnen. Eines Tages waren sie einfach nicht mehr da, als der Sohn aus der Schule kam. Später wurde bekannt, dass sie tagelang verhört worden waren.

So kursieren die wildesten Geschichten über so genannte Vaterlandsverräter oder Republikflüchtlinge. Man munkelt von massiven Druckmitteln der Staatssicherheit, auch von Folter ist die Rede. Gründe genug, um bei allem, was man vorhatte, sehr, sehr vorsichtig zu sein, erinnert sich Angelika. »Man wusste: Das ist alles kein Spiel hier.«

Doch der Gedanke an Flucht lässt sie nicht mehr los. Nächtelang denkt sie über ihren Plan und die Konsequenzen nach. Sie weiß, sie wird sich von den Eltern verabschieden müssen, ohne sicher sein zu können, sie je wieder zu sehen. Sie wird alles aufgeben, Freunde, Familie, ihr ganzes Leben. Und sie muss bereit sein, auf ihr Glück zu vertrauen und sich auf das Abenteuer Zukunft einzulassen. Was Angelika vorhat, hat mit Reisen nichts zu tun. Man kann sich nun mal nicht einfach ein Ticket von Ost- nach West-Berlin kaufen. Gelingt es ihr, irgendwie bis an die Grenze zu kommen, ist da immer noch die Gefahr, an der Mauer erwischt oder sogar erschossen zu werden. Es geht um alles oder nichts, zum ersten Mal in ihrem Leben.

Bis es so weit ist, übt sie sich in Geduld. Nur nichts Unüberlegtes tun, bloß nicht auffällig werden, sagt sie sich. Aus der verbleibenden Zeit das Beste machen. Ein Ökonomie-Studium kann im Westen auch nicht schaden. Als Zugangsvoraussetzung brauchte sie allerdings eine Lehre als Koch, Kellner oder Empfangsdame. Über Kontakte ihrer Mutter bekommt Angelika eine Stelle in einem Hotel an der Müritz, wo sie dreimal täglich für 700 bis 1000 Gäste den Tisch deckt und wieder abräumt. Mit Glück landet sie nach zwei Monaten bei der Putzkolonne auf Etage und freut sich, dass der Tag beim Bettenmachen deutlich schneller rumgeht als im Restaurant. Und sie atmet auf, als sie endlich an den Empfang versetzt wird. Dort fühlt sie sich zum ersten Mal seit Beginn der Ausbildung richtig wohl. Durch den Publikumsverkehr hat sie eine Menge Ansprache, die Zeit vergeht wie im Flug, und wenn wenig zu tun ist, schmökert sie durch die Karteikarten der Gäste. Der Erfolg gibt ihr Bestätigung und Power. Und sie hat die ganze Welt vor sich, da ist sie sich ganz sicher.

Nach Abschluss des Praktikums ergattert sie einen von fünfzehn Ausbildungsplätzen, um sich zur Facharbeiterin in der Hotellerie ausbilden zu lassen. Beim Praktikum in Kühlungsborn an der Ostsee schwärmt ein Gast ihr von Griechenland vor, den vielen kleinen Inseln, die man dort bereisen kann, dem genussvollen Leben im Süden, der immer warmen Sonne, den netten, gastfreundlichen Menschen ... Angelika lauscht, neugierig, wehmütig. Sieht sie förmlich vor sich, die fremde Welt, die für sie so unerreichbar ist.

Noch am selben Abend bricht sie zusammen. Sie weint hemmungslos, kann gar nicht aufhören zu schluchzen. Für die junge Frau das Zeichen, dass das Maß voll ist. Sie kann nicht mehr. Sie muss weg. Im Mai 1989 macht sie ihren Facharbeiter. Zwei Tage später sitzt sie im Flieger nach Ungarn.

Niemand schöpft Verdacht, als Angelika nach ihrer Abschlussarbeit eine Woche Urlaub beantragt. Wohin es geht, weiß keiner außer ihr. Das nötige Visum trägt sie seit zwei Jahren mit sich herum und für das Ticket hat sie ihre gesamten Ersparnisse hingeblättert. Als sie das Dokument in der Tasche hat, funktioniert sie wie mechanisch. Stopft daheim Pullis, T-Shirts und ihr Tagebuch in den Koffer, checkt noch mal Abflugdatum und -zeit, verwischt verräterische Spuren. Alles soll aussehen wie immer. Letztes Abendessen mit den Eltern. »Der Urlaub wird dir gut tun!« Kein Wort über ihr Vorhaben. Am nächsten Morgen gemeinsames Frühstück, Küsschen zum Abschied. Dann fährt sie zur Arbeit, wie jeden Tag. Nach bestandener Prüfung würde sie mit dem Zug über Neustrelitz direkt zum Berliner Flughafen fahren.

Der Plan geht auf, irritierend leicht, wie sie findet. Doch im Flugzeug wird ihr angst und bange, was sie da losgetreten hat. Aber nun, da sie einmal unterwegs ist, gibt es kein Zurück mehr. »Ich wusste nur eins: Ich würde nicht zurückgehen. Entweder, sie erschießen dich an der Mauer, oder du kommst durch. Eine andere Alternative gab es nicht«, erinnert sie sich. Die Rigorosität, mit der sie ihren Entschluss durchsetzte, die Alles-oder-nichts-Haltung, die sie über sich selbst hinauswachsen ließ, erstaunt Angelika bis heute. Aber ihr Freiheitsdrang war so stark, dass er kein Wenn und Aber zuließ. Über den Wolken denkt sie noch einmal an den

Anruf des Bruders aus Innsbruck. »Komm nach Ungarn, so schnell es geht«, hatte Christian gesagt. »Wir holen dich da raus.« Er selbst musste es ganz ähnlich angestellt haben, als er zwei Monate zuvor sang- und klanglos verschwand. Es ging nicht anders: Hätte er auch nur ein Familienmitglied in seine Pläne eingeweiht, wären sie alle wegen Beihilfe zum Vaterlandsverrat ins Gefängnis gewandert. Also hatte er sämtliche Indizien und möglichen Beweisstücke im Garten vergraben und war dann einfach abgehauen. Nach Innsbruck, zu den Verwandten, mehr wusste sie nicht. Nun saß er dort und wartete auf sie. Bei dem Gedanken läuft Angelika ein aufgeregter Schauer über den Rücken.

Als sie in Budapest landet, ist niemand da, um sie vom Flughafen abzuholen. Angelika schluckt dreimal und atmet tief durch. Jetzt nur nicht nervös werden. Zögernd macht sie sich auf den Weg, irgendwas wird sich schon ergeben. Zu allererst müssen die DDR-Klamotten weg. Auf der Toilette zieht sie sich splitternackt aus, packt alles in eine Plastiktüte, schlüpft in die eigens mitgebrachten West-Sachen von den Verwandten in Innsbruck und stopft den Müllsack draußen in einen Eimer. Wenn man sie schnappt, darf sie keinen VEB-Schlüpfer tragen – der würde sie sofort verraten. Danach ruft sie aus einer Telefonzelle den Bruder in Innsbruck an. Er beruhigt sie, versichert ihr, dass sie es fast geschafft habe. Peter, ihr fünfundzwanzigjähriger Cousin, sei schon unterwegs zu ihr. Am Plattensee würden sie sich treffen. Also setzt sie sich in den Bus zum Balaton. Sie ist am Ziel. Was kann ihr jetzt noch passieren?

Am Plattensee angekommen, übernachtet sie in der Gartenlaube einer freundlichen Rentnerin und macht sich am nächsten Morgen zum See auf. Dort kauft sie sich ein Eis, setzt sich auf eine Bank an der Strandpromenade und blinzelt nervös in die Sonne. Gleich würde Peter da sein. Wie er wohl aussieht? Ob er sie wiedererkennt? In ihrem Kopf spukt allerlei wirres Zeug herum. Da, endlich, rollt der weiße Audi 100 mit Innsbrucker Nummer heran. Peter entdeckt sie sofort, kommt strahlend auf sie zugelaufen, umarmt sie wie eine verlorene Tochter.

Eine halbe Ewigkeit stehen die beiden so da. Liegen sich in den Armen, erleichtert und glücklich, als hätten sie das Schlimmste schon hinter sich. Schließlich schiebt Peter seine vor Freude weinende Cousine in den Wagen, legt eine Kassette ein und fährt mit ihr in die kleine Appartmentwohnung, die er für die nächsten Tage gemietet hat. 25 Mark am Tag, Frühstück und Blick auf Halbinsel inklusive. Für Angelika ein kleines Vermögen. Unfassbar, was Peter alles für sie tut! Sie wirft sich auf das hübsch bezogene Bett, kuschelt sich in die frischen Laken und fühlt sich wie eine Königin.

Eine herrlich unbeschwerte, für Angelika unvergessliche Zeit beginnt. Die Tage verbringen sie am Strand, baden, spielen Volleyball, sonnen sich. Abends gehen sie essen, jedes Mal in ein anderes Lokal. Für die junge Frau aus Neustrelitz das Paradies. »Am liebsten hätte ich die Welt angehalten ...«

Peter und sie kennen sich kaum – und doch sind sich der Medizinstudent aus Innsbruck und die Hotelfachfrau aus Neustrelitz von Anfang an unglaublich nah. Angelika vertraut dem Cousin blind. Sie ist bereit, ihr Leben in seine Hände zu legen.

Wir könnten auch heiraten, schlägt Peter ihr an einem

ihrer letzten Abende vor. Angelika ist gerührt, fühlt sich sogar geschmeichelt, aber sie winkt ab. Peter erklärt ihr, was er vorhat. Sie wollen am Strand des Balaton ein Mädchen finden, das Angelika zum Verwechseln ähnlich sieht. Sie muss nur aus dem Westen sein – und abenteuerlustig genug, sich auf das kleine Experiment einzulassen, das für Angelika endgültig die Freiheit bedeutet: ihren Pass Angelika zu leihen; sie würde ihn, sobald sie im Westen waren, als gestohlen melden.

Angelikas großes Glück ist, dass zu jener Zeit eine Menge Deutsche in Ungarn studieren, weil sie in Deutschland den NC nicht geschafft haben. Die verbringen die Semesterferien gern am Plattensee, in der Sonne liegend, lesend, lernend. Wenn sie darunter auch nur eine finden, die aussieht wie sie ... Dann, ja dann.

Sie suchen, scannen hunderte von Gesichtern, lernen in kürzester Zeit unzählige Leute kennen, forschen weiter. Durch Zufall treffen sie Matthias, einen Freund von Peter, der auch in Ungarn studiert. Er erinnert sich an Marion, eine Austauschstudentin aus Bamberg. Groß, dunkelhaarig, attraktiv. Sie könnte Angelikas Schwester sein. »Mir wäre die große Ähnlichkeit gar nicht so aufgefallen«, erinnert diese sich heute. »Andererseits: Wenn ich mir die langen Haare zum Pferdeschwanz band und es dunkel war an der Grenze, dann konnte es unter Umständen funktionieren ...«

Viel länger hätte die Suche nicht dauern dürfen. Angelikas Urlaub ist fast zu Ende. Nicht mehr lange und man würde anfangen nach ihr zu suchen. Heute Nacht fahren wir, sagt Peter beim Abendessen. Ihre paar Sachen sind schnell gepackt, dann geht es los, immer Richtung Wien. Und bloß nicht anhalten, ehe sie in Sicherheit sind! Das weiß Angelika vom Hörensagen. Denn auf den Parkplätzen vor der Grenze treibt sich häufig Geheimpolizei rum.

Je näher sie auf die Grenze zufahren, desto ruhiger wird Angelika. Ihr Herz schlägt immer langsamer. Da, der erste Grenzposten. Die ungarischen Zöllner nehmen beide Pässe an sich, vergleichen ihre Gesichter mit den Fotos. Angelika lächelt, vielleicht ein bisschen wie Marion. »Bitte stellen Sie den Motor ab«, sagt der Grenzer und verschwindet mit den Dokumenten im Grenzerhäuschen. Warten. Schweigen. Der Beamte kommt zurück. Checkt die beiden Pässe noch einmal, dann winkt er den weißen Audi durch. Ohne ein Wort rollen sie weiter durchs Niemandsland. Es ist so still, dass man im Wagen eine Stecknadel fallen hören könnte. Peter atmet schwerer, als sie auf den österreichischen Grenzposten zufahren, doch als er das Fenster runterkurbelt, reißt er sich zusammen. Grüßt freundlich, lächelt. Prüfender Blick in den Wagen. Angelika stellt sich schlafend. Mit einer schwungvollen Armbewegung winkt der Grenzer sie durch. »Gute Fahrt!«

Das war's. War's das? Völlig unmöglich. Peter und Angelika gucken einander an. Sie können nicht fassen, was da eben passiert ist. Angelika ist frei – und war doch immer nur wenige Kilometer von diesem riesigen Gefühl entfernt.

Noch in der gleichen Nacht fahren sie durch bis Wien und dann weiter nach Innsbruck. Am nächsten Morgen kommen sie dort an. »Wir beide waren völlig high und kein bisschen müde. Ich fühlte mich wie unter Drogen ...«

Da ist ihr Bruder, da sind Onkel und Tante und alle Cousins und Cousinen, die sie jubelnd beglückwünschen zu der gelungenen Expedition. Der Onkel holt eine Flasche Sekt aus dem Keller. Darauf muss angestoßen werden! Der Freudentaumel will nicht enden. Nun hast du es geschafft, sagt sie sich, als sie Stunden später überglücklich ins Bett fällt. Jetzt beginnt dein Leben. Es ist Juni 1989.

Für die ersten Wochen zieht sie zu Peter, der in Frankfurt studiert und dort eine kleine Studentenbude hat. Von da aus will Angelika alles Organisatorische regeln. Zuallererst einen Pass beantragen, im Auffanglager in Gießen. Dann die hundert D-Mark Begrüßungsgeld abholen. Den Antrag für eine Arbeitserlaubnis einreichen. Beim BND vorstellig werden ... Tausend Türen, die sie öffnen und hinter denen sie ihre Geschichte immer wieder von neuem erzählen muss. Nein, die Eltern sind noch in Neustrelitz. Ja, der Bruder ist schon im Westen. Ja, wir haben schon eine Wohnung. Nein, wir wollen nicht arbeiten, sondern erst mal studieren. Der Ämterlauf will kein Ende nehmen.

Ihren neunzehnten Geburtstag feiern sie mit Bier und Pistazien vorm Fernseher. Boris Becker gewinnt das Grand Slam Turnier in Wimbledon. Angelika, die nicht viel mehr besitzt als die paar Sachen, die sie am Leib trägt, hat sich lange nicht so glücklich gefühlt. Pistazien hat sie noch nie zuvor probiert, aber sie schmecken ihr wunderbar. Ihre Zukunft erschien ihr wie eine Wolke aus rosaroter Zuckerwatte.

Im Oktober 1989 fängt die frisch Eingebürgerte ein BWL-Studium in München an. Mit ihrem Bruder Christian, der für Medizin eingeschrieben ist, bezieht sie ein 14-qm-Zimmer im Studentenwohnheim. Doch der Traum von der großen Freiheit, die Vorstellung, tun und lassen zu können, was sie will, wird zunächst einmal jäh gedämpft. Was soll man anfangen, wenn man in München lebt, aber weder Wanderschuhe zum Wandern noch Skischuhe zum Skifahren hat? Christian und sie besitzen noch nicht mal ordentliche Turnschuhe. Bettzeug, Waschsachen, Geschirr, alles muss neu angeschafft werden. Die erste Zeit reicht das Bafög gerade so für das Essen und die Uni-Lebenshaltungskosten. Organisationsgenie, das sie ist, macht sie einen Plan. Was braucht man, um in München zu überleben und auch gesellschaftlich Fuß zu fassen? Und, vor allen Dingen: Wie kommt sie an das Geld dafür? Die Eltern aus Neustrelitz können nichts schicken. Sie wissen selbst kaum, wie sie über die Runden kommen sollten. Die Maueröffnung im November 1989 hat den DDR-Bürgern zwar die Freiheit gebracht, aber von Freizügigkeit kann noch längst keine Rede sein. Vorerst werden die Ost-Gehälter einfach in DM ausbezahlt.

Angelika und Christian einigen sich darauf, in der ersten Zeit alle Kosten zu teilen. Sie fangen beide bei Null an. Wenn Christian sich Turnschuhe kauft, muss Angelika auch reinpassen. Der Deal, aus der Not geboren, schweißt Bruder und Schwester knapp 800 Kilometer von daheim ganz eng zusammen.

Doch die Kosten sind nicht das einzige Problem. Für die Geschwister ist im Westen alles neu. Sie haben noch kein Feeling für das, was angesagt ist, müssen unter anderem auch lernen, was westlicher Geschmack bedeutet. Was trägt man in der Stadt? Was ist in, was out? Was passt zu ihnen, worin fühlen sie sich wohl? Was produzieren Firmen wie Rossignol oder Quicksilver? Und warum soll Woolworth schlechter sein als Woolrich? In diesen Monaten erschließen sich die beiden einen völlig neuen Kosmos, der Lifestyle heißt.

Einen Job zu finden ist leichter gesagt als getan. Selbst Telefone sind für die ehemaligen DDR-Bürger etwas Besonderes, von Kopierern, Druckern und Computern ganz zu schweigen. Angelika ist ratlos. Wie soll sie in einem Büro Geld verdienen, wenn sie noch nicht mal die Gerätschaften identifizieren kann? Ihr Bruder verdient sich als Gärtner ein paar Mark dazu. Angelika geht putzen, für 150 Mark am Tag. Vom ersten Gehalt kauft sie sich eine Replay Jeans und ist stolz wie Oskar auf ihre erste Investition in westliche Lebensart.

Denn in der ersten Zeit habe sie sich allzu oft wie ein Prolet gefühlt, resümiert Angelika. »Die Leute trinken Latte Macchiato und Caipirinha, essen Joghurt, Parmaschinken und Mozzarella, kaufen Pinot Grigio. Das alles zu lernen dauert Monate! Ich habe ständig alles durcheinander gebracht. Allein die Speisekarte beim Italiener war jedes Mal eine echte Belastungsprobe für mich: Fettuccini, Linguini, Lugana …«

Klammheimlich, auf ihrer Studentenbude, üben Christian und Angelika West-Slang wie eine neue Fremdsprache. Trainieren Führerschein statt Fahrerlaubnis, Zweizimmerwohnung statt Zweiraumwohnung. Gewöhnen sich Begriffe ab, die sie sofort als Ossi outen würden, und pauken Neuschöpfungen wie »brunchen« oder, für die Mecklenburger ein Zungenbrecher, das bayerische »Pfüati«. Sie überlegen, ob Zwetschge bayerisch ist oder ob man im Westen allgemein nie Pflaume sagt. Um sicherzugehen, sprechen sie ab sofort nur noch von Zwetschgen.

Christian verrät niemandem ein Sterbenswort davon, dass er aus dem Osten stammt. Er will sich dem Vorwurf »Die Ossis nehmen den Westlern nur die Studienplätze weg« nicht aussetzen.

Angelika sieht die Sache etwas lässiger. Sie habe nie ein Geheimnis aus ihrer Herkunft gemacht, wenn sie jemand danach fragte. Aber von sich aus habe sie auch nicht davon angefangen, schon gar nicht von ihrer Flucht. »Als Student bleibst du am liebsten unsichtbar und willst weder einen Exotenbonus in Anspruch nehmen noch stigmatisiert werden. Ich wollte nur in Ruhe studieren und meine Freiheit genießen.«

Das tut sie, in vollen Zügen. Statt, wie viele ihrer Kommilitonen, in den Semesterferien Schuhe zu verkaufen oder Hunde auszuführen, guckt sie sich die Welt an. Griechenland, Spanien, Italien. Dort schläft sie am Strand, weil's billiger ist, lebt wochenlang von nicht mehr als einer Mark am Tag, trampt, statt Züge zu benützen. Eine wunderbare Zeit sei das gewesen, sagt sie. Und: »Freiheit ist das höchste Gut – aber du musst eben auch was daraus machen.« Bis heute empfindet sie es als Wohltat, jederzeit überallhin reisen zu können. Wenn ihr damals jemand gesagt hätte, dass das Schicksal sie eines Tages ausgerechnet nach Neustrelitz zurückspülen würde, sie hätte sich kaputtgelacht.

An Heiligabend 1989, nach der Generalamnestie für politische Flüchtlinge, fahren die Geschwister zum ersten Mal wieder heim nach Mecklenburg.

Und fünfzehn Jahre später, Angelika hat neben tausend West-Erfahrungen ein abgeschlossenes BWL-Studium und zwei Stellen als Marktforscherin in München hinter sich, kommt sie endgültig wieder nach Hause. Die Mutter ist gestorben. Da will sie so nah wie möglich beim Vater sein. Doch das ist nicht der einzige Grund: Sie hat in den letzten Jahren, in denen sie hauptsächlich mit Zahlen zu tun hatte, festgestellt, dass sie lieber mit Menschen arbeiten würde – und eine Qi-Gong-Ausbildung absolviert. »Die Menschen haben Vertrauen zu mir. Leute mit Problemen stürzen geradewegs auf mich zu. Daraus möchte ich etwas machen.« Seit Sommer 2003 gibt es noch einen Grund mehr, warum Angelika so schnell nicht wieder aus Neustrelitz weg will: Johannes, ihr Mann, Musiker und stellvertretender Musikschulleiter; die beiden haben im Sommer 2004 geheiratet. Idyllisch und urromantisch, auf einem renovierten Mecklenburger Schloss, mit großem Gartenfest, Live-Musik und vielen alten und neuen Freunden aus Mecklenburg und München.

Johannes' bedingungslose Liebe und seine Musik haben ihr nach dem Tod ihrer Mutter Trost gespendet. Johannes hat sie darin bestärkt, sich nach vielen Jahren mal wieder ans Klavier zu setzen, und sie dem städtischen Gospelchor empfohlen. Ein völlig anderes Leben, als sie es sich damals, in München, je vorgestellt hatte.

Kürzlich in Neustrelitz. Als ich die gemeinsame Wohnung am Bürgerhorst erreiche, steht Johannes mit Leo, seinem sechzehnjährigen Sohn aus erster Ehe, im Flur und zimmert einen Ikea-Schrank zusammen. Angelika hat oben ein ausgiebiges Bad genommen und kommt in Bademantel und dicken Socken ins Wohnzimmer. Sie öffnet kurz die Balkontür, hält den nackten Zeh nach draußen und späht in den Garten. Die gefühlte Temperatur liegt weit unter den echten acht Grad. »Das macht das viele Wasser drumherum«, sagt sie. Sie freut sich schon auf den Sommer! Da seien sie tage- und nächtelang nur draußen, und auf der Terrasse sei es so heiß, dass man sich auf die Wiese setzen müsse, um etwas Abkühlung zu bekommen.

Sie ist glücklich hier. Das kann man unschwer sehen. Auch, wenn es in Neustrelitz noch so gut wie keine Kneipen, Cafés und sonstiges Entertainment gibt. Hier in diesem Vorstadtidyll, mit dem Cembalo im Esszimmer, der Chorprobe am Abend und den ewig offenen Türen für Freunde, Bekannte und Verwandte, könnte München und alles, was damit zusammenhängt – guter Verdienst, schöne Urlaube, ein luxuriöser Lebensstil – nicht weiter weg sein.

Endlich angekommen?

»Was heißt schon ankommen?«, fragt die frisch gebackene Ehefrau zurück. »Der eigentliche Reiz ist doch, unterwegs zu sein. Sich neue Ziele zu setzen, nicht, alte zu erreichen. Und immer in Bewegung zu bleiben. Das ist doch das Leben!« Wie der Kreislauf der Natur. Eine gesunde Einstellung. Sie könne sich vorstellen, für immer in Neustrelitz zu bleiben. »Ich habe hier jeden Tag das Gefühl, glücklich zu sein. Und frei. Das ist neu. Früher bin ich von einem Ereignis zum nächsten gehechelt und war nie wirklich zufrieden.« Andererseits findet sie es herrlich zu wissen, jederzeit überall hingehen zu können. »Wenn es uns hier nicht mehr gefällt, ziehen wir eben wieder um. Es muss ja nicht alles für die Ewigkeit sein.«

Mathilde

»Wenn Logik und Emotion eins wären, gäbe es dafür nur ein Wort ...«

»Du wirst über den großen Teich fliegen und den Mann deines Lebens kennen lernen. Er wird anders sein als die anderen. Und du wirst an dir arbeiten müssen, um ihn zu halten.« Mathilde ist Mitte dreißig und knabbert noch an den Folgen ihrer gescheiterten Ehe, als sie bei einem London-Aufenthalt eine Wahrsagerin konsultiert. Eigentlich nur aus einer Weinlaune heraus. Irgendetwas hat sie zu der weise lächelnden Frau hingezogen, und sie muss herausfinden, was. Im Grunde glaubt sie nicht an solchen Hokuspokus. Aber sie ist neugierig. »Ihr kennt euch aus einem früheren Leben«, liest die alte Dame aus ihrer Zauberkugel und ist sich ihrer Sache sehr sicher. »Ihr wart beide Red Indians. Du warst der Mann, er die Frau. Damals hat eure Beziehung ein sehr tragisches Ende genommen. Aber nun habt ihr die Möglichkeit, alles wieder gutzumachen ...« – Mathildes Großmutter ist Zigeunerin gewesen, aber Rothäute kennt sie nur vom Winnetou-Gucken. Mit Wiedergeburt und all dem Voodoozauber kann sie absolut nichts anfangen. Glaubt sie.

Wochen später, im September 1994. Filmfest in Toronto. Mathilde, die als Redakteurin für ein People-Magazin im Fernsehen arbeitet, ist aus München hergekommen, um ein paar prominente Gaststars zu interviewen. »Die Verurteilten« heißt der Favorit des Jahres. Die Hauptdarsteller, Tim Robbins und Morgan Freeman, muss sie auf alle Fälle vor die Kamera kriegen. Vielleicht ergibt sich darüber hinaus ja auch noch die eine oder andere Chance. Sicher ist Susan Sarandon vor Ort, Robbins' Ehefrau. Von den vielen Nebendarstellern und Nachwuchsstars ganz abgesehen. Die Veranstaltung verspricht, interessant zu werden.

Alles ist wie immer in Cannes, Venedig oder Berlin. Tagsüber wartet man mit den Kollegen auf Interviewtermine, steht sich vor den Festivalkinos die Beine in den Bauch oder sitzt stundenlang in Pressekonferenzen. Einziger Lichtblick: Die Abendveranstaltungen der großen Filmstudios und -verleiher, mit viel Hollywood-Glamour nahezu filmreif inszeniert. Da lebt die Szene noch mal so richtig auf, egal, wie spät es wird oder wie viele Interviews man schon geführt oder gegeben hat. Nicht selten hockt man bis in die frühen Morgenstunden an der Bar, probiert sich durch die Cocktail-Karte und erfährt mit ein bisschen Glück noch ein paar intime Details der Stars. Am folgenden Morgen beginnt das Standardprogramm dann wieder von vorn. Warten. Interviews. Trinken, Tanzen, Reden. That's Showbiz.

Mathilde kennt und mag diese Szene. Sie hat schon von unzähligen Festivitäten dieser Art fürs Fernsehen berichtet. Es macht ihr nichts aus, sich zum Teil stundenlang für Interviews bereit zu halten. Wenn sie dran ist, funktioniert sie auf Knopfdruck und entlockt den Stars selbst in stressigsten Situationen noch Statements, für die sie daheim, in der Münchner »Leute heute«-Redaktion, geschätzt wird. Denn Mathilde liebt Menschen. Sie genießt es auch nach vielen

Jahren in der Branche, immer wieder neue, interessante Kontakte zu knüpfen und das Eis zu brechen. Sie quetscht ihre Gesprächspartner nicht aus wie unreife Zitronen. Ihr Ziel ist es, sich einfach nett zu unterhalten. Die ungekünstelte Atmosphäre, die sie zu schaffen in der Lage ist, das angenehm Authentische an jeder Begegnung genießen viele Stars so sehr, dass sie sich schon im Vorfeld nach ihr erkundigen, wenn sie sie lange nicht gesehen oder gesprochen haben. Mathilde braucht kein Glamour-Outfit, keine beeindruckende Visitenkarte oder aufwändige Homepage. Mit ihr zu reden ist wie eine alte Schulfreundin zu treffen. Es wird einfach nie langweilig.

Ausgerechnet an jenem Morgen ist alles anders als sonst. Mathilde fühlt sich, als hätte sie unter einer Brücke geschlafen – was der Realität ziemliche nahe kommt. Es waren einfach viel zu viele Drinks am Abend zuvor. Und, wie immer, wenn sie ein bisschen beschwipst war, auch viel zu viele Zigaretten, zusammengeschnorrt von Gott und der Welt. Weil es sich nicht gelohnt hatte, sich für ein, zwei Stunden schlafen zu legen, ist sie nach der Party eine Runde um den Block gegangen, hat ein bisschen frische Luft geschnappt und sich anschließend gleich ins Hotel aufgemacht. Sie will unten in der Lobby einen Kaffee trinken, Zeitung lesen und schon in Pole Position sitzen, während die Kollegen noch ausschlafen.

Und wie sie da sitzt, ungewaschen und in den Klamotten vom Vortag, die langen, schwarzen Haare strähnig und kraftlos wie nach drei Tagen Regenwetter, kommt ein Mann durch die Drehtür. Groß und schlaksig, mit dunklem Teint, die langen, schwarzen Haare im Nacken locker zum Pferdeschwanz gebunden. Ein bisschen wie Johnny Depp, denkt sie bei sich, nur größer, viel größer. Suchend guckt er sich in der Lobby um, und für den Bruchteil einer Sekunde treffen sich ihre Augen. Der Fremde stoppt kurz, hält inne, überlegt, als würde er sie kennen und in seinem Gedächtnis nach ihrem Namen kramen. Dann macht er auf dem Absatz seiner Cowboystiefel kehrt und stapft mit derselben Entschlossenheit, mit der er hereingekommen ist, wieder durch die Drehtür hinaus.

Mathilde, die so leicht nichts aus der Fassung bringt, sitzt da wie vom Blitz getroffen. Dieser Mann, diese Augen haben ihr spontan den Atem verschlagen. Wer ist der Typ? Wo kommt er her? Und wo will er so schnell wieder hin? Irritiert und ein bisschen verlegen über ihr Backfischverhalten starrt sie aus dem Fenster. So, als könne sie die Szene noch mal ganz auf Anfang drehen, wenn sie nur fest genug daran glaubt. Tatsächlich: Die Eingangstür bewegt sich. Da ist der Fremde wieder, marschiert geradewegs in ihre Richtung und lässt sich entschlossen neben ihr auf das Ledersofa plumpsen. Herausfordernd mustert er sie von der Seite. Ob sie Feuer habe, fragt er. Du hast dir noch nicht mal die Zähne geputzt! Was soll der Mann nur von dir denken?, schießt es Mathilde durch den Kopf. Auch egal. Beherzt zündet sie erst ihm, dann sich selbst noch eine Zigarette an und stürzt einen großen Schluck Kaffee hinterher. Wenn der Tag so aufregend weitergeht, wie er angefangen hat, ist alles möglich.

Sie erfährt, dass Mark Model ist und auf dem Weg zu einem Casting. Besser gesagt: Er war mal Model. Die letzten Monate hat er auf einer Ranch in Arizona Wildpferde gehütet. Das hat ihm bedeutend mehr Spaß gemacht als tagein, tagaus für Herrenausstatter, Autofirmen oder Kosmetik zu posen. Nun bietet ihm die Agentur zum ersten Mal eine Filmrolle an; das reizt ihn. Wenn er beim Vorsprechen überzeugt, will er vielleicht sogar sein Cowboy-Leben an den Nagel hängen. Wenn nicht, geht er eben zurück nach Arizona. No big deal. Er hat nichts zu verlieren.

Das alles erzählt er Mathilde innerhalb weniger Minuten. Offen und distanzlos, als würde er sie schon eine halbe Ewigkeit kennen. Doch die Berufs-Interviewerin hat zum ersten Mal in ihrem Leben massive Konzentrationsschwierigkeiten. Ihr wird abwechselnd heiß und kalt, die Knie zittern, und sie ist so aufgeregt, dass sie kaum ein Wort herausbekommt. »Wie heißt du eigentlich«, fragt Mark unvermittelt. »Mathilde.« – »Was für ein schöner Name.«

Sie weiß nicht, warum, aber da fällt ihr plötzlich Lila Bek, die Wahrsagerin aus London, wieder ein. Ganz deutlich sieht sie die alte Dame vor sich, in ihrem schwarzen Kaftan und der Brille mit den hellblau getönten Gläsern. Sie kann ihre heisere Stimme mit dem slawischen Akzent förmlich hören: »Du wirst über den großen Teich fliegen und den Mann deines Lebens kennen lernen. Ihr kennt euch aus einem früheren Leben ...« – Mark kann nicht ahnen, was ihr in diesem Moment durch den Kopf geht. Aber er strahlt sie an, als sei sie das Beste, was ihm passieren konnte. Lächelnd lässt er sich ihren Namen auf der Zunge zergehen. Immer wieder, genüsslich wie eine Tafel Zartbitter-Schokolade. Mathilde. Mathilde! »Weißt du was, Mathilde?«, sagt er da, triumphierend, als hätte er soeben eine bahnbrechende Entdeckung gemacht. »Auf eine Frau wie dich habe ich 500 Jahre lang gewartet.«

Viel später, ob es Minuten oder Stunden sind, darauf hat keiner von beiden geachtet, sitzen Mathilde und Mark noch immer in der Hotellobby. Reden und lachen und haben alles um sich herum vergessen. Wie gute alte Freunde, die sich ewig nicht gesehen haben und jetzt Jahr um Jahr aufholen müssen. Sie merken auch nicht, wie draußen vor der Tür ein Abschleppwagen vorfährt, bis ein Hotelangestellter fragt: »Das ist nicht zufällig Ihr Wagen, der da draußen im Halteverbot steht?« Leider ja. Mark muss gehen. »Wo finde ich dich?« »Zimmer 217!«, ruft Mathilde dem hektisch Herauseilenden heiser hinterher. – Was soll das werden? Ein Flirt? Eine Romanze? Oder ist es – unmöglich! – Liebe auf den ersten Blick? So etwas gibt es doch nur im Film. Mathilde ist keine Romantikerin. Wenn sie je eine war, hat die spätestens nach ihrer Scheidung der Zynikerin Platz gemacht.

Und doch: Mark und Mathilde. Das passt irgendwie. Was für ein verrückter Tag.

Am späten Nachmittag, Mathilde hat gerade ein ausgiebiges Bad genommen, klingelt ihr Telefon. »Hi, ich bin's, Mark.« Er klingt etwas unsicher, weiß nicht recht, was er sagen soll. Erzählt zur Sicherheit erst mal von dem Casting, das er hinter sich hat, dem Angebot, das die Filmleute ihm gemacht haben, und von der Frage, was er nun, da ihm quasi alle Möglichkeiten offen stünden, mit seinem Leben anfangen solle. Mathilde hört nur mit einem Ohr hin, ist viel zu aufgeregt, um etwas zu erwidern. Ob er herkommen wolle, fragt sie ihn unvermittelt. »Gute Idee, lass uns einen Kaffee trinken gehen«, schlägt Mark erleichtert vor. »Ich dachte, wir trinken ein paar Whiskeys und machen uns einen netten Abend«, sagt sie schmunzelnd. »Einverstanden, bin gleich da.« Es dauert keine Viertelstunde, da klopft es an ihre Hotelzimmertür. Mathilde öffnet, lächelt, fragt sich, warum sie so glücklich ist und unbeschwert. Verschämte Teenager-Küsse auf beide Wangen. »Ich bin fertig, wir können gehen.«

Dass Mark später noch auf einen Kaffee mit raufkommen würde, ist in dem Moment eigentlich schon klar. Und so ist der Abend, den die frisch Verliebten in Torontos Nachtclubs verbringen, fast so etwas wie ein langes, lustvolles Vorspiel. Jeder Wechsel in ein anderes Lokal, jeder weitere Drink erhöht die Spannung, verstärkt das erotische Knistern. Mathilde braucht den Kanadier nur anzusehen, um sich ganz sicher zu sein: Das ist er. Ihr Traummann. Sie beide sind füreinander bestimmt.

Vier Tage erleben die beiden wie im Taumel, trunken vor Glück, einander gefunden zu haben, und ihrem Schicksal unendlich dankbar. Sie essen nicht mehr, schlafen nicht, trinken nur, um die erhitzten Herzen abzukühlen, und lieben sich, stunden-, tage-, nächtelang, an allen möglichen und unmöglichen Orten. Sex mit Mark ist wie eine Offenbarung für Mathilde. Sie beide verstehen sich ohne viele Worte, alles ist so herrlich selbstverständlich, als hätten sie nie etwas anderes getan, als miteinander zu schlafen.

Doch Mathilde muss nach München zurück, ihre Interviews schneiden und texten, Beiträge sendefertig machen. Sie muss nach Hause, wenn sie ihre Existenz beim Sender nicht aufs Spiel setzen will. So verliebt sie sind und so selbstvergessen: Sie können nicht einfach vor der Verantwortung davonlaufen. Weil Mark einen Job hat, der sich nicht verschieben lässt, kann er sie noch nicht einmal zum Flughafen bringen, als es so weit ist – vielleicht ist es auch besser so, Abschiede auf Flughäfen finden sie beide deprimierend.

Eine letzte gemeinsame Nacht auf Zimmer 217 bleibt ihnen noch. Um ganz ungestört zu sein, lassen sie sich ein paar Sandwiches und viel Wein kommen. Doch trotz Alkohol und dem festen Vorsatz, auf keinen Fall sentimental zu werden, will die Zeit einfach nicht vergehen. Schweigsam liegen sie da, traurig und still. Stundenlang. Mal eng umschlungen, in inniger Verzweiflung vereint. Mal nebeneinander, den Blick an die Decke geheftet, jeder in seine Traurigkeit vertieft.

In den frühen Morgenstunden macht Mark sich schweren Herzens auf den Weg. Barfuß und in Shorts begleitet Mathilde ihn bis zum Fahrstuhl, gibt ihm auf Zehenspitzen einen letzten Kuss. »Ich ruf dich an«, sagt er. »Nein, ich ruf dich an«, sagt sie. »Wirst du dich auch wirklich melden?« – »Ganz bestimmt.«

Zwei Stunden noch bis zum Abflug. Mathilde sitzt bei einer Tasse Kaffee in der Lobby und schreibt Mark den ersten, aber längst nicht letzten Liebesbrief des Tages. Da klingelt ihr Handy. Mark will hören, wo sie steckt. Das Taxi ist gleich da, sagt sie ihm, und ihre Stimme klingt belegt. Er: »Ich vermisse dich jetzt schon.« – »Ich liebe dich«, haucht sie in den Hörer, dann hört sie ein Klicken. Die Verbindung ist abgerissen. Mathilde könnte spontan in Tränen ausbrechen, so elend ist ihr zu Mute. Es liegt Jahre zurück, dass sie sich ähnlich liebeskrank gefühlt hat.

Aber Mark ist keine Fata Morgana. Er ist so real wie die atemlos aufregenden Tage, die sie in Toronto miteinander verbracht haben. Sie muss etwas tun, um diesen Mann zu einem Teil ihres Lebens zu machen. Ihr ganzes Glück – ihr ganzes Leben! – scheint davon abzuhängen. Wenn er doch nur gefragt hätte, sie wäre ohne zu zögern bei ihm geblieben. Und wenn sie für den Rest ihrer Tage bei Starbucks Cappuccino ausschenken müsste? Auch dann. Ihr Job, ihre Wohnung, all ihre Freunde in der Heimat sind bedeutungslos geworden. »Ich hatte nichts zu verlieren außer meiner eigenen Spießigkeit«, erinnert sie sich an den Zustand von damals. Aber Mark hat nicht gefragt.

Ein junger Inder bringt Mathilde zum Flughafen. Er merkt, dass sie unglücklich ist, und versucht mit allen Mitteln, sie ein bisschen aufzuheitern. Doch sein »Best of Bollywood«-Hitsampler kann ebenso wenig ausrichten wie seine hilflosen kleinen Witzchen. Also zückt der Ahnungslose seine »Geheimwaffe«: ein winziges Album mit Hochzeitsfotos, das er der verdutzten Beifahrerin beherzt in die Hand drückt. »Das ist meine Braut, wir haben erst kürzlich geheiratet«, berichtet er stolz. Ist sie nicht hübsch? Mathilde dröhnt der Kopf. Hochzeitsbilder! Das ist das Letzte, was sie jetzt gebrauchen kann. »Schön, danke«, antwortet sie mechanisch und könnte sich im selben Moment auf die Zunge beißen, weil der Inder es doch nur gut mit ihr meint. An jedem anderen Tag hätte sie den Mann in ein Gespräch verwickelt und nach ein paar Minuten vom vorehelichen Geschlechtsverkehr bis hin zum Barvermögen seiner Schwiegereltern alles über ihn gewusst. Doch heute ist sie stumm – und hofft inständig, dass er ebenfalls die Klappe hält.

Am Flughafen funktioniert Mathilde wie ferngesteuert. Sie checkt ein, wartet eine halbe Ewigkeit auf die Durchleuchtung ihrer Filmrollen, kauft sich eine Tageszeitung und setzt sich in die Abflughalle. Bitte, bitte endlich abheben, betet sie. Vielleicht wird ihr Herz dann etwas leichter. Und wie sie wie in Trance zwischen Handtasche und Tüten voller Filme hockt, den Blick apathisch aufs Rollfeld gerichtet und im Ohr nur das leise Dröhnen der startenden und landenden Maschinen, dringt von ganz weit weg eine Ansage zu ihr durch. »Mathilde, bitte zum Check-in kommen.« Der Aufruf muss schon ein paar Mal über Lautsprecher erfolgt sein, ehe sie realisiert, dass er ihr gilt. So durcheinander ist sie und gestresst und überfordert. Mit Beharrlichkeit und weiblicher Überzeugungskraft bringt sie die Zollbeamten dazu, sie noch einmal zurück zum Check-in zu lassen. »Bitte, lassen Sie mich gehen! Ich bin auch gleich wieder da.« »Sie werden Ihren Flieger verpassen, Miss«, prophezeit der Mann in Uniform.

Mathilde rennt und rennt. Endlos lange Gänge entlang, mal auf dem Laufband, mal nebenher, weil's ihr nicht schnell genug geht. Sie spürt, dass Mark ganz in der Nähe ist. Ein paar Meter noch, dann ist sie am Ziel. An einem Sicherheitsschalter muss sie noch vorbei. Da: Durch eine Scheibe kann sie den Geliebten sehen. Er wechselt ein paar Worte mit einer Schalterangestellten, dann verabschiedet er sich und macht kehrt in Richtung Ausgang. Sie kann seinen Blick nicht sehen, aber sie spürt, dass er traurig ist. Er wollte sie so gern noch einmal sehen. Aber er ist zu spät gekommen. Mathilde will ihm nach, doch es hat keinen Zweck. Der Ausgang zur Abflughalle ist versperrt. Sie würde es nicht schaffen. Sie muss ihn gehen lassen …

Zurück in München. Als sie das Terminal verlässt, steht Eric schon da. Eric, der vor Urzeiten mal ihr Freund gewesen ist, so kommt es ihr vor. Dabei haben sie sich erst vor einer guten Woche voneinander verabschiedet. Eric, Schauspieler und Gelegenheits-Model aus Paris, vierzehn Jahre jünger als sie, mit einer marokkanischen Mutter und einem italienischen Vater. Derselbe Eric, der vor einem halben Jahr bei ihr eingezogen ist, um ihr den besten Sex ihres Lebens zu bescheren. Das ist nicht zu unterschätzen in Beziehungen, hat sie im Freundeskreis immer wieder gepredigt. Reden kann man schließlich auch mit anderen. Dass der junge Wilde Che Guevara für eine Inselgruppe hält, hat Mathilde großzügig überhört.

Seit Tagen hat sie nicht an ihren jugendlichen Liebhaber gedacht. Nun ist er eigens aus Nizza eingeflogen, um sie in Empfang zu nehmen. Im Arm eine ganze Tasche voller Geschenke, darunter ein schickes Outfit von ihrer Lieblingsmarke. Ein Kuss. Eine Umarmung. Wie seltsam fremd sich das alles anfühlt.

Noch in dieser Nacht, sie haben zwei Flaschen Rotwein geleert, dann ist Eric todmüde auf dem Sofa eingeschlafen, fällt Mathilde eine Entscheidung. Andere hätten vielleicht noch etwas abgewartet und ein bisschen hin und her taktiert. Was, wenn Mark am Ende doch kalte Füße bekommt? Soll sie sich den Liebhaber nicht noch eine Weile warm halten? Doch Mathilde ist sich ihrer ganz sicher. Was sie hier tut, wie sie hier lebt, ist halbherzig. Wenn sie sich treu bleiben will, muss sie klare Verhältnisse schaffen und Eric den Laufpass geben. Was auch immer aus ihr und Mark wird. Selbst auf die Gefahr hin, dass sie am Ende allein dasteht.

Als Eric gegen drei, vier Uhr morgens ins Bett stolpert und sie zärtlich umarmen will, dreht sich Mathilde mit dem

Gesicht zur Wand. Dann beginnt sie leise zu sprechen. »Ich habe jemanden kennen gelernt«, sagt sie ohne Umschweife. »Es tut mir Leid, aber es ist aus mit uns.« Ohne Erics Reaktion abzuwarten, steht sie auf und geht ins Esszimmer. Eine Zigarette! Wo sind nur die Zigaretten?

Sie gießt sich noch ein Glas Wein ein, raucht zwei, drei, vier Zigaretten und wartet, ob Eric ihr nachkommt, sie vielleicht zur Rede stellt, alles wissen will. Ist etwas irritiert, als er sich auch nach einer Viertelstunde nicht blicken lässt. Sollte er zu müde gewesen sein, um die Nachricht zu kapieren? Sie blättert abwesend durch eins von Erics Fashion-Magazinen, die auf dem Küchentisch liegen, legt sich dann ins Wohnzimmer aufs Sofa und nickt unruhig ein.

Eric hat das Haus bereits verlassen, als Mathilde am folgenden Morgen aufwacht. In der Küche steht eine halbe Kanne lauwarmer Espresso. Sie setzt frischen auf, schlurft ins Schlafzimmer. Eric muss Hals über Kopf aufgebrochen sein. Ungläubig öffnet sie den Kleiderschrank. Seine Sachen hängen noch da, wie immer. Noch im Bademantel trinkt sie zwei, drei Tassen doppelten Espresso, bis sie etwas klarer wird im Kopf. Dann zieht sie sich an und fährt in die Redaktion. Der Job wird sie schon auf andere Gedanken bringen. Und für den Abend lädt sie eine Freundin zu sich nach Hause ein. Sie will auf keinen Fall allein sein, wenn Eric zurückkommt.

Die beiden Frauen sitzen gemütlich in der Küche, als sich der Schlüssel im Türschloss dreht. »Ganz ruhig«, sagt ihre Freundin, als sie merkt, wie sich Nervosität breit macht. Polternd kommt Eric durch den Flur und baut sich mit einem triumphierenden Lächeln in der Tür auf. Er hat getrunken, viel zu viel getrunken. An seinen unkoordinierten Bewegungen merkt Mathilde sofort, dass er nicht mehr Herr seiner Sinne ist. Aber sie ist nicht geistesgegenwärtig genug, um die Situation zu durchschauen. Mit einem Mal stürzt er auf sie zu, fegt alles beiseite, was im Weg steht, zerrt sie am Arm ins Schlafzimmer und wirft sie aufs Bett. Als Mathilde sich aufrappelt und zurück in die Küche flüchten will, holt er aus und schlägt ihr ins Gesicht. Mathilde taumelt, fällt nach hinten, ist sprachlos, atemlos, schwindlig. Ihre Nase ist gebrochen.

Eric verlässt fluchtartig die Wohnung, als er sie so liegen sieht, stark blutend und leise wimmernd. Die Freundin, die nichts tun konnte, um den Gewaltausbruch zu verhindern – es ging alles viel zu schnell, um einzugreifen –, packt Mathilde ins Auto und fährt mit ihr ins Krankenhaus. Die Geschlagene kommt erst wieder zu sich, als sie in einem T-Shirt voller Blut vor dem Doktor sitzt. Ohne viel Schönfärberei erzählt sie ihm geradeheraus die ganze Geschichte. Warum sie nicht Anzeige erstatte, fragt der Mediziner. Sie wolle doch nicht, dass ihm noch einmal die Hand ausrutsche. Mathilde schüttelt den Kopf, winkt ab. Das würde alles nur noch schlimmer machen. Das Einzige, was sie jetzt will, ist so schnell wie möglich zurück nach Kanada fliegen. Nach Toronto. Zu Mark. Wie sie ihn vermisst! Sie haben sich schon viel zu lange nicht gesehen …

Der Zwischenfall ist keine vierzehn Tage her, da sitzt Mathilde schon wieder im Flugzeug – kaum dass der Arzt es ihr erlaubt hat. Der Streit mit Eric, die gebrochene Nase, die ständige Angst, dass der Ex plötzlich wieder auftauchen könnte – all das ist plötzlich nicht mehr wahr, als sie Mark am Airport wiedersieht. Mathilde lässt sich in Marks starke Arme fallen wie in ein Bett aus dicken Daunen und fühlt sich befreit wie nie. Ich lasse dich nie wieder los, flüstert sie selig.

In einer Blockhütte in den Bergen feiern sie ihr Wiedersehen. Abgeschieden und idyllisch ist es dort, keine Menschenseele im Umkreis von zwanzig Meilen, nur Biber und Bären, die nachts ums Haus schleichen. Stundenlang sitzen sie nur da, in der Hollywoodschaukel auf der Veranda, beim Essen am Tisch oder im Bett bei Kerzenlicht, Hand in Hand oder Arm in Arm, trunken vor Glück, sich endlich wieder zu haben. Niemand ruft ungebeten an, nichts lenkt ab. Hier gibt es nur sie beide: Mathilde und Mark. Wenn sie wollen, sogar für immer. Irgendwann stellt Mark ihr tatsächlich die Frage. Warum heiraten wir nicht? Darauf lächelt sie nur und sagt: »Na, das hat ja ganz schön gedauert …«

Ein paar Tage später, Mathilde und Mark sind richtig aufgekratzt, werden Marks Eltern eingeweiht. Keine leichte Aufgabe. Die beiden sind polnische Juden, die im Krieg vor den Nazis fliehen mussten. Seitdem hassen sie alles, was deutsch ist, und können beim besten Willen nicht verstehen, warum sich ihr Sohn ausgerechnet in eine Deutsche verlieben musste. Mathilde weiß das, aber sie weiß auch, dass Mark diese Einwände nicht interessieren. Ihr könnt sicher sein, dass ich weiß, was ich tue, hat er schon anfangs zu ihnen gesagt. Vertraut mir, ich habe mir das alles gut überlegt. Auch für ihn ist es schließlich nicht die erste Ehe.

Mathilde muss sich etwas Besonderes einfallen lassen, um das Eis zu brechen. Es wird nichts bringen, wenn sie den Eltern nur versichert, dass sie gut auf ihren Sohn aufpassen wird. Also setzt sie sich einen Abend hin und schreibt den künftigen Schwiegereltern einen langen Brief, in dem sie förmlich um Marks Hand anhält. »Ich wollte, dass sie ihn mit einem guten Gefühl nach Deutschland gehen lassen ...«

Kanada wäre natürlich auch eine Option gewesen. Mathilde hat schon mit ihrem ersten Mann, einem Holländer, lange Zeit in Afrika gelebt. Es reizt sie, nach all den Jahren wieder ins Ausland zu gehen. Aber Mark wünscht sich einen Tapetenwechsel für den gemeinsamen Neuanfang, und er braucht auch etwas Abstand zu seinen Eltern.

Im Rathaus von Toronto werden die beiden getraut. An Heiligabend – weil Mark sich Daten nur schwer merken kann –, kaum drei Monate nach ihrem Kennenlernen. Dann zieht Mark mit zu ihr nach München.

Die ersten Monate sind nicht immer einfach. Da ist Eric, der wegen irgendwelcher Kleinigkeiten alle naselang auftaucht und für Zündstoff sorgt. Und da ist Mathildes Exmann, der nach der Trennung in die Wohnung ein Stockwerk über ihr gezogen ist und alles, was sich um sie herum tut, mit großem Interesse beobachtet. Da sind Freunde, Kollegen, Bekannte, Familie, die alle ihre Ansprüche anmelden. Mark bleibt cool. Dass er sich von alledem nicht beeindrucken lässt, imponiert ihr bis heute.

Sie habe viel über Treue nachgedacht, meint die Journalistin. Und sie sei sich bewusst, dass sie Eric damals sehr wehgetan habe. Dennoch sei sie überzeugt, dass man im Leben vor allen Dingen sich selbst treu bleiben müsse. »Wenn Logik und Emotion eins wären, gäbe es dafür nur ein Wort. Es sind aber zwei Wörter! Das heißt, Emotionen lassen sich logisch einfach nicht erklären.« Sie sei damals, auf dem Filmfest in Kanada, ihrem Herzen gefolgt. Sie würde es heute wieder ganz genauso machen wie vor elf Jahren. »Du hast nur ein Leben. Das musst du so intensiv leben, wie es geht!« Dazu gehöre nun mal, Risiken einzugehen, sich auf Abenteuer einzulassen, wild und frei zu sein. In jedem Augenblick.

Hilke

»Das, was du nur für dich tust, vergeht.
Aber was du für andere tust,
bewegt die Welt.«

Hilke Schneider ist Idealistin. Muss sie sein. Sonst verbringt man nicht seinen Jahresurlaub in einem entlegenen Busch-krankenhaus in Kambodscha, ohne auch nur einen Cent zu verdienen. Kein Swimming Pool. Keine Cocktail-Bar, kein Fitness-Studio. Noch nicht mal ein ordentliches Restaurant gibt es in dem kleinen Ort, gut fünf Autostunden östlich von Phnom Penh. Ferien? Fehlanzeige. Trotzdem macht sich die junge Zahnärztin in ein paar Wochen wieder auf den Weg dorthin. Die Vorbereitungen laufen schon auf Hochtouren. Seit Monaten telefoniert sie in ganz Deutschland herum, um für Spenden zu werben. Vor allem OP-Besteck, das fehlt in ihrem Busch-Krankenhaus an allen Ecken und Enden …

Viel mehr als das weiß ich nicht, als ich die junge Ärztin zum ersten Mal treffe. François, ein gemeinsamer Freund, der weltweit für Hilfsprojekte der Caritas unterwegs ist, hat mir begeistert von ihr erzählt und mich neugierig gemacht. Schon nach unserem ersten Telefongespräch ist klar, dass ihre Geschichte eine Bereicherung für dieses Buch sein wird. Obwohl oder gerade weil Hilke das, was sie tut, für nichts Besonderes hält. Sie ist Zahnärztin mit einem Nebenjob in Kambodscha. Nicht mehr und nicht weniger. Das kann, muss aber keiner erfahren. »Frag mich, was du wissen willst«, hat sie beim ersten Interview lakonisch gesagt und nach ein paar Aufwärmminuten einfach angefangen zu erzählen, wie sie zur »Operation Sourire« kam. Dass es sich dabei um eine Hilfsaktion von »Ärzte der Welt« handelt, die kambodschanischen Kindern mit Lippen-, Kiefer- oder Gaumenspalten in aufwändigen Operationen zu einem neuen, lebenswerteren Leben verhilft, musste ich erst lernen. Ich wusste nicht, dass dieses Phänomen, das man in leichterer Form, den so genannten »Hasenscharten«, häufiger sieht, in Kambodscha besonders häufig vorkommt. Woher das kommt, kann niemand so genau sagen. Spätfolgen des Nervengiftes Agent Orange, heißt es, vererbt an die Nachkommen. Umso tröstlicher die Vorstellung, dass man zum Teil schon mit kleinen chirurgischen Eingriffen ein Lächeln schenken kann.

Dennoch ist verständlich, dass Hilke häufiger in Erklärungsnöte kommt, wenn sie ihre Aufgabe beschreibt. Unter Entwicklungshilfe versteht man gemeinhin »spektakulärere« Aktionen. Menschen vor dem Hungertod retten. In der Afrika-Aidshilfe arbeiten. Oder spontane Katastrophen-Nothilfe leisten, wie bei der Flutkatastrophe in Asien. Was zählt ein offener Gaumen bei so viel Not und Elend auf der Welt?

Doch die junge Ärztin ist überzeugt, genau das Richtige zu tun, genau hier ihren Platz gefunden zu haben. Vielleicht sind gerade Zahnmedizin und Kieferchirurgie hier in der so genannten Dritten Welt besonders wichtig, sagt sie. Doch: »Wenn man erlebt, wie ein ehemals missgebildetes Kind nach einer Operation wieder wie ein gesundes Kind lächeln kann und einen mit strahlenden Augen ansieht – das ist ein unglaubliches Glücksgefühl.«

Was ich von Hilke erfahre, ist die ebenso faszinierende wie traumatische Geschichte aus einem der entlegensten Krankenhäuser der Welt. Sie erzählt, wie ganze Clans mit Kind und Kegel anreisen, um ein Familienmitglied zur Operation zu begleiten. Wie sie tagelang im Krankenhausgarten campieren und auf Mini-Feldküchen Reismahlzeiten kochen, um den Kranken zu versorgen, denn dafür sind in vielen asiatischen Ländern Verwandte und Freunde verantwortlich. Sie berichtet, dass anfangs an dem selbst gezimmerten OP-Tisch, der einem Zahnarztstuhl nachempfunden wurde, rund um die Uhr operiert werde. Dass es die ersten Male an allen Ecken und Enden gefehlt habe, bei einfachsten medizinischen Apparaturen angefangen bis hin zu OP-Kleidung und Hygiene. Das alles habe man sich erst nach und nach mit Unterstützung der lokalen Bevölkerung aufgebaut.

Man kann Hilke – im grünen Kittel am OP-Tisch leibhaftig vor sich sehen. Wie ein Leuchtturm ragt die hoch gewachsene junge Frau heraus, groß und ruhig. Auf den Fotos, die sie nur auf Aufforderung aus dem Rucksack holt, noch mehr Eindrücke: Hilke, Betten zuweisend. Oder einfache Holzpritschen auf dem Flur, wenn gar nichts mehr frei ist. Hilke, die in jeder Einstellung ein anderes, zögerlich lächelndes Kind im Arm hält. Hilke, strahlend, inmitten ihrer Medizinerkollegen. Hilke, Mut machend, Hoffnung spendend. Die junge Frau gehört hierhin, das kann man deutlich sehen.

Dabei scheint ihr Lebensplan bis vor zehn Jahren etwas ganz anderes vorzusehen. Da will die Abiturientin aus einem Ulmer Vorort noch Künstlerin werden. Aber fünfzehn Punkte im Kunst-Leistungskurs reichen leider nicht aus für die Bewerbung an einer Kunsthochschule. Um nach der Absage keine Zeit zu verlieren und trotzdem auf dem einmal eingeschlagenen Weg zu bleiben, schreibt sich die reiselustige Stier-Frau an der LMU München für Kunstgeschichte ein. Hochspannend, auf den ersten Blick. Doch der theoretische Unibetrieb, der buchhalterische Stil, den man hier pflegt, ersticken ihren Feuereifer. So interessant die Kurse und Vorlesungen auch sind – Hilke will was Praktischeres anfangen, selbst anpacken, etwas tun mit ihren Händen.

Der Vater, Zahnarzt in Schwaben, schlägt ihr vor, in seine Fußstapfen zu treten. »Du packst das locker«, sagt er. Doch Hilke zögert, hat Bedenken. »Es hat mich immer gereizt, Ärztin zu werden. Aber ich hatte Angst, dass mir die Geduld mit den Patienten fehlen würde.«

Ein dreimonatiges Praxissemester im Krankenhaus, Abteilung Geriatrie, soll die Probe aufs Exempel sein. Wenn sie es hier schafft, kann sie es überall schaffen! Voller Enthusiasmus taucht Hilke ein in den Krankenhausbetrieb. Sie erlebt schnell, viel zu schnell, wie selten die Highlights und umso intensiver die Tiefpunkte im Alltag der Patienten sind, die, von Familie und Freunden weit gehend sich selbst überlassen, auf ein paar Quadratmetern sterilem Raum vor sich hin dämmern. Tagelang ohne Ansprache, ohne Bestätigung, ohne auch nur ein nettes Wort. Hilke krempelt die Ärmel hoch und packt an. Und wann immer es ihr Tagespensum zulässt, nimmt sie sich die Zeit, mit den alten und kranken Menschen zu reden. Geduld? Die hat sie, keine Frage. Die Menschen wachsen ihr ans Herz, werden innerhalb der kurzen Zeit, die sie auf Station verbringt, zu ihrer zweiten Familie.

Eines Nachts, Hilke kocht gerade Kaffee in der Schwesternküche, kommt sie mit dem erwachsenen Sohn eines ihrer Patienten ins Gespräch. Im Schein der flackernden Küchenlampe erfährt die Medizinstudentin, wie dessen Vater zum Pflegefall wurde, der Mann, dem sie alle paar Stunden mit der Schnabeltasse Kräutertee zu trinken gibt und von dem man nicht mehr als ein verzogenes Lächeln erwarten kann. Er hatte in die USA reisen wollen, New York, Boston, Neuengland. Bei einer Routineuntersuchung kurz vor Beginn der Tour stellten die Ärzte fest, dass sein Herz zu schwach war und er dringend einen Bypass brauchte. Weil jeder Aufschub fahrlässig gewesen wäre, wurde die Reise vorerst abgesagt und ein zeitnaher OP-Termin angesetzt. Vielleicht hatte der Anästhesist einen schlechten Tag. Vielleicht unterlief dem Operateur oder einem seiner Assistenten auch ein klitzekleiner Fehler, so schrecklich wie menschlich. Jedenfalls ging der Eingriff schief. Der Patient, noch wenige Stunden zuvor geistig und körperlich völlig fit und so gut wie beschwerdefrei, erlitt noch auf dem OP-Tisch einen Schlaganfall. Er überlebte. Aber er wurde von einer Sekunde auf die andere zum schweren Pflegefall, ein Leben lang auf Hilfe angewiesen. »Das Schicksal dieses Mannes, der mit über sechzig Jahren wie ein Kleinkind alles neu erlernen muss, sprechen, gehen, essen, hat mir die Augen geöffnet«, sagt sie. Mit einem Mal sei ihr klar geworden, wie schnell das Leben vorbei sein kann.

Das Erlebnis legt einen Hauptschalter in ihr um. Hilke wird regelrecht wachgerüttelt und verfällt in einen wahren

Schaffens- und Erlebnisdrang. Nur keine Zeit verschwenden, nur nichts verpassen! Aus jeder einzelnen Minute das Maximum an Lebensqualität herausziehen. Aus Hilke, der Studentin, wird Hilke, die Abenteurerin. Sie probiert Fallschirmspringen, fängt an zu klettern, macht Sprachkurse, Tanzkurse. Alles, nur kein Stillstand. »Ich hatte das Gefühl, das Leben zerrinnt mir wie Sand zwischen den Fingern.« Und wo sie einmal dabei ist, ihr Leben zu ändern, kommt ihr vieles in ihrer Umgebung plötzlich sehr oberflächlich vor. Man geht zusammen essen, unterhält sich auf austauschbaren Partys mit x-beliebigen Leuten. Wofür das alles, wenn man sich doch nie wirklich austauscht, mitteilt? denkt Hilke immer öfter.

Im Krankenhaus erlebt sie immer wieder, wie Menschen sterben, ohne dass sie sich mit ihren Liebsten noch einmal aussprechen, ihr Herz erleichtern konnten. Kein »Ich liebe dich«. Kein »Du bist alles für mich auf der Welt«. Kein »Ich danke dir für alles, was du für mich getan hast«. Plötzlich und unerwartet ist alles aus. Vorbei. Es kann so unfassbar schnell gehen.

Hilke zieht die innere Notbremse und besinnt sich zum ersten Mal im Leben wirklich auf sich selbst. Sie konzentriert sich auf ihr Studium, auch wenn es ihr zwischenzeitlich keinen rechten Spaß machen will.

Erst in den Semesterferien blüht sie auf! Da schuftet sie wochenlang in Dauerschichten – als Verkäuferin, Promo-Girl und in anderen Jobs, um so schnell wie möglich an Geld und damit ganz weit weg zu kommen. »Dann habe ich meinen Rucksack gepackt und bin monatelang allein herumgereist«, schwärmt die Medizinerin. »Mal drei Monate

USA. Mal Mittelamerika, mal Asien ...« Auf diesen Reisen beschäftigt sich die Ärztin viel mit sich selbst. Sie lässt sich treiben, folgt den Menschenströmen auf der Straße, lässt sich von Frauen in Saris zu unbekannten Plätzen führen, bringt Kinder an der Bushaltestelle zum Lachen. Oder sitzt stundenlang in Überlandbussen und lässt die Gedanken fließen. Welchen Weg will ich einschlagen? Wo ist mein Platz auf der Welt? Gibt es einen Ort auf der Erde, eine Beschäftigung unter Millionen, die zu mir – und nur zu mir – passt?

Auf einem Markt in Mexiko nimmt sie erstmals bewusst ein Entwicklungshilfeprojekt wahr. Mehrere internationale Organisationen kümmern sich vor Ort um verwahrloste Straßenkinder. Hilke ist beeindruckt. Kinder sind immer die Wehrlosesten weiß sie – nicht nur in Mexiko. Sie bleibt ein paar Tage bei den Helfern und packt hier und da tatkräftig mit an. »Das Projekt war wie eine Offenbarung für mich«, erinnert sie sich. So etwas will sie auch machen, das Zahnarzt-Studium kommt ihr plötzlich langweilig und sinnlos vor. »Die Vorstellung, einmal in einer Alltags-Praxis zu arbeiten und dort tagtäglich Löcher in den Zähnen zu füllen, schien mir damals schrecklich.« Sie beschließt, die Sache auf sich zukommen zu lassen. Das Studium will sie zu Ende bringen, dann will sie weitersehen. Es sind ja noch zwei Jahre hin – vier lange Ferien für ausgedehnte Reisen!

Auf ihrer nächsten Tour erlebt die angehende Zahnmedizinerin eine sie prägende Schlüsselsituation. Sie ist mit ihrem damaligen Freund in Indien unterwegs, einen Monat lang, mit kleinem Gepäck. Es gibt Stress mit ihrem Freund, der nicht so reiseerfahren ist wie sie und große Probleme hat, sich an das Land und seine Bewohner zu gewöhnen. Hilke schlägt vor, vorübergehend getrennte Wege zu gehen. Mitten auf einer belebten Straße in Delhi kommt es zum Streit. Hilke klinkt sich innerlich aus, lässt ihren Freund schimpfen und beobachtet auf dem Bürgersteig gegenüber eine fast unwirkliche Szene. Ein indisches Paar steht da, perfekt gestylt: Sie in einem roten, glänzenden Sari, das Haar gepflegt zurückgebunden, den feuerrot leuchtenden Punkt auf der Stirn. Er ganz in Weiß, mit gewachstem, sauber gezwirbeltem Bart und schneeweißem Turban. Die beiden warten auf ein Taxi, während zu ihren Füßen ein verstümmelter Junge auf einem Brett heranrollt. Der Junge bleibt zwischen ihnen stehen und hält die Hand auf, ohne den Kopf zu heben. Doch das Glamour-Paar würdigt den Behinderten keines Blickes, sie sind viel zu sehr mit sich beschäftigt. Minuten später hält endlich ein Taxi, und die beiden steigen umständlich ein. Der Junge wartet einen Augenblick und quält sich dann langsam weiter. Hilke kann ihren Blick nicht abwenden. »Zwei Welten trafen da aufeinander. Absolute Ober- und unterste Unterschicht. Was für eine zutiefst bewegende Szene. Wie banal unsere eigenen kleinen Probleme dagegen doch waren.«

Von ihrem Freund und Reisebegleiter hat sie sich kurz nach der Reise getrennt. Doch das Erlebnis auf der Straßenkreuzung in Delhi hat sie bis heute nicht losgelassen. »Wenn du in Indien einem Kind Geld gibst, stehen gleich zwanzig weitere da«, sagt sie. »Es ist auch kein Geheimnis, dass es in Indien eine Mafia gibt, die gezielt Kinder verstümmelt, um sie betteln zu schicken. Ich weiß, dass es nichts bringt, diese

Kinder zu unterstützen, vielleicht macht man alles nur schlimmer. Trotzdem darf man doch nicht blind werden für solche Szenen.«

Tagelang ist sie damit beschäftigt, ihre Gefühle zu sortieren. Da ist Wut, Mitleid, Mitgefühl. Aber auch das starke Bedürfnis, nicht immer nur in zweiter Reihe zu stehen und zuzuschauen. Sie will etwas tun. Helfen. Und nun weiß sie zum ersten Mal, wo sie anpacken muss. Wenn sie sicher gehen will, dass ihre Hilfe dort ankommt, wo sie gebraucht wird, muss sie die Menschen vor Ort unterstützen, und zwar mit den Mitteln, die ihr zur Verfügung stehen.

Ein Jahr später, kurz vor Abschluss ihrer Doktorarbeit, geht sie noch einmal auf große Fahrt. Ziel: Kambodscha. Allein. Sie besucht die Hauptstadt Phnom Penh, reist tagelang über Land, sieht sich die berühmten Tempel von Angkor Wat an. Drei Tage verbringt sie in der Anlage, bleibt von Sonnenauf- bis Sonnenuntergang, genießt die Ruhe, die stille Magie des Ortes und lässt seine spirituelle Kraft auf sich wirken. »Um die Tempel lag ein Zauber, den man bis in die Haarspitzen spürte«, erinnert sie sich. Auch daran, wie sehr die Imposanz dieser alten Bauwerke sie fasziniert habe. Dass sie es unglaublich fand, wie weit diese Kulturen damals schon entwickelt waren. Und wie klein und unbedeutend sie sich als Mensch dagegen vorkam. Was war schon ein Leben im Rad der Geschichte, das sich ohne Pause immer weiterdrehte, das Kulturen entstehen, erblühen und dann wieder in der Versenkung verschwinden ließ?

Hilke, die sich noch gar nicht vorstellen kann, in ein paar Monaten in einer Zahnarztpraxis zu sitzen und endlich anzufangen mit dem, was man Alltag und Leben nennt, gönnt sich den Luxus, innezuhalten und noch einmal in sich zu gehen. Was treibt die Menschen nur, auf den einmal festgelegten Lebenspfaden zu bleiben? Sich den Konventionen zu beugen, statt ihren persönlichen Zielen und Träumen zu folgen? Was motiviert sie, nach immer größerem Status, immer mehr Geld und anderen Luxusobjekten zu streben, wo es sie doch nicht glücklicher macht? Die Bauern auf den Feldern Kambodschas, die Marktfrauen, die nicht viel mehr besitzen als das, was sie am Leib tragen, die Kinder, die in Lumpen herumlaufen, strahlen mehr Lebensfreude aus als ihre ganzen Kommilitonen zusammen.

Wohin man daheim in Deutschland auch blickt, sehe man einfach oft mürrische Gesichter, meint sie heute mit etwas Abstand. Alles wirke grau und abweisend. Die Leute seien gestresst, gefrustet, abgespannt. »Dabei leben wir doch wirklich im Überfluss! Unsere kleinen Probleme und Nöte sind doch Peanuts gemessen an den Härten, mit denen die Menschen in anderen Teilen der Welt zu kämpfen haben.«

Zurück aus Kambodscha macht Hilke einen neuen Schnitt. Ihr Medizinstudium ist so gut wie abgeschlossen, nun will sie sich ihren Traum verwirklichen – den Traum, anderen zu helfen, so effektiv und so nachhaltig wie möglich. Sie will die unterstützen, die ihr auf Reisen weitergeholfen haben. Die freundlichen Frauen und Männer, die sie unterwegs kennen gelernt hat, die vielen Kinder. Hilke spürt, dass sie es sich und der Welt schuldig ist, etwas davon zurückzugeben. Das Krankenhaus in Kambodscha ist schon ganz nah. »Wir sind selbst schuld daran, wenn wir unsere Begeisterungsfähigkeit und unser Funkeln ersticken«, sagt sie, und man merkt, dass sie schon einen Schritt weiter ist. »Wer von uns traut sich schon, zu tun, was er will? Sein Leben zu leben und nicht gelebt zu werden?«

Sie hat sich über die Konvention hinweg gesetzt und den Schritt gewagt – auch gegen Widerstände. Damit erntet sie nicht nur Wohlwollen. Im Gegenteil: Ihr Lebens- und Arbeitsmodell provoziert offenbar immer wieder das schlechte Gewissen der Menschen. Statt Anerkennung hört sie häufig nur Ausflüchte und Ausreden. »Dabei mache ich niemandem einen Vorwurf! Jeder ist für sich und sein Tun doch selbst verantwortlich. Wem es ernst ist, der braucht nur die Augen aufzumachen. Man kann jederzeit, immer und überall helfen.« Gewisse Opfer müsse man natürlich bringen, räumt sie ein – sie, die auf Umsatzbasis in zwei Gemeinschaftspraxen arbeitet, um im Urlaub ihrer Bestimmung zu folgen, Menschen zu helfen.

Der Kontakt mit »Ärzte der Welt« kommt über ihren Doktorvater zustande, und die junge Medizinerin arbeitet sich so schnell in das »Operation Sourire«-Team ein, dass sie heute nicht mehr wegzudenken ist. Mit ihrem Organisationstalent ist sie die perfekte Ergänzung für die Operateure. »Ich bin für die Koordination zuständig. Mache OP-Pläne, halte den Ärzten den Rücken frei, assistiere bei größeren Operationen und kümmere mich um die Nachbehandlung: wechsle Verbände, ziehe Fäden etc.« Ohne lokale Unterstützung könne das Modell ohnehin nicht funktionieren, sagt sie. Ein Kontaktmann vor Ort koordiniert jeden Einsatz des europäischen Ärzteteams. Verteilt Flugblätter, organisiert Radio-Aufrufe und »sammelt« Betroffene, zumeist Kinder und Jugendliche, für notwendige Eingriffe. Haben sich die Mediziner einmal installiert, wird im Akkord operiert. Je vierzehn Tage, zehn bis zwölf Stunden täglich. Das OP-Besteck sowie alle weiteren notwendigen Bestecke transportiert »Ärzte der Welt« selbst vor Ort. Es sind meist Spenden, private und öffentliche, gesammelt von den behandelnden Ärzten selbst.

Nach einer guten Hand voll Einsätze vor Ort beginnt sich fachlich langsam so etwas wie Routine einzustellen. Doch es gibt eine Menge Dinge, an die wird Hilke sich nie gewöhnen. So erschrecke es sie immer wieder, wie hoch das Aggressionspotenzial der Menschen sei, insbesondere der kambodschanischen Männer. Das Schreckensregime der Roten Khmer unter Pol Pot liefere sicher so manche Erklärung, meint sie. Anhängern der alten Ordnung, vorzugsweise Beamten, Offizieren, Lehrern, wurde auf den Killing Fields jeder Wille gebrochen – ganz zu schweigen von all denen, die man an Ort und Stelle exekutierte, mit Äxten und Hacken. Fast zwei Millionen Menschen seien dabei ums Leben gekommen, rund ein Viertel der Bevölkerung. Dass Kambodscha daraufhin für viele Jahre weit zurückfiel, sei heute noch zu spüren. Geld, Zeitungen, Privatbesitz – das alles habe es viel zu lange nicht gegeben, ebenso wenig wie Bibliotheken, Schulunterricht und medizinische Versorgung für die Bevölkerung. So etwas hinterlässt seine Spuren.

Dass man auch in Partnerschaften nicht gerade zimperlich miteinander umgeht, erlebt Hilke in Kambodscha auch fast täglich. In den Straßen treffe man immer wieder auf junge Frauen, die für ihr Leben entstellt seien, weil ihre Männer sie mit Batteriesäure übergossen hätten, berichtet sie. Sie wollten sie loswerden, um frei zu sein für ihre Geliebte. Die ästhetischen Folgen seien dabei nur eine Seite. Viel schwerwiegender für die Opfer sei das Stigma, dem sie durch ihre Religion ausgesetzt seien. Laut buddhistischer Lehre muss jemand, der entstellt ist, in seinem vorherigen Leben böse gewesen sein. Eine schreckliche Bürde, die viele unschuldige Frauen mit sich herumtragen müssen.

Der Buddhismus an sich fasziniert sie, wenngleich sie sich grundsätzlich als wenig religiös bezeichnet. Die Freizügigkeit im Glauben sei so ein Ansatz. »Ich bin keine Expertin. Aber der Buddhismus kommt mir insgesamt einfach menschlicher vor, weniger dogmatisch als das Christentum«, so Hilke.

Abschließend erzählt sie von einem Vorfall, der ihr von ihrem letzten Kambodscha-Besuch noch gut im Gedächtnis ist. Bei der Operation eines achtjährigen Jungen, dem ein Tumor aus der Stirn wucherte, hatte es Komplikationen gegeben. Der Junge musste schleunigst in eine Klinik nach Phnom Penh gefahren werden. Hilke packte Mutter und Kind ins Auto und fuhr mit einem Fahrer los. Unterwegs, der Fahrer übersetzte das hilflose Stammeln der besorgten Mutter, erfuhr sie die ganze Geschichte. Als der Junge mit dem Geburtsfehler auf die Welt kam, sei der Vater auf Nimmerwiedersehen geflüchtet. Die Mutter musste sich mit dem kranken Jungen allein durchschlagen und arbeitete für einen Mindestlohn auf dem Reisfeld, den kleinen Jungen immer bei sich – und mit ihm die Gefahr einer Kopfverletzung, denn die hätte den Tod bedeuten können.

Um den Sprössling zur OP zu bringen, hatte die Mutter ihren kompletten Jahresurlaub genommen. Nun, da sich durch die Komplikationen alles verzögerte, war sie hilflos. Das Geld, das Verwandte ihr für Essen und Pflege des Kindes geliehen hatten, ging langsam zur Neige. Sie hatte furchtbare Angst, ihr Kind zu verlieren. Um den Kleinen zu trösten, hatte sie ihm ein Fahrrad versprochen. Dabei wusste sie, dass sie sich das nie würde leisten können.

»Man bekommt Gänsehaut, wenn man so etwas hört«, sagt Hilke. »In Deutschland kriegen die Kinder Berge von Geschenken! Die Fahrräder verrosten im Hof, und wenn sie hin sind, wird ein neues gekauft. Verkehrte Welt …« Ein paar Wochen noch, dann wird sie den Jungen wieder sehen. Hoffentlich! Denn es kann schon mal passieren, dass Kinder zur Nachsorge-OP nicht erscheinen, weil der Weg durch den Dschungel viel zu weit ist oder die Eltern zu spät von der Ankunft der Ärzte erfahren haben. Einige erreicht man noch per Radio-Aufruf; aber manche verschwinden leider auf Nimmerwiedersehen. Die ersten Aufrufe haben schon stattgefunden, hat der Kontaktmann vor Ort gemailt. Auch, dass die OP-Kleidung bereits frisch gebügelt in den Schränken hängt.

Die Flexibilität, die Hilke sich in Kambodscha angeeignet hat, gibt ihr Bodenhaftung. In Asien hat sie gelernt, mit allen Überraschungen des Lebens besser fertig zu werden und das Schicksal auch mal aus der Hand zu geben. Glück sei schließlich nicht dumpfe Dauer-Happiness, sondern die Fähigkeit, die Hochs intensiv zu genießen, aber auch Tiefs bewusst zu durchleben. Die Summe aus beiden mache letztendlich Zufriedenheit aus.

Einzelne Höhepunkte lassen sich dennoch planen: Im Sommer will sie mit ihrem Lebenspartner, einem Radiojournalisten, auf den Kilimandscharo – ihren dreißigsten Geburtstag feiern. Da ist sie wieder, die Abenteurerin. Die Frau, die lebt und nicht gelebt wird, die jeden Moment nutzen, jede Sekunde auskosten will. Hilkes Energie reicht für so viel mehr als zwei. Und das ist gut so.

Judith

»I love everything I know about you.«

Reisen macht mutig. Wie mutig, darüber ist Judith Adlhoch selbst immer wieder überrascht. In dreizehn Jahren »Voxtours« hat die Siebenunddreißigjährige schon die wildesten Geschichten erlebt. In Südafrika etwa: Da wäre sie um ein Haar von weißen Haien zerfleischt worden, weil sie aus Versehen den Deckel ihres schwimmenden Käfigs zu früh geöffnet hatte. Oder in Papua-Neuguinea. Da entgingen sie und ihr Team nur ganz knapp einem Flugzeugabsturz im Dschungel. Die Augenentzündung in Pakistan war auch so eine Belastungsprobe: Drei Tage lang war sie blind wie ein Maulwurf. Und letztes Jahr in der Arktis hat sie erneut ganz kurz dem Tod ins Auge gesehen: Es hätte nicht viel gefehlt, und sie wäre nicht hängen geblieben in dieser Gletscherspalte, sondern in die eiskalte Unendlichkeit gestürzt.

Unter freiem Himmel schlafen, lebendige Maden essen, mit Haien tauchen oder kilometerweit durchs ewige Eis wandern. Alles probieren, Risiken ausloten, an die eigenen Grenzen gehen. Sich von nichts und niemandem aufhalten lassen. Dafür ist Judith Journalistin geworden. »Es ist faszinierend, wie der Mensch in Extremsituationen reagiert. Du hast nichts mehr in der Hand, kannst dich nur noch deinem Schicksal überlassen – und beten«, meint die Globetrotterin.

»Aber wenn du's geschafft hast, dann tanzen die Glückshormone Salsa! Erst ein unglaubliches Hochgefühl: Wenn ich das geschafft habe, kann ich alles schaffen. Dann tiefe, innere Zufriedenheit, in der du dir nichts mehr wünschst, als den Augenblick so lange wie möglich festzuhalten. Das ist unvergleichlich.«

Intensiv leben. Jeden Tag, an jedem Ort der Welt. Moment für Moment mit allen Sinnen auskosten, weil er so niemals wiederkommt. Das ist der Rhythmus, nach dem die Moderatorin tickt, ihre Motivation, ihr Herzschlag. Und es ist auch das Konzept von Voxtours, der Sendung, für die Judith Adlhoch, die fünf Sprachen spricht, seit dem Sendestart vor dreizehn Jahren tausende von Kilometern um die Welt reist. Erst als Autorin und Produzentin, ein halbes Jahr später auch als Moderatorin und seit 2000 als Moderatorin für Sonderaufgaben. 2000 erfuhr sie die Panamericana von Alaska bis nach Feuerland, 2001 drehte sie ein fünfteiliges Karibik-Special und eine Reihe mit dem Titel »Explorer – unentdeckte Reiseziele«, die sie nach Papua-Neuguinea, Madagaskar, Panama und Surinam führte. Im Herbst 2002 war sie in »Mitten im Mittelmeer« zu sehen, und seit Februar 2002 besucht sie im Rahmen der Reihe »VT Metropolen« die aufregendsten Städte dieser Welt. »Voxtours Extrem« ist das neue Lieblingskind der TV-Frau, das sie zu den extremsten Reisezielen der Erde führt: von der Arktis über das Goldene Dreieck entlang des Amazonas bis in das Outback Australiens.

Dabei landete die Chefin von Tango Film, der Firma, die sie 1992 mit ihrem Lebenspartner, dem Kameramann Markus

Strobel, gründete und die das erfolgreichste deutsche Reiseformat produziert, eher zufällig beim Fernsehen. Judith Adlhoch führte ein wildes Zigeunerleben, ehe sie sich beruflich festlegte. Sie wuchs auf in Portugal und Spanien, machte in München Abitur und ging zum Studieren nach Wien. Wann immer ein paar Tage Zeit waren, reiste sie kreuz und quer durch Europa. Nach dem Abitur ein halbes Jahr durch die USA. Oder während des Studiums häufiger in die damaligen Ostblock-Länder. 1988 entdeckte sie ihre Leidenschaft fürs Visuelle und kam zum Fernsehen.

Dort lernte sie das Geschäft von der Pike auf: Arbeitete als Kameraassistentin und im Schnitt, als Redakteurin und Moderatorin bei den Nachrichten, drehte als freie Autorin Reportagen, entwickelte Sendekonzepte, drehte Werbespots, Musikvideos, Dokumentationen. 1992 kam ihr die Idee für ein eigenes Reiseformat, das sie zunächst für den Sender »Tele 5« und das Jugendmagazin »elf 99« produzierte und moderierte.

So ähnlich kann man es auf der Homepage von Tango-Film nachlesen, einer bild- und musikgewaltigen Internet-Visitenkarte, die die Aktivitäten der Firma detailgetreu auflistet. Scheint fast so, als hätte Tango-Film zwischen Stockholm und Sydney jeden Kioskbesitzer, Kaffeeanbauer und Kameltreiber interviewt, jeden Kilometer Straße abgefahren, jeden Stein umgedreht – auf Abruf sendefertig. Was man auf der Homepage nicht findet, weil sie daraus nie einen Film gemacht haben – auch wenn sich der Stoff ohne Zweifel gut verkauft hätte –, ist eine Reise, die anders war als alle anderen. Eine Reise, die sie ungleich mehr bewegte als alles andere zuvor. Begonnen hatte alles wie immer. Sie waren im

Team unterwegs, von morgens bis abends auf Dreh. Judith kannte Las Vegas, die Stadt der Spieler, wo sich heute jeder für 'n Appel und 'n Ei im »Mirage« einmieten und nächtelang am einarmigen Banditen stehen kann. Und sie kannte Markus, ihren Freund und Kameramann.

Sie war Anfang zwanzig und Jung-Redakteurin beim Münchner Sender TV Weiß-Blau, als sie dem damaligen Kameraassistenten Markus Strobel zum ersten Mal begegnete. Grauenhaft!, wie sie sich erinnert: »Die Chemie stimmte absolut nicht zwischen uns. Es ging um einen Werbespot. Meine erste größere Geschichte, mit einem für damalige Verhältnisse riesigen Budget. Hubschrauberflug über München, eigenes Model, Pipapo. Ich hatte mich um alles gekümmert, eine Sondergenehmigung für den Flieger besorgt, einen Wagen gemietet, mit dem wir nach Landsberg zum Flughafen fahren würden. Dann hieß es plötzlich: Sorry, aber wir haben da drin nicht genügend Platz. Du musst unten bleiben, der Kamera-Assi muss mitfliegen. Mein Gott, war ich sauer! Ich saß einen Nachmittag lang in brütender Hitze auf dem Rollfeld und habe Däumchen gedreht. Je später es wurde, desto mehr wuchs meine Ungeduld.« Als der Hubschrauber endlich landete, war es Abend, und Judith hatte einen mittelschweren Sonnenstich. »Können wir endlich los?, hab ich gefragt. Da war plötzlich der Autoschlüssel weg. Es stellte sich heraus, Markus hatte ihn irgendwo über München verloren ...«

Man rief den Schlüsseldienst. Zwei Stunden sollte es dauern, Minimum. Die eine Hälfte des Teams verzog sich in einen Biergarten (»Bringt doch nichts, wenn wir alle hier ausharren ...«), sie setzte sich mit Markus auf eine Bank und wartete. »Ich war unglaublich geladen! Aber Markus fiel nichts Besseres ein, als mich ohne Punkt und Komma voll zu labern. Todlangweiliges Zeug, wie ich fand. Ich wollte aber auch gar nicht richtig hinhören, wollte nur weg, weg, weg.« Fazit eines unvergesslichen Tages: Markus sah in Judith eine aufgeblasene Intellektuelle, die alles besser wusste. Und sie hielt Markus für eine unsensible Nervensäge. Offensichtlich waren sie beide inkompatibel. So lautete dann auch ihre Manöverkritik am Tag darauf in der Redaktion. »Ich will nie wieder mit dem Strobel arbeiten!, habe ich geschimpft. So was tut man natürlich nicht. Das war mega-zickig«, gibt sie zu. »Dafür ist die Branche viel zu klein. Es war doch klar, dass wir uns eines Tages wieder über den Weg laufen würden.«

Gut dreieinhalb Jahre später war es so weit. Der Zufall würfelte die beiden Streithähne wieder zusammen. Drei Wochen Traumschiff, MS Berlin. New Orleans, Puerto Rico. »Wir sollten bei jedem Landgang einen schönen 10-Minüter drehen«, erinnert sich Judith – und wie professionell distanziert die Begrüßung war zwischen ihr und Markus. Aber es sollte anders kommen. »Die Produktion war katastrophal organisiert. Die Kreditkarte, die man uns mitgegeben hatte, war nicht gedeckt. Nichts war geregelt! Wir waren ganz auf uns allein gestellt.« Und als sie schon alles hinwerfen und genervt wieder nach Hause fahren wollte, rettete Markus die Situation. »Komm, das ziehen wir jetzt durch«, hat er zu mir gesagt. »Ich lege alles aus und werde denen später die Rechnung präsentieren. Sollen sie sich nur trauen, dagegen was zu sagen!«

Wie sehr ihr das imponiert hat und wie erleichtert sie

war, dass er alles in die Hand – und auch sie mit unter seine Fittiche – nahm, weiß sie heute noch ganz genau.

»Als wir uns am Abend zum Essen trafen und Markus in dieser coolen Jacke an der Reling stand, den Kragen hochgestellt, wie ein Fels in der Brandung, war mir klar, dass mir mit diesem Mann nichts passieren würde. Mit dem könntest du um die Welt fahren, habe ich bei mir gedacht – und ganz so falsch lag ich dann ja auch gar nicht damit.«

Jahre später, im Sommer 1996. Judith und Markus sind seit vier Jahren ein Paar. Natürlich haben sie sich noch auf dem Traumschiff besser kennen gelernt. Irgendwann, nach einem langen Arbeitstag auf See und einem ebenso langen Abend mit viel zu viel Alkohol. Und weil der ursprüngliche Plan »Wir lieben uns nur auf Reisen« nicht funktionierte, haben sie Nägel mit Köpfen gemacht, ihre damaligen Partner verlassen, eine gemeinsame Wohnung gesucht und ihre eigene Firma zusammen gegründet. Jetzt sind sie für Vox in den USA unterwegs, sollen ein Special über eine junge Marlboro-Reisegruppe drehen. Amerika extrem, Amerika Abenteuerland.

Die Zeit ist viel zu knapp bemessen, der Drehplan gespickt mit Terminen. Das Team arbeitet Tag und Nacht. Markus ist voll in seinem Element – wie immer, wenn's hart auf hart geht. Da dreht er noch mal richtig auf. Lässt die Gruppe mal hier, mal dort posieren, gibt Regieanweisungen – und selbst dann noch keine Ruhe, als kaum einer mehr die Augen aufhalten kann. Acht Tage geht das so. Beim letzten Stopp in Las Vegas sind erstmals ein paar Stunden Erholung vorgesehen. Judith will texten, die Drehs der vergangenen Tage nacharbeiten. Und endlich mal ein paar Stunden schlafen. Doch die letzte Einstellung des Tages – einzelne Mitglieder der Reisegruppe an den Slot-Machines und einarmigen Banditen eines großen Casinos – zieht sich in die Länge. Es wird Abend, Nacht, Mitternacht. Kameraassistent, Tonmann, die Statisten – nach und nach wanken alle ins Bett.

Am Ende sind nur noch Judith und Markus auf. Völlig fertig, in der Stadt der Engel. Aufatmen! Das Schlimmste haben sie hinter sich. Morgen noch ins Death Valley für ein paar schöne Wüsteneinstellungen. Danach geht es wieder nach Hause. Sie liegen sich in den Armen, küssen sich. Wieder ein Tag geschafft. – Lass uns noch ein Bier trinken, schlägt einer von beiden vor. Ein Absacker kann nicht schaden, um das Adrenalin wieder auf Normallevel zu bringen. Weil alles geschlossen ist um die Zeit, fahren sie an die Tankstelle. Setzen sich ins Auto, trinken schweigend, hören Elvis. Irgendwann ist sie plötzlich raus, die Frage. Warum heiraten wir nicht einfach? Völlig verrückte Idee, zu völlig verrückter Zeit. Gut, sie sind fast fünf Jahre zusammen. Da denken viele andere Paare längst über den Bund fürs Leben nach. Aber sie? Zu Hause hatten sie nie darüber gesprochen. Hätten sie vielleicht auch nie, unter anderen Umständen. Aber dieser Moment ist einmalig. Dieser Augenblick, das spüren sie, hat das Potenzial, ihr Leben zu verändern – wenn sie nur wollen. Bist du sicher?, will sie von Markus wissen. Natürlich ist er das. Sonst fragt man so was nicht.

Es ist morgens um vier, als sie den Las Vegas »Strip« hinunterrollen. Vorbei am Wasserfall des »Aladdin«-Hotels, an der Achterbahn des »New York, New York«, am künstlichen Canal Grande des »Venetian«. In einer der fünfzig Wedding

Chapels, die wie Neuschwanstein-Miniaturen zwischen den gigantischen Hotelkomplexen auftauchen, haben sich Richard Gere und Cindy Crawford trauen lassen, in einer anderen Demi Moore und Bruce Willis. Beide Paare sind längst geschieden. Nicht das beste Omen …

Wir brauchen Ringe, meint Judith. Inzwischen ist es halb fünf. Lass uns da vorn mal gucken, sagt er; das sieht aus wie ein Juwelier. Der Laden hat tatsächlich schon offen. Judith zeigt auf einen goldenen Ring in der Auslage. Steckt ihn sich an, prüft – passt. Nimmt ihn wieder ab, streichelt mit dem Zeigefinger über die Innenseite. Stutzt, weil etwas eingraviert ist. Und lächelt, als da »I love you, Dolores« steht. Der Juwelier ist ein Pfandhaus. No, thank you, Sir. Das wäre zu abgeschmackt.

In einem Drugstore finden sie ein Paar Ringe, die beiden wie angegossen passen. Nichts Wertvolles, nichts, was man sein Leben lang nicht wieder ablegen will. Vielleicht noch nicht mal Silber, dafür mit schönen, türkisenen Steinen, die Judith hier, mitten in der Nacht und mitten in Las Vegas, plötzlich ans Meer erinnern. Gekauft.

Im Central Office für Hochzeitsangelegenheiten lassen sie sich registrieren und suchen sich auf einer Liste die Kapelle aus, die ihnen am besten gefällt. Was für ein Zufall, es gibt sogar eine Elvis-Chapel. Der King persönlich soll sie trauen!

Das Elvis-Double hat sich einen Tag freigenommen. Ich kann ihn anrufen, wenn Sie wollen, schnattert eine Stimme am Telefon. Aber er kann frühestens in zwei Stunden hier sein. Definitiv zu lange. Komm, wir suchen uns spontan was, sagt Markus. Und steuert Minuten später wie zufällig auf den Hof der Drive-in-Kirche »Little White Chapel«. Als sie dort einrollen, graut schon der Morgen.

»Da standen wir also. Nach einem endlosen Arbeitstag, völlig fertig. Markus in Jeans und Hemd, genau so, wie er morgens das Hotelzimmer verlassen hatte. Ich im dünnen Sommerkleidchen, die Haare strähnig und ungewaschen, barfuß. Eine skurrile Szene ...« Doch in diesem Moment sind Äußerlichkeiten für sie nicht wichtig. Die beiden sind ohnehin viel zu sehr mit sich beschäftigt und dem, was da auf sie zukommt. Sie parken, warten, bis sie an der Reihe sind. 35 Dollar kostet die Zeremonie. Rosalind, die Trauzeugin, der Fotograf, der einen Film verschießt, und der blaue Plastikblumenstrauß kosten noch ein paar Dollar extra. »Die lockere Atmosphäre nahm der Trauung jegliche Schwermut und alles Formelle, das ich in Deutschland auf Hochzeiten so oft erlebt habe«, sagt Judith. Sie bezahlt mit Kreditkarte und denkt, damit sei schon alles überstanden. Nicht so schnell, junge Lady, grinst der Priester.

Der Reverend ist umwerfend. Er hält eine Rede, die er so oder ähnllich sicher schon hunderte Male gehalten haben muss – und die doch nichts an ihrer Intensität eingebüßt hat. An zwei Passagen erinnert Judith sich heute noch, sie hat sie am folgenden Morgen in ihr Notizbuch notiert.

»I love everything I know about you.« Und: »I promise to be your very best friend. Now and forever.« Wie authentisch das ist und optimistisch! Nicht wie die stereotypen Kirchenformeln, die einem eher Angst als Mut machten. So müde sie sind, so klar sind sie, als sie jetzt aus vollem Herzen Ja zueinander sagen.

Diese Trauung ist nicht künstlich wie Vegas. Sie ist auch kein makabres Sozialexperiment zweier Medienschaffender, die für eine gute Drehbuch-Szene so gut wie alles tun würden. Diese Hochzeit ist echt, sie ist das Leben. Ihr gemeinsames Leben. »Wir sind uns um den Hals gefallen und konnten einander gar nicht loslassen. Ich hab geheult wie ein Schlosshund! So bewegt war ich. Am meisten hat mich überrascht, dass es gar nicht schlimm war, sich für immer festzulegen.«

»Unter normalen Umständen wären wir heute sicher immer noch nicht verheiratet«, überlegt Judith Adlhoch, und sie wirkt plötzlich viel erwachsener. »Aber es macht schon einen Unterschied, ob du verheiratet bist oder nicht. Ich habe es nie bereut, im entscheidenden Moment etwas mutiger zu sein als sonst.«

Und was sind schon normale Umstände?

Ruth

»Wenn wir das hier alles hinter uns haben, fahren wir los.«

Freitag Nachmittag im »Haus am Park«, Bad Tölz. Zimmer 341. Ruth Deutelmoser, fünfundachtzig, kommt gerade vom Mittagessen. Irgendwie ist sie beschwingter als sonst. Nicht nur, weil gleich Besuch kommt und etwas Abwechslung vom Alltag unter Alten verspricht. Der Tag hat schon so gut angefangen. Die Sonne scheint und lässt das tief verschneite Tölzer Tal erstrahlen. Und zum Nachtisch gab's heute ihr Lieblingsdessert: Schokokuchen. Klingt verrückt, wird sie später sagen, aber die Farbe erinnere sie immer ein bisschen an die dunkelbraune Erde Asiens. Erde, wie man sie hierzulande nirgends findet. Tief dunkel, fast schwarz, exotisch und fremd. Ein Braun, das sich in ihr Unterbewusstsein eingrub, als sie damals monatelang durch den Orient fuhr. Auf ihrer abenteuerlichen Weltreise lernte sie auch Regionen kennen, die inzwischen radikale Veränderungen erlebt haben und heute weniger als Reiseziele denn als politische Brennpunkte für Schlagzeilen sorgen. Lenggries – Teheran – Kabul – Delhi – Colombo – Istanbul – Lenggries. 1970, im VW-Bus. Ihr Ehemann Werner, seinerzeit sechzig, und sie, zehn Jahre jünger.

Dunkelbraune Erde. Für die Eheleute aus Lenggries war's

das Paradies. Ihr Paradies. Ihr Abenteuer. Ihr ganz großer Traum. Sie hatten so viele Jahre davon geredet, dass ihnen schon niemand mehr glaubte, dass sie je wirklich fahren würden.

»Dabei sind Werner und ich ein Leben lang viel gereist«, hebt die alte Dame zu erzählen an, als ich sie an diesem Dezembernachmittag besuche. Holland, Frankreich, Schweiz, die Türkei ... Was immer sie sich leisten können, da fahren sie mit den drei Kindern hin. Selten zweimal an den gleichen Ort, das will Werner nicht. Es gibt doch noch so viel Schönes zu sehen auf der Welt, sagt er immer. Das Leben ist ihm viel zu kurz, um es mit Wiederholungen zu vertun.

Zwei Baedeker-Bände waren die Initialzündung. Werner hatte sie 1912, er war noch ein kleiner Junge, von einem Cousin bekommen. Als Abschiedsgeschenk, bevor dieser nach Australien auswanderte. Die Welt in zwei Bänden. Für Ruths Mann war es mehr als nur ein Geschenk. Er hütete die Bücher wie einen Schatz. Sie hatten unermesslichen Wert für ihn.

1970 wird der große gemeinsame Traum endlich wahr, als sich die beiden Richtung Asien aufmachen. Längst haben die Bücher den Charme von halb zerfledderten Schulkladden. Voll gekritzelt, verschmiert, mit Zetteln, Anmerkungen, Einschüben überall. Einfach neue zu kaufen war nie ein Thema, das wäre ihnen beiden wie Verrat vorgekommen. Es habe sie überrascht, wie aktuell die Informationen noch waren, so viele Jahre später, meint Ruth lächelnd. So viel hatte sich gar nicht verändert in der Zwischenzeit.

1912 bis 1970. Fast sechzig Jahre. Die längste Reiseplanung der Welt und die schönste Vorfreude der Welt.

»Als wir uns auf einem Maskenball in Köln zum ersten Mal sahen, hat Werner mir schon von seinem großen Traum erzählt«, erinnert sich die Weltreisende. Sie hatte erst gar nicht hingehen wollen und fühlte sich auch nicht besonders wohl in der Karnevalsgesellschaft. Schließlich hatte der Vater sie doch noch überredet, ihr zur Feier des Tages sogar neue Schuhe gekauft. Trotzdem habe sie nicht lange durchgehalten, nutzte die erstbeste Gelegenheit, um auszubüchsen. Und wie sie schon mit Hut und Mantel in der Tür stand, bereit, den nächsten Bus nach Hause zu nehmen, packte sie plötzlich ein Mann am Arm. Sehr gut sah er aus, groß und stattlich, in einer schmucken roten Weste. Er habe sie einfach festgehalten und gesagt: Bleib du mal hier.

Die beiden sind sich spontan sympathisch, der Altersunterschied von zehn Jahren ist kein Thema. Ein Wort gibt das andere. Sie lachen, flirten, fühlen sich wohl in der Gesellschaft des anderen. Am Ende landen sie zwischen all den anderen schmusenden Pärchen auf der Treppe. Es sei Liebe auf den ersten Blick gewesen, sagt Ruth seltsam sachlich, als handele es sich um eine Maßeinheit und nicht um ein Gefühl. Sie ist keine Romantikerin, nie gewesen. Doch dann, mit zärtlicher Hingabe in der Stimme: »Ich habe mich in seiner Nähe gleich geborgen gefühlt.«

Unauffällig lasse ich die Blicke in dem kleinen Einzimmerappartement herumschweifen. Da, auf dem Fernseher, das muss er sein. Ein strahlendes Lächeln. Säuberlich gerahmt. Werner. Ein Schnappschuss von ihrer großen Reise. Oder war's in einem Türkei-Urlaub? Sie waren so oft unterwegs, dass Ruth die einzelnen Reisen auch schon mal durcheinander bringt. Außer Indien!, ruft sie aus. Das sei für sie noch so präsent, als wären sie gestern erst zurückgekommen. Wenn sie nicht einschlafen könne, sage sie sich die einzelnen Stationen noch mal auswendig her. »Srinagar. Simla. Neudelhi. Delhi. Khajuraho. Jabalpur. Sanchi. Indore. Chitorgarh. Udaipur. Ranakpur. Ahmedabad. Daman. Bombay. Aurangabad …« Sie weiß noch genau, was sie an den einzelnen Orten gesehen und unternommen haben, wen sie wo kennen lernten, wann sie sich den Fuß verstauchte und in ein indisches Krankenhaus musste … Kopfreisen statt Schäfchenzählen. Auch tagsüber tut sie das lieber, als in alten Fotoalben zu stöbern oder die Briefe und Postkarten durchzublättern. Die liegen geordnet irgendwo im Keller ihres Hauses in Lenggries. Hier im Seniorenwohnheim würde ihr das alles viel zu viel Platz wegnehmen. Sie lässt sich auf ihren Kopfreisen in die Vergangenheit lieber von anderen Dingen inspirieren. Von dem schönen grünen Wandteppich etwa, den sie aus Asien mitgebracht und über ihrem Bett aufgehängt hat. Dann ist da noch das kleine rote Ringbuch, das sie auf der Reise immer im Handschuhfach liegen hatte und das jetzt, ganz unspektakulär, neben all den anderen Büchern im Schrank steht, abgegriffen und ein bisschen zerfleddert. Mit einem schlichten, längst vergilbten Aufkleber drauf, wie man ihn normalerweise für Einmachgläser benützt. »Gesammelte Deuteleien« steht drauf. Und darunter »Indienreise – Kriegsende«. Zittrig hingekritzelt, wie eine Notiz, irgendwo unterwegs auf holperndem Kiesweg festgehalten. Dabei war der Krieg bei ihrer Abreise schon ein Vierteljahrhundert vorbei.

»Oberhemden, Strümpfe, Klopapier, Bettwäsche, Alufolie, Kühlbeutel …« In der Umschlagtasche des roten Büchleins steckt noch der Packplan von damals. Hundert kleine und große Dinge, fein säuberlich nach ihrem Stauraum im VW-Bus aufgelistet: Bettbank, Hocker, Wasserkoffer, Gepäckträger. Seite eins, die Lochung des Papiers ist durch die vielfache Benutzung längst ausgerissen, beginnt mit dem Eintrag: 31. August 1970. Abfahrt 9.30, Kilometerstand 2416,9. Darunter der Streckenabschnitt: Lenggries, Kitzbühel, Felbertauern, Weißensee, Oberaudorf. Der erste Tag von insgesamt 215. Noch bewegen sie sich auf bekanntem Terrain, in dieser Gegend sind sie oft mit den Kindern wandern gewesen. Der zweite Tag beginnt mit einem Frühstück bei Warmbiers. Zum Kaffee gibt's »viele gute Wünsche der Freunde«. Dann führt die Route in Richtung Fremde. Jugoslawien. Bulgarien, die Türkei ... Seite für Seite, auf kleinformatigem, kariertem DIN-A5-Lochpapier. Daten, Fakten, Kilometerstände. Und Städte, deren Namen immer exotischer klingen, je weiter Ruth und Werner in die unbekannten Länder vordringen.

Persönliche Notizen sucht man vergebens, findet höchstens kleine, aber aufschlussreiche Anmerkungen à la »herrliche Waldfahrt auf teils neuen, teils alten Straßen« (in einem Städtchen namens Shahapsand) oder »Ölwechsel, Schmierdienst« (in Kabul). Sie hat alles aufschreiben wollen, meint Ruth, fast entschuldigend. Aber irgendwo habe sie unterwegs der Eifer verlassen. Schließlich machten sie diese Reise nicht für die Nachwelt, sondern nur für sich. Rund zwei Jahre sollte sie dauern. Doch dann kam Julia. Und die stolzen Großeltern beschlossen mitten in Indien, ihre Tour frühzeitig abzubrechen, um ihre Enkelin zu begrüßen.

Jetzt fällt es ihr wieder ein, wo das Foto ihres Mannes geschossen wurde: Ceylon! In Colombo, am Galle Face Green, der berühmten Strandpromenade der Hauptstadt. Ein kurzer, liebevoller Blick auf den verstorbenen Ehemann im silbernen Bilderrahmen. Kein: »Schade, dass er nicht bei mir ist.« Kein: »Es tut mir Leid, dass er das alles nicht mehr miterlebt.« Ruth Deutelmoser ist keine Frau, die viel jammert. Auch wenn sie sich in ihrem Stuhl kaum rühren kann und trotz Hörprothese schlecht versteht – was auch daran liegen mag, dass die Themen hier sie nicht sonderlich interessieren. Sie würde sich lieber über Politik unterhalten. Über interessante Menschen, Reisen, Abenteuer. Und sie fühlt sich auch mit ihren fünfundachtzig Jahren noch viel zu jung, um in die Krankheitsgeschichten ihrer Mitbewohner einzustimmen. Da bleibt sie lieber ganz für sich, isst und träumt.

»Werner und ich hatten eine wunderbare Zeit zusammen. Fast fünfzig Jahre lang. Wer kann das schon von sich sagen?«, fragt sie und wirkt dabei so zufrieden, als erwartete sie heute, viele Jahre nach seinem Tod, gar nichts mehr vom Leben. Man habe auch schwere Zeiten erlebt, sicher. Den Krieg, die Unsicherheit, die Angst. Während der Flucht aus Berlin seien sie einmal getrennt worden, ohne zu wissen, ob sie einander je wieder begegnen würden. Aber das Schicksal war ihnen wohlgesinnt. Es hat sie Tage später wie durch ein Wunder wieder zusammengebracht. Überhaupt hätten sie viel Glück gehabt, sagt Ruth. Sie konnten reisen, wohin sie wollten, die Welt entdecken. Es gebe wirklich keinen Grund, sich zu beklagen. Und wenn ihr ihre gemeinsame Weltreise etwas gegeben hat, was ihr heute niemand mehr nehmen könne, dann sind es innere Ruhe und Zufriedenheit.

Irgendwie ist Werner ja immer noch bei ihr. In ihrem Herzen ist alles noch so, wie es war, nicht nur, wenn sie an die Monate im Ausland zurückdenkt. Ruth Deutelmoser ist keine Nostalgikerin, die nur in der Vergangenheit lebt. Aber wie sie so dasitzt und mit leuchtenden Augen von der großen Reise erzählt, kommt es einem so vor, als sei sie gar nicht wirklich da. Sie lebt in ihrer eigenen Welt; ihre Seele ist ganz woanders, sie wandert umher, in Indien, Afghanistan oder Ceylon. Seite an Seite mit ihrem Mann.

Weil das Leben weitergehen muss, auch wenn der liebste Mensch stirbt, ist Ruth vor ein paar Jahren aus dem gemeinsamen Haus in Lenggries nach Bad Tölz gezogen. Betreutes Wohnen. Das sei beruhigender, sagt sie. Für die Familie, die nicht jeden Tag nach ihr sehen kann. Und für sie selbst auch. Sie konnte das alles nicht mehr schaffen. Der Haushalt, der große Garten, die viel zu großen Entfernungen, die sie zu Fuß kaum mehr bewältigen konnte – es war einfach zu gefährlich, allein dort zu bleiben. Im Wohnheim fühlt sie sich sicher. »Wenn irgendwas ist, brauche ich nur zu klingeln.«

Nur ein Jahr nach ihrem ersten Treffen haben Werner und sie geheiratet. Sie ziehen nach Stuttgart, wo Werner Beamter im gehobenen Dienst wird. Ruth will Medizin studieren, die einzige Möglichkeit, um dem Reichsarbeitsdienst zu entkommen. Doch da ist schon das erste Kind unterwegs. Werner wird nach Berlin versetzt, die junge Familie kommt mit.

Der Krieg macht alle weiteren Pläne zunichte. An Reisen, geschweige denn eine Weltreise, ist nicht mehr zu denken. Die Deutelmosers haben andere Probleme: Eine flapsige Anti-Hitler-Bemerkung, die Werner aus Leichtsinn hat fallen lassen, kostet ihn um ein Haar die Stellung. Die Sache geht zum Glück gerade noch mal glimpflich aus. Nur nachts, wenn alles schläft, bei Fliegeralarm im Luftschutzbunker, sprechen die Eheleute noch von ihrem großen Traum. Die beiden Baedekers sind in einer Tragetasche immer dabei. Wenn wir das hier alles hinter uns haben, fahren wir los, schwören sie sich gegenseitig. Diese Vision gibt ihnen die Kraft, weiterzukämpfen, weiterzuleben, die schwierigen Zeiten zu überstehen.

Als sie sich viele Jahre später tatsächlich aufmachen, liegt mehr als ihr halbes Leben schon hinter ihnen. Und doch fühlen sie sich noch wie mit zwanzig, so aufgeregt und abenteuerlustig wie an ihrem ersten Abend.

Ruth Deutelmoser ist müde, will sich ein bisschen hinlegen. In den zwei Stunden, die wir uns unterhalten haben, hätte sie sonst ihren Mittagsschlaf gehalten. »Ich will Ihnen für unser nächstes Treffen doch noch ein paar Fotos heraussuchen. Dann können Sie sich das alles besser vorstellen.« Wir verabreden einen neuen Termin.

Bevor ich mich wieder auf den Weg mache, stelle ich ihr noch eine letzte Frage: Ob sie all die Orte, die sie im VW-Bus passiert haben, gern noch einmal wieder sehen würde? Die alte Dame winkt ab. »Nein, ich will nicht mehr reisen. Selbst wenn mein Herz das noch mitmachen würde. Ich will es alles in Erinnerung behalten, wie es war.«

Gut zwei Wochen später stirbt Ruth Deutelmoser. Ganz ruhig und friedlich, in ihrem eigenen Bett im Haus am Park. Im gesegneten Alter von fünfundachtzig, und trotzdem für alle völlig unerwartet.

Tage später, in einem Café in München. Vor mir sitzen Verena und Julia, Ruths Tochter und Enkelin. Verena hat eine dicke Mappe mit den gesammelten Briefen mitgebracht und in den letzten Tagen selbst stundenlang darin geblättert. Hunderte von Airmail-Briefen stecken darin, die wohl mal hellblau gewesen sein müssen, aber mit den Jahren verblasst sind. Zeile für Zeile eng beschrieben mit sehr persönlichen Erlebnissen, liebsamen oder auch unliebsamen Erinnerungen von unterwegs, großen Glücksmomenten und kleineren Rückschlägen auf der Reise, die für zwei Menschen die Welt bedeutete.

Ich schlage die Mappe auf und lasse die seidenweichen Seiten vorsichtig durch meine Finger gleiten. Schließlich stoße ich auf Verenas Brief vom 7. Dezember 1970. »Liebe Eltern, oder jetzt besser: Liebe Oma und lieber Opa. Das Julchen ist auf der Welt ...« Verena lächelt. Ein schöner Grund, umzukehren. Das müssen die Deutelmosers auch so empfunden haben.

Sabine

»Fremde Orte vermitteln mir ein ganz eigenes Körpergefühl.«

Vielleicht war ja alles nur eine Frage des Willens. Wenn sie ein konkretes Ziel hatte, konnte sie alles schaffen. Einen Berg besteigen, einen tagelangen Marsch bewältigen, einen Marathonlauf gewinnen. Für so etwas konnte sie trainieren bis zur Erschöpfung. Ehrgeizig, wie sie war, erreichte sie in der Regel auch, was sie sich in den Kopf gesetzt hatte.

Nun hat Sabine wieder so eine fixe Idee. Oder eher eine Vision? Sie will Yogalehrerin werden. Konkret und fassbar genug, um richtig herauszufordern. Nach ein paar Monaten Einsteigerkurs kann sie mit der flachen Hand den Boden berühren. Und der Lotussitz, vor Monaten noch undenkbar, ist eine leichte Übung geworden. Nur ein paar von vielen großen und kleinen Veränderungen, mit denen ihr Körper sie täglich verblüfft und die sie mit Genugtuung erfüllen. »Woran merke ich, ob ich gut genug bin, um Lehrerin zu werden?«, hat sie Jennifer, ihre Yogalehrerin, nach einem knappen Jahr Unterricht gefragt. Die hat gelächelt und gesagt: »Sabine, du bist gut genug. Glaub mir: Du hast alles, was man braucht, um Lehrerin zu werden.« Sie kann es schaffen, wenn sie nur will.

Häng deine Karriere an den Nagel, hak alles ab, was war,

und fang noch mal ganz von vorn an. Das hätte ihr vor ein paar Jahren mal einer sagen sollen. Sie hätte ihn glatt für verrückt erklärt. Wozu ein neuer Job, warum ein neues Leben? Sie hatte doch alles. Manchmal irritierte es sie fast, wie reibungslos alles gelaufen war. Die guten Noten in der Schule, das Einser-Abitur, ein Prädikatsexamen. Immer wollte sie das, was sie anpackte, auch richtig machen. Kaum hatte sie ein Ziel erreicht, lagen schon wieder fünf neue vor ihr.

Sabine war so erfolgsverwöhnt, dass sie anfing, mit ihrem Glück zu spielen. Fast routinemäßig stellte sie ihr Schicksal auf die Probe, ging immer öfter an die Grenzen des Machbaren. Wenn Kommilitonen ein Auslandssemester an einer amerikanischen Provinz-Uni absolvierten, bewarb sie sich in Harvard. Mit Erfolg. Oder das Auslandspraktikum. Andere waren froh und glücklich, überhaupt eine Stelle zu bekommen. Sabine telefonierte so lange herum, bis sie den perfekten Deal gemacht hatte: ein paar Monate in New York, ihrer Traumstadt, mit ihrem Freund Michael. Sie als Praktikantin, er als Trainee in einem großen deutschen Autokonzern. Hätte in der Firma auch nur einer geahnt, dass sie ein Paar waren, es hätte bestimmt nicht funktioniert. Aber das war ja gerade der Reiz an der Sache. Sabine, die Glückszockerin. Die gerne pokerte, aber nie wirklich was aufs Spiel setzen musste. Die nicht verlor, fast immer gewann.

Das Vierteljahr in New York sei wie eine Offenbarung gewesen, erinnert sie sich. Die Tage verbringt sie im Business-Kostüm in ihrem Büro downtown. In der Mittagspause geht sie auf ein Süppchen im Deli um die Ecke, so wie alle New Yorker es machen. Nach Dienstschluss trifft sie sich mit Michael zum Afterwork-Cocktail, sie essen irgendwo eine Kleinigkeit und schlendern danach noch ins Kino oder zum Broadway. Sabine und Michael führen ein privilegiertes Leben. Lifestyle pur, für den sie auch noch bezahlt werden. Die ganze Welt scheint ihnen offen zu stehen in diesen Tagen.

Wieder daheim beschließen sie, bald wieder in die USA zu gehen. Wenigstens für ein paar Jahre; auf alle Fälle aber auf schnellstem Wege. München kommt ihnen viel zu eng und kleinbürgerlich vor. Am günstigsten wäre es, wenn Michael in die New Yorker Vertriebsgesellschaft seiner Firma entsandt würde. Dann könnten sie mit der Sicherheit des deutschen Systems im Rücken die große Freiheit Amerikas genießen.

Doch um ihren Traum vom Leben im Land der unbegrenzten Möglichkeiten zu verwirklichen, müssen sie sich zunächst im Inland etablieren, sich einen Namen machen. So konzentriert Michael sich auf seine Karriere im Autokonzern, Sabine macht sich nach dem Examen auf Jobsuche.

Sie hat ein paar interessante Jobs im Auge und will gerade richtig loslegen mit dem Bewerbungsmarathon, als ihr völlig unerwartet eine hoch dotierte Stellung in der Marketingabteilung eines großen Unternehmens angeboten wird. Ein Glücksgriff, wie schon manches zuvor. Sabine wird aus dem Stand »International Communication Manager«, bekommt ein bemerkenswertes Budget in die Hand und soll damit eine Werbekampagne für Südostasien entwerfen. Eine Aufgabe wie maßgeschneidert für die Kommunikationswissenschaftlerin. Das Projekt macht die Neueinsteigerin firmenintern zum Shooting-Star: Ihre »Brand-Awareness«-Kampagne, ausgearbeitet und realisiert mit Marketingkollegen aus ganz Asien, erscheint seitenfüllend in »Newsweek« und anderen großen Blättern. Der Grundstein für eine Karriere, mit der sie in der ganzen Welt herumkommt. Sie trifft sich mit den Marketingmanagern ihres Marktes, arbeitet neue Konzepte aus. Barrieren zwischen den Kulturen überwinden – da kennt sie sich aus, das war schon in der Magisterarbeit ihr Thema gewesen. Aber Yoga? Dafür hat sie in dieser Lebensphase keinen Kopf. Sie probiert schon mal eine Stunde, in einem Fitnessstudio in ihrer Nähe. Aber für mehr bleibt keine Zeit. Morgen muss sie ja schon wieder nach Singapur. Oder Bangkok. Oder Manila, Melbourne, Sydney.

»Wir können in die USA.« Sabine traut ihren Ohren kaum, als Michael ihr gut drei Jahre nach ihrer Rückkehr aus New York die Nachricht überbringt. In seiner Firma ist eine passende Stelle frei geworden, auf drei Jahre befristet. Sabine schluckt, den Tränen nah. Endlich! Sie werden in die Staaten ziehen, ein neues Leben beginnen, vielleicht sogar eine Familie gründen. Zu schön, um wahr zu sein. Nur, was wird aus ihr? Aus ihrem Job? Ihr Chef hat ihr gerade eine neue Projektleitung angetragen … Vielleicht ist ein klarer Schnitt das Beste, redete sie sich ein, nach dem großen Erfolg der ersten Kampagne. Michael nimmt Sabine in den Arm. Drückt sie so fest, als könne er Gedanken lesen. Ich liebe dich. Es wird alles gut.

Mitten im Umzugsstress flattert ihnen noch eine frohe Botschaft ins Haus. Sabine ist schwanger. Seit Jahren wünschen sie beide sich ein Baby, seit Jahren will es aus irgendeinem Grund nicht klappen. Und nun, als erlaube sich das Schicksal einen Spaß, platzt plötzlich der Knoten. Es wird klappen, wenn du am wenigsten damit rechnest. Wie wahr.

Davon erzählt sie ihrem Vorgesetzten erst mal lieber nichts, als sie bei ihm ist. Er fällt ohnehin aus allen Wolken, als er von ihren New-York-Plänen erfährt. Doch nach ein paar langen Schweigeminuten bietet er ihr an, bei der Firma zu bleiben. Die Fliegerei ist sie ja gewohnt. Überlegen Sie es sich, beschwört er die junge Kollegin. Bleiben Sie.

Zwei Monate später. Sabine und Michael sind in die USA gezogen, haben sich in Westchester County im Bundesstaat New York ein hübsches Haus mit Garten gemietet, von wo aus Michael täglich in die Firma fährt. Sabine soll die Marketingkampagne, die sie für Asien entwickelt hatte, in Nord- und Südamerika einführen. Es gibt noch ein paar Fragen zu ihrem Vertrag, deshalb ruft sie in der Münchner Zentrale an. Sie berichtet ganz aufgeregt, wie schön alles ist und wie wohl sie sich fühlt. Dann, nachdem alle Fragen geregelt sind, muss sie es endlich loswerden: »Was ich Ihnen noch sagen wollte: Ich bin schwanger.« Inhaltlich werde sich dadurch nicht viel ändern, erklärt sie, eifrig, ahnungslos. Sie wolle bis kurz vor der Geburt arbeiten und könnte, mit Kinderbetreuung, so schnell wie möglich wieder einsteigen …

Was genau sie von ihrem Chef erwartete, daran erinnert sie sich nicht genau. Dass er sie beglückwünschte? Vielleicht ein bisschen viel verlangt von einem Mann wie ihm, dazu noch kinderlos, dem das Wohl der Firma zweifellos mehr am Herzen lag als das Wohlbefinden seiner Mitarbeiter. Vielleicht hätte sie die Nachricht besser noch eine Weile zurückgehalten, ein bisschen taktiert, im Nachhinein ist man immer schlauer. Das unverblümte »Scheiße!«, das er auf den ersten Schreck hin in den Hörer bellt, fährt ihr jedenfalls durch Mark und Bein. Sabine ist sprachlos. Sie kann nicht fassen, dass derselbe Mensch, der sie eingestellt und immer gefördert hat, zu keiner anderen Reaktion fähig ist. Den sie bewunderte für sein Know-how, sein geschäftliches Gespür und seine zwischenmenschlichen Fähigkeiten. Wie sie sich nur derart hat täuschen können! »Ich war schwanger und damit einfach abgeschrieben. Kaltgestellt! Wie nicht mehr existent. Und das in der Firma, für die ich so viel Energie investiert hatte.«

Sabine schluckt. Und beißt sich durch. Tut, als ob nichts wäre, auch wenn sie in den USA weit weg ist vom Geschehen in der Konzernzentrale. Sie bereist die Niederlassungen von ganz Nord- und Südamerika, verbringt mehr Zeit auf Flughäfen als in ihrem neuen New Yorker Zuhause, um sich bloß nichts nachsagen lassen zu müssen. Sie will es allen zeigen, beweisen, dass man mit ihr rechnen muss. Eine Schwangerschaft ist schließlich keine Krankheit. Bis einen Tag vor der Geburt ihrer Tochter Amanda ist sie für jedermann erreich- und ansprechbar. Doch ihr Vertrauen in die Firma ist dahin. Und ihr Chef, das spürt sie, fühlt sich durch ihre Schwangerschaft persönlich beleidigt.

Dann kommt Amanda, und die Welt sieht von einem Tag auf den anderen wieder rosarot aus. Sabine ist so glücklich, so erleichtert, dass sie ihren Job und alles, was damit zusammenhängt, für Wochen komplett aus ihrem Kopf verbannt. Sie lebt auf in ihrer neuen Rolle als Mutter, macht sich mit dem nagelneuen Kinderwagen täglich auf Entdeckungsreise, kann zum ersten Mal bewusst genießen, was sie sich hier aufgebaut haben, Michael und sie. Sie lernt Mütter kennen. Interessante, hochqualifizierte Frauen, die ebenso wie sie mehr vom Leben erwarten, als morgens die Kinder in die Krippe und abends eine warme Mahlzeit auf den Tisch zu bringen. Sie findet Freundinnen unter ihnen und hat endlich auch Zeit, Freundschaften zu pflegen. Baby-Showers in der Nachbarschaft, private Krabbelgruppen, Brunches, Dinner-Partys – Sabine lebt, statt zu arbeiten. Und fühlt sich so eins mit sich selbst wie nie zuvor.

Was sie in dieser Phase auch von ihrem Arbeitgeber und den Kollegen hört, es perlt an ihr ab. Die Auftragslage ist miserabel, so viel klingt durch. Massive Entlassungen stehen an. Der Bereich Kommunikation, ihr Arbeitsfeld, ist besonders hart betroffen. Und obwohl sie als Mutter im Erziehungsurlaub unkündbar ist, tut sie etwas, wovon ihr viele abraten, was sie in ihrer Situation jedoch für das einzig Richtige hält: Sie geht auf ein Abfindungsangebot ein, das pauschal einem Großteil der Mitarbeiter, allen voran Müttern in Elternzeit, gemacht wird. Eine Bauchentscheidung, vielleicht gefällt aus der Souveränität, die sie jetzt als verheiratete Frau und Mutter besitzt. Es fühlt sich an wie ein Befreiungsschlag, als sie den Vertrag unterzeichnet und damit ein Kapitel ihres Lebens abschließt. Keine Reue, keine wehmütigen Blicke zurück, nimmt sie sich vor. Schon morgen wird sie ein neues Leben beginnen.

Sie will sich um ihren Körper kümmern. Den hat sie viel zu lange vernachlässigt. Eine Freundin erzählt ihr von Jennifer, einer Yogalehrerin, die ganz in ihrer Nähe Unterricht gibt, und verspricht, derweil auf Amanda aufzupassen. Sabine sagt zu, sich das mal anzusehen. Am folgenden Mittwoch liefert sie Amanda bei der Freundin ab und fährt ein paar Ecken weiter in das dortige Gemeindezentrum. Ungewöhnlicher Ort für eine Yogastunde, denkt sie, als sie ihren Wagen auf dem Hinterhof abstellt. Dann gesellt sie sich zu der Hand voll Yogis, die es sich schon auf ihren Matten bequem gemacht haben. Sabine schlüpft in ihre Turnklamotten, schnappt sich eine rutschfeste Unterlage und positioniert sich ein paar Meter vor Jennifer, die mit geschlossenen Augen meditierend am Kopfende des Raums sitzt.

Nach und nach trudeln alle ein. Ein paar Hausfrauen aus dem Ort, die eine oder andere kennt Sabine aus dem Supermarkt oder vom Sehen. Einige Studentinnen kommen dazu, ein paar ganz vereinzelte Männer, darunter ein alter Seebär, der aussieht wie ein ehemaliger Schwergewichtsboxer. Mit einem entwaffnenden Lächeln und drei Blöcken, die ihn in schwierigeren Posen stützen sollen, setzt er sich neben sie. Man grüßt quer durch den Raum, in einer Ecke wird leise gelacht, man kennt sich. Skurrile Mischung, schmunzelt Sabine in sich rein. Zwei Dutzend Leute, die es im Alltag niemals eine Stunde miteinander aushalten würden. Doch hier, unter dem riesigen hölzernen Dachstuhl des Gemeindehauses, geschieht es in einer Atmosphäre großer Selbstverständlichkeit. Als endlich alle versammelt sind und die Tür sich schließt, öffnet Jennifer die Augen. Ihre Meditation ist beendet, es geht los.

Die Trainerin startet mit ein paar Gedanken zum Tag, ein Thema, dem sie die Stunde widmen will. Reichtum macht nicht glücklich, meint sie, beschwörend wie eine Predigerin. Es sei zwar schön, genug Geld zu haben, aber echtes Glück komme von innerem Reichtum. Die Gruppe sitzt interessiert um sie herum, man lässt die Worte auf sich wirken. Sabine wundert sich über sich selbst, merkt, dass sie sich angesprochen fühlt. Irgendwas bringt diese junge Frau in ihr zum Klingen. Vielleicht deshalb, weil das Umfeld so fern von allem erwarteten Müsli-Muff ist. Jennifer ist eine moderne, junge Frau, die sicher ganz gern shoppen geht. Aber wie sie so dasitzt in ihren lässigen Yogaklamotten, ist sie einfach sympathisch, findet Sabine.

Auch wenn sie in den folgenden Wochen nicht immer so genau hinhört, während Jennifer ihre Worte zum Tage spricht, fühlt sie sich doch angenehm stimuliert. Manches klingt den ganzen Tag in ihr nach, begleitet sie zum Einkaufen, in die Stadt, beim Autofahren. Doch was ihr besonders gefällt, sind die Asanas, Yogastellungen, die einzelne Muskeln des Körpers dehnen und innere Organe massieren sollen. Eine echte Herausforderung für die junge Mutter, die während der Schwangerschaft etwas eingerostet ist. Bei allem Anfänger-Eifer fühlt sie sich starr wie ein Karton im Vergleich zu den anderen. Sosehr sie versucht, alle Übungen mitzumachen, so deutlich werden ihr ihre Grenzen aufgezeigt. Aber weil es im Yoga keine Konkurrenz gibt, jeder nur so weit geht, wie es für ihn angenehm ist, lässt Sabine allen Druck fahren. Sie lernt Demut, eine Verneigung vor sich selbst. Ein völlig neues, angenehm erleichterndes Gefühl.

»Yoga hat mir eine neue Welt eröffnet«, erinnert sich Sabine an ihre ersten Monate als Yogi. »Ich habe mich und mein Leben plötzlich mit ganz anderen Augen gesehen.« Bisher war es immer nur darum gegangen, weiterzukommen. Sie war richtig unzufrieden gewesen, wenn sie nicht ständig eine ganze Hand voll Ziele vor sich hatte. War wie süchtig danach, zu kämpfen, sich zu bewähren, es aller Welt zu beweisen.

Die Yogastunden bei Jennifer befrieden diesen Kampf, den sie mit sich, aber nicht selten auch gegen sich geführt hat. Sie machen Sabine innerlich ruhig und gelassen, ausgeglichen und zufrieden. Michael, der in seinem neuen Job gut beschäftigt ist, registriert die Veränderung mit Genugtuung.

Er genießt es, sich abends fallen lassen zu können, sich auszusprechen, Druck abzulassen. Und Sabine ist wirklich die Ruhe selbst. Ihre Gelassenheit, gepaart mit neuer Energie, reicht für sie beide – und Amanda dazu.

Es dauert nur wenige Monate, und sie beginnt, sich ihren Alltag rund um ihr neues »Hobby« einzurichten. Als Hausfrau kann sie ihre Zeit frei einteilen. Also verlässt sie frühmorgens um halb neun mit Michael und Amanda das Haus, bringt um neun die kleine Tochter zum Kindergarten, holt unterwegs noch schnell Wäsche aus der Mangel oder kauft Getränke ein. Aber die schönsten Tage sind die, an denen sie Amanda mit Küsschen absetzt und direkt ins Gemeindezentrum fährt, um noch eine Viertelstunde mit Jennifer zu meditieren, bevor es richtig losgeht. Fünfmal die Woche geht sie ins Studio und fühlt sich ausgeglichen wie nie.

Und sie wird von Tag zu Tag beweglicher! So flexibel ist sie und mit so viel Begeisterung bei der Sache, dass ihre Freundin Ana eines Tages ganz beiläufig meint: »Sag mal, hast du dir eigentlich schon mal ausgerechnet, wie viel Geld Jennifer mit diesen Yogastunden verdient? Warum machst du so was nicht? Du liebst Yoga, du kannst es gut, und du bist sicher eine tolle Lehrerin ...« Sabine erinnert sich noch, wie sie mit den Achseln zuckte. Vielleicht keine schlechte Idee, vielleicht denkt sie wirklich mal daran, irgendwann. In der Regel kommen zwanzig bis 25 Leute in die Stunde.

Jeder zahlte fünfzehn Dollar für 75 Minuten. Da kam eine hübsche Summe zusammen. Nicht, dass sie das Geld dringend brauchte. Aber gibt es was Schöneres, als mit seiner Passion auch noch Geld zu verdienen und damit zum Lebensunterhalt beizutragen?

Ana lässt nicht locker. Bedrängt Sabine so lange, bis die im BeYoga-Studio in Manhattan anruft, dort erfährt, dass ein paar Tage später eine neue Lehrer-Ausbildung beginnt und – »Sie haben Glück!« – noch ein Platz frei ist. »Es geht in einer Woche los …«

Abends, beim Essen, spricht sie mit Michael darüber. Fragt ihn, was er davon hält, erhofft sich vielleicht sogar leisen Widerspruch. Doch Michael tut ihr den Gefallen nicht. Tolle Idee, meint er nur. Das ist sicher was für dich. Amanda und ich schaffen das hier auch eine Weile allein. Am nächsten Morgen, nach der Yoga-Stunde, die alles entscheidende Frage an Jennifer: »Meinst du, ich bin gut genug, um Yogalehrerin zu werden?«

Jetzt muss alles sehr schnell gehen. Am nächsten Abend setzt sie sich mit Michael und zwei Terminkalendern zusammen und klärt Termine ab. In den folgenden fünf Monaten muss er an sechs Wochenenden ganz allein für Amanda sorgen. Dazu kommen unzählige Übungsabende bei den verschiedenen Yogalehrern im BeYoga-Studio, eine Menge Stunden, die sie als »Demonstrator« in Jennifers Stunde vorturnt, und ganze Tage Theorie. 200 Stunden sind es alles in allem, die man in einem Leistungsnachweis erbringen muss, plus unzählige freiwillige. Michael mault nicht, notiert sich brav alle Termine. Er will versuchen, es möglich zu machen. »Wenn es hart auf hart kommt, holen wir deine Großmutter her«, scherzt er. Die ist über achtzig und noch nie in ihrem Leben geflogen. Dass sie ein paar Wochen vor der Prüfung tatsächlich mit ihrem Köfferchen in der Tür stehen wird, um ihrer Enkelin in der heißesten Lernphase fünf Wochen lang die kleine Tochter abzunehmen, damit rechnet zu dem Zeitpunkt noch keiner von ihnen beiden.

Mitte Januar fährt Sabine zur ersten Ausbildungseinheit nach Manhattan. Sie hat nichts bei sich außer ihrer Yogamatte und ein paar frische Sachen zum Wechseln. Alles Weitere wird sich finden. Jennifer, auch BeYoga-Schülerin, hat ihr noch ein paar Tipps mit auf den Weg gegeben, wie das Café Medina, beliebter Hangout vieler Yogastudenten. Da sie vor lauter Aufregung viel zu früh dran ist und noch massig Zeit hat, kauft sie sich eine Zeitung, setzt sich hinein und bestellt sich einen Tee. Das gemütliche Café soll für die nächsten Monate ihr zweites Zuhause werden, Manhattan wird ein Teil von ihr. Auch wenn das schwer zu vermitteln ist: Die Yoga-Ausbildung ist für Sabine die Krönung ihres USA-Aufenthalts. Manchmal fühlt sie sich wie amputiert, ihr Herz zieht sich richtiggehend zusammen, wenn sie heute, wo sie längst wieder in Deutschland lebt, an New York zurückdenkt. »Reisen hat immer schon ganz besonders auf mich gewirkt. Fremde Orte vermitteln mir ein ganz eigenes Körpergefühl! Man fühlt doch völlig anders, je nachdem, ob man in Sydney ist oder sich den Wind in Südafrika um die Nase wehen lässt, die New Yorker Atmosphäre genießt oder das bayerische Voralpenland. Die Vibrations sind ganz eigene, und die spüre ich unmittelbar im Körper.«

Sie sind eine Gruppe von 55 Teilnehmern. Mit unterschiedlichstem Background, den verrücktesten Vorgeschichten und

Motivationen. Sabine ist die Einzige, die aus der Industrie kommt und Mutter ist. Die im Vergleich zu den anderen ein sehr gesetteltes, arriviertes Leben führt. Doch in ihrem Kurs ist sie nur Sabine, die Studentin. Eine nette Ergänzung zu ihrem »Housewife«-Alltag in Westchester County, wo sich ihr Dasein vornehmlich ums Muttersein drehte. Im Yogastudio fühlt sie sich noch einmal wie Mitte zwanzig, als sie mit Michael zum ersten Mal nach New York kam.

Niemand wirft das Handtuch. Alle 55 bleiben bis zum Schluss der Ausbildung dabei, absolvieren die obligatorische Abschluss-Unterrichtsstunde vor der Kommission und all den anderen Studenten. Wie eine mündliche Prüfung war das, erinnert sich Sabine. Sehr aufregend, aber auch unglaublich energetisch. In den sechzig Präsentationsminuten vor der Jury habe sie sich stark und kraftvoll wie nie gefühlt. Große Gefühlsausbrüche, als alles überstanden ist. Man fällt sich in die Arme, dankt bei der Verleihung des Zertifikats Mutter, Vater, Kindern. Es herrscht eine Stimmung wie bei der Oscar-Verleihung. »Bei einigen flossen sogar Tränen. Es war ein unglaublich intensiver Moment. Jeder Einzelne von uns hatte es geschafft ...«

Im Café Medina wird der Erfolg ausgiebig gefeiert. Dann fährt Sabine nach Hause. Glücklich, selig, laut vor sich hin singend. Sie ist Yogalehrerin. Ein Gefühl, noch besser als damals, als sie ihren Uni-Abschluss in der Tasche hatte. Als sie den Schlüssel ins Schloss steckt, schluckt sie kurz. Sie ist den Tränen nahe, vor Anstrengung und Erleichterung. Dann tritt sie ein, lässt die Tasche fallen. Michael lächelt, küsst sie auf beide Wangen. »Ich gratuliere, mein Schatz.« Amanda kommt auf sie zugerannt und fällt ihr in die Arme. »Mami, ich hab dich so vermisst …« Da muss sie doch noch weinen. Michael drückt sie beide ganz fest. Minutenlang stehen sie so da, mitten im Esszimmer. Sabine, eben noch ganz aufgekratzt vor Aufregung, wird plötzlich ganz ruhig. Sie spürt: Jetzt und hier in ihren Armen liegt alles, was ihr im Leben wichtig ist. Sie ist der glücklichste Mensch auf der Welt.

Eineinhalb Jahre später, im Kellergewölbe eines Schwabinger Altbaus. Sabine meditiert, macht ein paar Sonnengrüße zum Warmwerden. In der Ecke steht eine Thermoskanne mit Lotus-Tee und acht Tassen dazu. Auf einem Holztablett thront ein goldener Buddha, daneben, in einer Vase, eine Orchidee. Nach und nach trudeln alle ein: Maria, die Unternehmensberaterin aus Spanien, Robert, der Web-Designer, Andreas, der Kommunikationswissenschaftler, Bernd, der Marketingmanager. Und eine Gruppe von Amerikanern, die durch den International women's Club auf Sabine aufmerksam geworden sind. Als alle auf ihren Matten sitzen, öffnet Sabine die Augen. Verneigt sich, grüßt mit dem Sanskrit-Wort Namasté und beginnt die Stunde – auf Englisch, wie sie es in ihrem New Yorker BeYoga-Studio gelernt hat. Nach der Stunde bleibt sie meist noch eine Weile sitzen. Meditiert. Sammelt sich. »Wenn nur einer aus der Stunde rausgeht und sich besser fühlt als vorher, dann hat es sich schon gelohnt«, sagt sie. »Als Yogalehrerin kann ich Menschen auf einer anderen Ebene Gutes tun. Das ist eine ganz andere Dimension von Glück, als die Newsweek aufzuschlagen und deine Kampagne darin zu finden …«

Barbara

»Um wirklich wegfahren zu können, musst du erst einmal zu dir kommen.«

Kamele. Wüste, so weit das Auge reicht. Eine Hand voll Tiere, die gemächlich in den Sonnenuntergang trotten. Faszinierendes Licht und unendlich lange Schatten. Ein Bild wie ein Traum, fotografiert von einer Künstlerin. Ich muss diese Frau kennen lernen, muss die Geschichte hören, die hinter dem Bild steckt – und rufe sie an. »Ach, die Karawane«, ruft Barbara Maurer aus. »Das ist doch schon Ewigkeiten her…« Ich treffe sie in einem Café unweit ihres Ateliers. Sie hat nicht viel Zeit, muss einen Auftrag für ein großes Versandhaus fertig machen, und die Woche drauf fliegt sie für eine Fotoreportage in den Oman. Eine viel beschäftigte Frau, für die das Reisen längst Routine ist und doch jedes Mal aufs neue eine Inspiration.

Dass ein Bürojob nicht das Richtige für sie ist, spürt sie zum ersten Mal mit achtzehn. Ganze zwei Wochen versucht sie sich als Rechtsanwaltsgehilfin, bis sie merkt, dass der Schreibtischalltag sie krank macht. Die Enge schnürt ihr die Luft ab, sie kann nicht atmen in den kleinen, voll gestellten Räumen voller Aktenordner, muss raus, nur raus, am liebsten in die Berge, da kommt sie wieder zu sich. Schließlich tut sie den Eltern, die sich für ihre einzige Tochter endlich eine konkrete berufliche Zukunft wünschen, den Gefallen und bewirbt sich zur Ausbildung als Hotelkauffrau. Sie hat Glück: Wenige Tage später kann sie als Lehrling in einem renommierten Hotel am Tegernsee anfangen.

Die Ausbildung dauert zwei Jahre. Das ist abzusehen, selbst für sie, die sich ungern festlegen lässt. Die Arbeit gefällt ihr besser als erwartet. Wie gut es tut, mal von zu Hause weg zu sein! Barbara spürt förmlich, wie sie mit jedem Tag ein kleines Stückchen selbstständiger, souveräner, erwachsener wird. Trotzdem – die Zündung bleibt aus. Der Job ist o.k., aber er begeistert sie nicht. Irgendwie fühlt sie sich fremd in dem dunkelblauen Kostüm und den gestärkten weißen Blusen.

Das Angebot eines der führenden Häuser in München erstickt weitere Zweifel. Muss man darauf nicht stolz sein? Ist sie am Ende vielleicht doch nicht so falsch in dem Beruf? Für ein paar Wochen ist sie richtig glücklich über das Schicksal, das es so gut mit ihr meint. Doch die entscheidende Wende kommt erst, als Barbara sich aus einer Laune heraus beim Club Mediterrané bewirbt. So spontan die Kündigung im Hotel, so überraschend der Wechsel: Barbara kann sofort anfangen, als Skilehrerin in Tignes/Trois Vallées. In den Bergen erwartet sie das perfekte Alternativprogramm. Sieben Tage die Woche darf die passionierte Skifahrerin auf den Brettern stehen, mitten in einem der schönsten Skigebiete der Welt. Tagsüber gibt sie Unterricht, abends sorgt sie wie die anderen Animateure für die Unterhaltung der Gäste: Sie tanzt, spielt Theater und amüsiert sich. Wie schnell die Zeit vergeht, wenn man rund um die Uhr arbeitet, kaum noch schläft und in den wenigen freien Minuten viel zu k.o. ist, um sich zu fragen, ob das alles seinen Sinn hat.

Die junge Frau lebt auf in den französischen Alpen. Nie zuvor hat sie ihr Leben so genossen und dafür auch noch Geld bekommen. Arbeit und Privates, hier im Club scheint das alles zu verschmelzen – und es macht sogar Spaß. Sie lernt in wenigen Monaten mehr Leute kennen als daheim in vielen Jahren. Und als sie gegen Ende des Winters das Angebot bekommt, für den Club nach Italien zu gehen, überlegt sie nicht lange und schlägt ein. Den nächsten Sommer wird sie als Surflehrerin an der Adria verbringen. Wunderbare Aussichten.

Gut acht Monate hält die Sportskanone vom Schliersee das Power-Programm durch. Dann ist selbst sie, inzwischen Mitte zwanzig, am Ende ihrer Kräfte. Sie fühlt sich ausgebrannt, kaputt und seltsam leer im Kopf. Immer und überall die vielen Leute! Nirgends hat man einen Moment Ruhe, ständig muss man für jedermann ansprechbar sein. Eine Surfschülerin, die bei der Lufthansa arbeitet, macht ihr ein überraschendes Angebot: Ob Barbara sich vorstellen könne, beim Bodenpersonal der Airline einzusteigen? Dort suche man jemanden, der sich um allein reisende Kinder, Behinderte und ältere Passagiere kümmere, was etwas Fingerspitzengefühl erfordere. Das klingt wie maßgeschneidert für sie, die inzwischen fließend Französisch und Italienisch spricht. Sie wird weiterhin mit Menschen zu tun haben, mit internationalem Publikum – aber in einem vernünftigen, überschaubaren Rahmen. Wenn sie Glück hat, überwindet sie in dem Job sogar ihre Flugangst …

Der Posten am Flughafen ermöglicht ihr tatsächlich bald,

möglichst viel von der Welt zu sehen. Paris, London, New York, Budapest. Ein Wochenende auf die Malediven, drei Tage nach Südafrika ... Das alles bekommt sie als Airline-Mitglied zu einem Spottpreis und, mit guten Kontakten am Check-in, manchmal sogar mit Upgrade in die Business oder First Class. Hat sie je Flugangst gehabt? Sie kann sich kaum noch daran erinnern. Barbara ist in einem Jahr öfter in der Luft als andere in ihrem ganzen Leben.

Unterwegs bildet sie sich weiter. Paukt Sprachenkassetten, liest, lernt. Entdeckt Autoren, die ihr Lebensgefühl in wunderschönen, kraftvollen Worten auf den Punkt bringen. Bruce Chatwin, der das Reisen zur Lebensform erhob, wird einer ihrer größten Helden. Seinen Bestseller »Traumpfade« hat sie immer im Handgepäck. Diese neue Barbara, die viel reist und viel liest und die Welt mit anderen Augen sieht, ist abenteuerlustiger und selbstsicherer als je zuvor. Das registriert nicht nur ihre Umwelt, sondern vor allem sie selbst. Sie ist glücklich, das ängstliche, komplexbeladene Mädchen am Schliersee gelassen zu haben.

Dann lernt sie Christoph kennen, Drehbuchautor und Regisseur, Künstler und Lebenskünstler, mit großen Träumen und kleinem Geldbeutel, der überall auf der Welt Freunde hat, bei denen er oft monatelang wohnt und zwischen denen er ständig hin- und herpendelt. Christoph hat eine große Liebe – oder ist es eher eine Sucht? Sie heißt Afrika. Ein, zwei gemeinsame Kurztrips nach Kenia, und seine neue Freundin ist infiziert. »Komm zu mir, komm mit nach Kenia«, beschwört er sie. Er lädt sie ein auf die Farm, die seine Freunde bei Mombasa besitzen und die sein neuer Lebensmittelpunkt ist.

Barbara kommt. Und weiß nach ein paar Stunden, dass sie am liebsten für immer bleiben will. Sie ist so voller Euphorie für die fremde Welt, so fasziniert von der neuen Dimension von Freiheit, die dieses faszinierende Land versprüht, dass sie eine Lebensentscheidung trifft. Sie kündigt ihren Job – und zieht zu Christoph auf die Farm. Für ein paar Wochen, zunächst; dann wird sie weitersehen. Es kümmert sie nicht, dass sie in ihrem näheren Umfeld kaum Fürsprecher für ihren Entschluss findet. Ihre Eltern am Schliersee fallen aus allen Wolken, als Barbara sie vor vollendete Tatsachen stellt. Sie selbst sind nie aus ihrem Dorf am See herausgekommen und können nicht verstehen, was in ihrer Tochter vorgeht.

Was willst du tun? Wovon willst du leben? Du hast doch gut verdient, gut gelebt, bekommt sie zu hören. Was willst du denn noch mehr? Barbara schweigt. Sie weiß es selbst noch nicht so genau. Aber sie hofft, sie betet, dass Christoph – und Kenia – eine gute Gelegenheit sind, ihrer eigentlichen Bestimmung ein Stück näher zu kommen. Nur eine Kollegin beim Lufthansa-Bodenpersonal, Oktavia, hat Verständnis für ihren Entschluss und gibt ihr die Bestätigung, die sie braucht. Oktavia ist selbst ein Leben lang gereist, war monatelang allein in Afghanistan, Persien, Indien unterwegs. Lass dich nicht verrückt machen. Du bist viel zu jung, um dich auf eine Sache festzulegen, stärkt sie der Freundin den Rücken. Probier dich ein bisschen aus! Du wirst deinen Weg schon finden.

Die erste Zeit in Afrika erlebt Barbara wie im Wunderland, so benommen ist sie von der Welt, die sich hier für sie auftut.

Das Leben, das sie auf der Farm führt, im Kreis der Freunde und nicht zuletzt mit Christoph ist so herrlich anders als alles, was sie aus ihrer bürgerlichen Vergangenheit kennt, dass sie die besorgten Eltern und alles, was mit ihrem alten Leben zu tun hat, für eine Weile verdrängt. Nichts soll sie ablenken von der Schönheit des Landes, von der unberührten Natur, dem einfachen und zugleich vollkommenen Dasein.

Während Christoph tage- und wochenlang Drehbücher für neue Dokumentationen schreibt, erkundet sie die Gegend, unterhält sich mit den Nachbarn, unternimmt Ausflüge nach Mombasa oder macht mit ihrer Quicksnap Schnappschüsse fürs Fotoalbum. Einer von Christophs Freunden, er ist Reisebuchautor von Beruf, sieht sie mit ihrer Mini-Kamera herumstreunen und hat spontan eine Idee. »Hey, wir brauchen für den neuen Kenia-Führer noch ein paar Bilder. Wenn du Lust hast, kannst du die machen ...«

Warum eigentlich nicht? Barbara leiht sich Christophs Nikon, probiert ein bisschen herum und knipst unbefangen weiter. Menschen. Hütten. Landschaften. Berge. Farben über Farben, leuchtender und intensiver, als sie sie je zuvor wahrgenommen hat. Das ganze Land steckt voller Motive.

Die Anfängerin macht ihre Sache gut. Ihre Bilder, schöne Aufnahmen, wenngleich aus heutiger Sicht nicht viel mehr als, wie sie sagt, »Zufallstreffer«, kommen gut an. Das ist eine neue Erfahrung für Barbara. Es fasziniert sie, dass sie mit Emotionen, auf Film gebannt, solche Reaktionen provozieren kann. »Der Verlag fragt an, ob du noch mal einen Job für sie machen willst«, teilt der Autorenfreund ihr Tage später mit. Es dreht sich um einen Prospekt: Ein gutes Dutzend

Hotels in ganz Kenia soll abfotografiert werden. Viel Zeit ist nicht, und viel Geld springt auch nicht dabei heraus. Aber was macht das schon? Sie hatte ohnehin nichts Besseres zu tun, und das Fotografieren macht ihr wirklich Spaß.

»Ich bin dabei«, lässt sie die Verantwortlichen von African Tours & Hotels wissen und klemmt sich sofort ans Telefon. Allein traut sie sich den Job nicht zu, sie braucht einen Kompagnon und Begleiter, egal, was die anderen sagen. Christoph ist bei Dreharbeiten in Südafrika, auf die Schnelle fällt ihr nur Bernd ein, ein freier Grafiker, der auch als Freelancer für den Verlag arbeitet und zu dem sie von Anfang an einen guten Draht hatte. Und Bernd hat spontan Lust, mit ihr auf Fotosafari zu gehen. Was für ein Projekt, was für ein Job, schwärmt er am Telefon und steht zwei Tage später mit einem Sack voller Filme in ihrer Tür. »O.k., let's go …«

Drei Wochen Fotosafari liegen vor ihnen. Mal mit dem Zug, mal auf der Ladefläche eines Lastwagens, mal per Anhalter oder, wenn sie ganz viel Glück haben, sogar mit eigenem Fahrer. Frei und ungebunden fühlen sie sich, wie Aussteiger auf der Suche nach dem Glück. Barbara fotografiert wie eine Besessene. Sie vergisst zu essen, zu schlafen, nimmt nichts um sie herum mehr wahr außer der perfekten Einstellung, dem idealen Motiv, dem vollkommenen Bild. Es gibt Tage, da muss Bernd sie mit Gewalt weiterziehen, zum nächsten Schuss, zum nächsten Hotel, zu ihrem nächsten Etappenziel.

Die beiden sind ein tolles Team. Der Freund kümmert sich um alles Organisatorische, hält Barbara die Probleme vom Leib, hat immer die richtigen Reiseführer in der Tasche, und wenn er irgendwas nicht auf Anhieb findet, löchert er die »locals« so lange, bis sie damit rausrücken. So liebenswürdig er ist, so chaotisch ist er auch. Aber das ist in der Savanne Afrikas eher von Vor- als von Nachteil.

Sie sind ja auch unterwegs, um etwas zu erleben. Und Bernd ist definitiv ein Mann der Abenteuer. Was immer sie bisher unter Reisen verstanden hat: Dies ist eine andere Liga. Nicht nur, weil es so gar nichts mit Urlaub zu tun hat!

Drei Wochen lang leben sie wie ausgeklinkt aus dem Alltag. Niemand weiß, wo genau sie sind. Kaum irgendwo angekommen, müssen sie auch schon wieder weiter. Sie sind Vagabunden in einem fremden Land, lassen sich ziellos treiben, von Norden nach Süden und wieder zurück, von Abenteuer zu Abenteuer.

Und es gibt viel zu lachen unterwegs! Die Sache mit Bernds Schuhen, zum Beispiel. Eines Abends beim Einchecken ist das einzige Hotel weit und breit bis auf ein Zimmer komplett ausgebucht. Kein Thema für das eingespielte Fotografen-Paar, dann ziehen sie eben zusammen, die Betten stehen ja auseinander. Das einzige Problem sind Bernds Turnschuhe, die er seit Tagen quasi rund um die Uhr trägt und die nun von der Zimmerecke aus klammheimlich vor sich hin miefen. Raus mit den Dingern!, befiehlt Barbara streng. Also stellt Bernd die Treter brav vor die Tür. Am folgenden Morgen sind sie wie vom Erdboden verschwunden. Unglaublich: Die ausgelatschten Nikes haben offenbar jemand anderen glücklich gemacht! Und Bernd bleibt nichts anderes übrig, als für den Rest der Reise sein einziges Reservepaar zu tragen: schwarze Lackschuhe. Im Sand, im Dreck, im Matsch, im Brackwasser. Wo immer man sich für ein gutes Motiv durchkämpfen muss …

Nicht immer sind ihre Erlebnisse unterwegs so harmlos. Im Samburu Nationalpark liegt direkt vor ihrem Zimmerfenster ein Wasserloch. Ruhig und dunkel wie ein Alpensee im Winter sieht der kleine Savannensee aus. Faszinierend, wie sich die langen Schatten der Bäume darin spiegeln, denkt Barbara und will vor dem Abendessen noch mal auf Fototour gehen. »Das Licht ist unglaublich!«, ruft sie ihrem Begleiter noch zu und stapft mit umgeschnallter Nikon los. Bernd kümmert sich nicht weiter darum und legt sich eine halbe Stunde aufs Ohr.

Ganz still sei es rund um den kleinen See gewesen, erinnert sich die Fotografin. Fast gespenstisch still. Nichts hat sich bewegt, noch nicht mal Vogelgezwitscher sei zu hören gewesen. Sie habe gedankenverloren, wie in Trance, aufs Wasser gestarrt. Minutenlang. Habe die Magie des Moments förmlich in sich aufgesogen. Bis sie aus heiterem Himmel eine Hand gepackt und mit grober Gewalt weggezerrt habe. Der Griff habe keinen Widerspruch zugelassen, habe sie wortlos und in Sekundenschnelle ins schützende Unterholz und mit unmissverständlichem »Psst!«-Zeichen auf den Boden gezogen. Aus sicherer Entfernung konnte Barbara beobachten, weshalb: Ein gut zwei Meter langes, mächtiges Krokodil war genau dort aus dem Wasser geschnellt, wo sie eben noch in Gedanken versunken gestanden hatte. Eine halbe Ewigkeit lag es so da, reckte den Kopf nach links und rechts, als wolle es sein Revier markieren, dann ging es ganz gemütlich wieder auf Tauchstation, die runden, rollenden Augen verschwanden zuletzt. Das war knapp gewesen! Barbara brauchte eine Weile, ehe sie sich wieder aufrappeln konnte. Vor lauter Schreck hatte sie die Kamera nicht angerührt. In ihren Gliedern steckte noch die Todesangst. »Es war nicht dein Tag zu sterben«, sagte ihr Lebensretter, ein Hotelangestellter, nur lächelnd.

Während der ganzen Reise hat Barbara das Gefühl, als halte jemand eine schützende Hand über sie. Es grenzt an ein Wunder, dass nicht mehr passiert, so risikofreudig, wie sie auf ihrer Motivsuche sind. Angst oder auch nur mulmige Gefühle kommen nie auf. Im Gegenteil. Der deutschen Fotografin und ihrem Assistenten werden auf ihrem Weg quer durch Kenia fast alle Türen geöffnet. Ob als Hotelgäste, zu Gast bei Offiziellen oder Privatleuten, auf Safari – man lässt die beiden Fotojournalisten immer und überall das entscheidende Stückchen näher ran. Barbara ist fasziniert – nicht nur von der Magie des Landes und seiner Bewohner und von den bezaubernden Bildern, die sich vor ihrer Kamera abspielen, sondern noch viel mehr von diesem Job, der ihr ungeahnte Möglichkeiten eröffnet. Sie war immer schüchtern gewesen im Umgang mit Menschen; jetzt mit der Kamera tut sie sich so viel leichter! Der kleine schwarze Apparat ist wie ein Schlüssel zu den Herzen für sie. Ein perfektes Kommunikationsmedium, ein Vehikel für Vertrautheit. Die Fotografin kann bei anderen in Regionen vordringen, an die sie als Privatperson nie zu kratzen wagen würde. Mit der Linse kitzelt sie Emotionen an die Oberfläche, die persönlicher und intimer sind als das, was man gemeinhin sehr guten Freunden anvertraut. Diese Entdeckung ist wie eine Offenbarung für sie.

Dass sie Talent hat, ist keine Frage. Ohne erklären zu können, was im Einzelfall der Auslöser eines guten Motivs war, sind ihr eine ganze Menge schöner Aufnahmen gelungen.

Rückblickend schiebt sie es auf ihren Abenteurergeist und darauf, dass sie noch nie zuvor so zufrieden mit sich selbst und mit der Welt war wie in den drei Wochen Kenia. Die Reise hat ihr eine Vision eröffnet: Barbara will Fotografin werden.

Die Branche wartet nicht gerade auf Leute wie sie, so realistisch ist sie, trotz aller Einsteiger-Euphorie. Trotzdem: Wenn es ihr wirklich ernst ist und sie es zu etwas bringen will, muss sie nach München zurück. Sich eine Existenz aufbauen, einen Namen machen, Geld verdienen. Ihr Freund Christoph, der sich seit Wochen immer weiter von ihr entfernt und in seine Welt der Filme und Drehbücher zurückgezogen hat, lässt sie ziehen. Ihr Abschied ist kühl, distanziert, eine Umarmung, ein leises »alles Gute«. Wenn jemals so etwas wie Liebe zwischen ihnen beiden war – sie war versiegt wie Wasser auf dem trockenen kenianischen Wüstenboden.

Daheim in München sucht sich Barbara erst mal eine feste Anstellung. Sie heuert bei einer Bildagentur an, erhofft sich ein bisschen Einblick in eine Branche, die ihr bis dato völlig unbekannt ist. Was weiß sie schon von Fotografie, von Bildrechten, von großen Namen in der Szene? Es gibt so viele verschiedene Stile: Porträtfotografie, Reisefotografie, Food oder andere Stile ... Sie will alles kennen lernen, ehe sie sich eine eigene Nische sucht. Tage, Wochen, Monate verbringt sie damit, von morgens bis abends Fotobestellungen von Redaktionen entgegenzunehmen, bergeweise Bilder zu verschicken und das Archiv zu organisieren. Wann immer es ihr Bürojob zulässt, geht sie mit der Kamera raus, macht Pressefotos von People-Events, Promi-Beerdigungen, Starauftritten.

Doch ihre Bilder wandern nur zu den Millionen anderen in den Bestand der Agentur, zufrieden macht sie das nicht.

Eine Assistentenstelle bei einem Münchner Food-Fotografen bringt sie auch nicht viel weiter. Wegen der ständigen Kälte im Studio – die muss sein, sonst verdirbt das Essen – holt sie sich zu allem Überfluss eine Blasenentzündung, die auch ihr letztes bisschen Enthusiasmus tötet. Barbara fühlt sich ausgebremst, kaum, dass sie als Fotografin angefangen hat.

Sie ist schon drauf und dran, alles hinzuschmeißen und reumütig wieder ins Hotelfach zu wechseln, als ihr in der Bildagentur ein Wettbewerb für Nachwuchs-Fotografen auf den Tisch flattert, ausgeschrieben von Kodak, Fotodesign und GEO. Ohne viel zu überlegen, stellt sie ein paar schöne Kenia-Motive zusammen und schickt sie ein. Nicht, dass sie sich wirklich Chancen ausrechnet; aber sie will es wenigstens versuchen. Tausende nehmen teil, aus den verschiedensten Altersgruppen, mit unterschiedlichsten Backgrounds und den abenteuerlichsten Motivationen. Und, sie traut ihren Augen kaum, als sie den Briefumschlag öffnet, sie, Barbara Maurer, macht den ersten Platz. Ihre Afrika-Impressionen haben die Jury überzeugt. Sie gewinnt den Hauptpreis: einen großen Werbeauftrag für einen internationalen Reiseveranstalter. Was für ein Erfolg! Und noch dazu ein Job, der ihr für die nächsten Monate das Auskommen sichern wird. Das ist eine angemessene Belohnung für alles, was hinter ihr liegt. Sie könnte die ganze Welt umarmen vor lauter Glück und Stolz. Jetzt ist sie endlich eine richtige Fotografin, denkt sie und macht sich mit Feuereifer an die Arbeit.

Dem unverhofften Siegestaumel folgt viel zu schnell Katerstimmung. Rückblickend kann sie sich heute zusammenreimen, was ihr damals fehlt, um wirklich erfolgreich zu werden: Selbstbewusstsein. Selbst wenn andere ihre Arbeit lobten, in ihren eigenen Augen ist sie noch immer ein Niemand, zauderhaft, zögerlich und gänzlich untalentiert. Als sie dreißig wird und noch immer keinen Schritt weiter ist, schlittert sie in eine mittelschwere Lebenskrise. Ihr Leben, ihr Job – das alles kommt ihr plötzlich leer und sinnlos vor. Während um sie herum die Paare heiraten, lebt sie immer noch in einer WG. Während ihre Freundinnen am Schliersee schon die zweiten und dritten Kinder bekommen, taumelt sie von einer unglücklichen Liebe in die nächste. Und während jedermann Karriere macht, hat sie einen Pseudojob, den sie sich als Autodidaktin selbst angeeignet hat und keiner ernst nimmt. Es muss dringend was passieren.

Einer spontanen Eingebung folgend geht sie für einige Zeit nach New York, wo ein Freund aus München, der dort als Auslandskorrespondent arbeitet, sie bei sich aufnimmt. Barbara knüpft wertvolle Kontakte in die Kunst- und Kulturszene und zu wichtigen Galeristen, Malern, Musikern. Sie sollte versuchen, sich bei den richtigen Leuten ins Gespräch zu bringen, sich vielleicht sogar den einen oder anderen Job zu verschaffen, sagt sich Barbara. Dafür ist sie schließlich hergekommen, um sich weiterzuentwickeln, künstlerischen Stillstand zu vermeiden.

Doch sie ist wie gelähmt. Seit ihrer Ankunft in der Stadt hat sie ihre Kamera noch nicht einmal angerührt. Sie traut sich einfach nichts zu. »Sei doch nicht so deutsch!«, weist ein Professor der School of Visual Arts sie einmal auf einem

Stehempfang zurecht, als sie ihn darauf anspricht, noch mal auf die Fotoschule gehen zu wollen. »Was willst du denn noch studieren? Du bist gut! Fang doch einfach an! Verkauf dich – worauf wartest du?« Als hätte der Mann eine Luke geöffnet, stürzt Barbara in ein noch tieferes Loch. Sie fühlt sich wie die Prinzessin auf der Erbse, die auf einem Berg Matratzen sitzt, nörgelig und unzufrieden, und die Beine nicht mehr auf den Boden kriegt.

Wieder daheim wird mentaler Kassensturz gemacht. Sie muss jetzt ganz besonnen vorgehen, will sich nicht noch einmal verzetteln. Um endlich ihrer Bestimmung auf die Spur zu kommen, endlich das zu tun, wofür sie geschaffen ist, sucht sie sich eine Therapeutin. Ein Freund, der Kunstmaler ist und für ein halbes Jahr ins Ausland geht, bietet ihr an, für die Übergangszeit sein Atelier zu beziehen. 300 qm Wohnfläche, mitten im niederbayrischen Nirgendwo. Ein perfekter Platz, um zu sich zu finden, entscheidet Barbara und schlägt ein. Ihre Therapeutin gibt ihr ein Buch mit auf den Weg. »The Artist's Way – A Spiritual Path to Higher Creativity« von Julia Cameron. (Inzwischen ist das Buch unter dem Titel »Der Weg des Künstlers« auf Deutsch erschienen.) Und Barbara geht auf Ich-Suche. Sie liest, ganze Tage lang, und stürzt sich in studentischer Neugier auf den kreativen Selbstfindungskurs, den die Autorin zur Entdeckung, Entwicklung und Vervollkommnung der persönlichen Schaffenskraft entwickelt hat. Sie will, nein, muss herausfinden, welchen Hindernissen sie in den vergangenen Jahren aufgesessen ist, sonst kommt sie nicht weiter. Ängste, Zweifel, Selbstsabotage, alles Mögliche hat sie davon abgehalten, die zu sein, die sie wirklich sein wollte.

Doch der Lehrgang dreht sich nicht nur um Vergangenheitsbewältigung. Hauptziel ist es, eine realistische, lebbare Vision für die Zukunft herauszuarbeiten. Wege zu finden, wie Barbara wieder künstlerisches Zutrauen gewinnen und ihr kreatives Potenzial produktiv umsetzen lernen kann.

Das erste Ergebnis, ganz beiläufig erzielt: Barbara entspannt sich spürbar. Die Einsamkeit, die viele Zeit tun ihr wohl, nichts lenkt ab, nichts stört. Ihr Geist arbeitet wie wild, aber innerlich ist sie ganz ruhig und gelassen. Nach ein paar Wochen in der niederbayrischen Wildnis nimmt sie zum ersten Mal wieder die Kamera in die Hand. Sie probiert ein bisschen herum, freut sich über das schöne Gerät, das so herrlich harmonisch in ihrer Hand liegt. Und brennt urplötzlich darauf, wieder zu arbeiten. In der Aufregung ruft sie eine befreundete Stylistin an, bittet sie herzukommen. »Lass uns ein paar Tests machen. Ich habe da was im Kopf.«

Die Fotos, die Barbara in jener Nacht macht, wie von Sinnen vor Euphorie und ungestümem Schaffensdrang, liegen heute noch in einer Schublade. Sie sind gut, sehr gut sogar. Und sie sind vor allem ganz sie selbst. Barbara hat sie nie an eine Redaktion oder einen Verlag verkauft. Vielleicht, weil sie ein bisschen abergläubisch ist und fürchtet, ihre kreative Ader könne so augenblicklich wieder versiegen, wie sie losgesprudelt ist. Denn so fest sie auch Fuß fasst in den Jahren danach, so gut ihr Renommee in der Szene wird – Erfolg wird für sie nie zur Selbstverständlichkeit. Sie muss sich ihre Souveränität immer wieder neu erkämpfen. Jahrelang hat sie tatsächlich geglaubt, alle Welt an der Nase herumzuführen. Wow, die habe ich ganz schön reingelegt, habe sie sich oft gedacht, wenn sie einen Auftrag bekam und mit Bravour erledigte. Darauf folgte meist die Angst: Hoffentlich merken die nie, dass ich in Wirklichkeit gar nichts kann …

Heute, mit fast vierzig, fühlt sich Barbara langsam erwachsen. Endlich lebt sie das Leben, das zu ihr und nur zu ihr passt. Sie ist frisch verlobt und will im nächsten Sommer heiraten. Keinen coolen Intellektuellen, mit dem man auf Partys punkten kann, sondern einen warmherzigen, fürsorglichen Elektroingenieur, der sie auf Händen trägt und für den sie – erstmals in ihrem Liebesleben – auch Opfer zu bringen bereit ist. Beruflich könnte es nicht besser laufen. Sie sei so beschäftigt, dass der Tag achtundzwanzig Stunden haben müsste, sagt sie lachend. Aber weil sie liebt, was sie tut, und weil sie ihr eigener Chef ist, geht ihr all das leicht von der Hand und belastet sie nicht.

»Das Schönste an meinem Job ist die regelmäßige Unregelmäßigkeit«, sagt sie und hat schon wieder hundert neue Bilder im Kopf, die sie realisieren möchte. Einen Fotoband über den Oman. Eine Yogareportage in Costa Rica. Indien! fällt ihr noch ein. Die Ideen sprudeln nur so aus ihr heraus, Reisen und Themen genug für ein halbes Leben. Aber das Wichtigste kommt zum Schluss: »Ich war viel unterwegs. Dann bin ich zu meinen Wurzeln zurückgekehrt. Beides war wesentlich. Denn um wirklich wegzufahren, musst du erst einmal zu dir kommen.«

Isabel

»Die Südamerika-Reise war das Sinnvollste, was ich je getan habe.«

Fast zehn Jahre ist ihre erste Ehe jetzt schon her, und doch denkt Isabel nur mit größtem Widerwillen an das Trauma der Trennung zurück. Am schlimmsten waren die Demütigungen, die sie im tiefsten Inneren erschütterten und die sie erst im Nachhinein einzuordnen verstand. Ein Wunder, dass sie überhaupt wieder einen Weg zueinander fanden, ja, heute fast wieder so etwas wie Freunde füreinander sind. Ohne ihre große Reise wäre es dazu nie gekommen, da ist sie sich ganz sicher.

Auch Glenn, ihren zukünftigen Ehemann, hätte sie ohne ihre viermonatige Auszeit niemals kennen gelernt. Insofern hatte alles sein Gutes. Wir wachsen an unseren Krisen.

Isabel fuhr damals, vor sechs Jahren, nicht los, um ihren Mann, ihre Ehe und alles, was war, zu vergessen. Sie brauchte die Reise, weil ihr Leben in eine Sackgasse geraten war, wenn auch nach außen hin kaum spürbar. Isabel hatte Erfolg in ihrem Job, verfügte über einen netten Freundeskreis und verliebte sich nach dem schlimmsten Trennungsschmerz auch irgendwann wieder. Doch etwas fehlte. Vielleicht war es der Spaß an alldem, ein Sinn hinter den üblichen, wochenendlosen Zwölf- bis Vierzehn-Stunden-Tagen. Sie funktionierte, aber irgendwo war ihr das Glück abhanden gekommen. Irgendwann, an irgendeinem Punkt in dem ganzen großen Gefühlschaos, hatte sie sich selbst verloren.

Dabei hat alles für Isabel so viel versprechend begonnen. Eine Unikarriere mit Perspektive auf eine Professur ist nur einer von vielen Wegen, der der jungen Betriebswirtschaftlerin eröffnet wird. Doch sie entscheidet sich für die Wirtschaft. In der Firma, bei der sie einsteigt, ist gerade ein neuer Unternehmenszweig gegründet worden: eine interne Unternehmensberatung; ein Job, ganz nach Isabels Geschmack. Sie arbeitet in einem kleinen, hochmotivierten Team, mit flachen Hierarchien und in einem Feld, in dem sich jeder Einzelne voll einbringen und verwirklichen kann. Isabel fertigt Wettbewerber-Analysen an, versucht, den Einkauf kostengünstiger zu gestalten, macht vor Ort konkrete Verkaufsförderung. Und steigt, ungewöhnlich für ein Unternehmen wie das ihre, innerhalb kürzester Zeit von der Beraterin zur Projektleiterin auf, mit mittelfristiger Perspektive auf eine Partnerstellung.

Dann, aus heiterem Himmel, der große Bruch. Isabel arbeitet gut zwei Jahre in ihrem Job, da erfährt sie von der Affäre ihres Mannes. Nach monatelangem Gezerre, Isabel schwankt täglich zwischen Hoffnung und Verzweiflung, folgt die Trennung. Der einzige Ausweg, das Vertrauen ist hin. Und doch fällt die junge Frau in ein riesiges Loch, fühlt sich seelisch und körperlich am Ende ihrer Kraft. Das Gefühl, gescheitert zu sein, ist das Schlimmste für sie. Gescheitert in einem ganz wichtigen, vielleicht dem wichtigsten Bereich des Lebens. Ohne ihren Job hätte sie sich so schnell nicht wieder aufgerappelt: »Die Arbeit war die einzige Konstante in meinem Leben. Also habe ich von heute auf morgen 120 Prozent meiner Energie da hinein investiert.« Wie gut es tut, nicht nachdenken zu müssen, etwas Positives zu schaffen und dafür die Bestätigung zu kriegen, die sie jetzt so dringend braucht!

Das Ablenkungsmanöver funktioniert, vorerst. Isabel lässt sich in den Schoß ihres Teams fallen wie in ein kuscheliges, wärmendes Kissen. In der Abteilung weiß jeder Bescheid, die Gruppe ist zu klein, als dass man Geheimnisse für sich behalten könnte. Die Kollegen trösten sie, so gut es geht, nehmen Rücksicht. Doch was viel wichtiger ist: Hier mag man sie, schätzt sie – und zeigt es auch, mit jedem Tag, jedem erfolgreich erledigten Job wieder aufs Neue. Das ist nicht dasselbe wie die Wertschätzung eines liebenden Partners. Aber in ihrer Situation klammert sie sich an jeden Strohhalm.

Isabel vergräbt sich in die Arbeit, ist zeitweise so intensiv bei der Sache, dass sie keine Müdigkeit spürt. Besonders gute Tage sind die, an denen sie keine Sekunde hat, um über sich und ihre private Misere nachzudenken. Nur ablenken, zudecken, betäuben. Hauptsache, nicht melancholisch werden. Zwei, drei Jahre geht das so. Sie arbeitet die Wochenenden durch, isst unregelmäßig, trinkt häufig zu viel, nimmt keinen Urlaub, lebt völlig ungesund. Bis ihr Körper die Notbremse zieht. Nach einer Routineuntersuchung besteht der Verdacht auf Morbus Crohn, eine chronisch entzündliche Darmerkrankung, die, sofern nicht rechtzeitig therapiert, lebenslange massive Beeinträchtigungen zur Folge haben kann. Die junge Frau, die ihr Leben lang so gut wie nie krank gewesen ist, fühlt sich hilflos, als sich der Verdacht bestätigt. Nächtelang surft sie durchs Internet, auf der Suche nach

Ursachen, Therapien, einer neuen Lebensperspektive. Sie konsultiert Fachleute, liest Bücher, Zeitschriften und jeden Schnipsel, der ihr dazu in die Hände fällt. Das Thema absorbiert sie total, sie kann nichts anderes mehr denken – der Job wird zur Nebensache.

Die Ärzte raten zu einer Operation, was für den Ernst der Lage spricht. Notgedrungen willigt Isabel ein, zwei Monate Klinikaufenthalt sind die Folge. Acht Wochen, in denen sie sich mehr als einmal die Sinnfrage stellt. 56 Tage, in denen sie all ihre Energie dafür einsetzen muss, gesund zu werden. 1344 Stunden, in denen sie sich so allein fühlt wie noch nie zuvor in ihrem Leben. Als sie endlich entlassen wird, hat sie einen Schlachtplan geschmiedet. So kann es unmöglich weitergehen, sie muss etwas an ihrem Lebensstil ändern. Endlich an sich denken, mehr auf sich achten und Möglichkeiten und Wege finden, um von all dem Stress runterzukommen.

Es gibt nur eine Lösung: Sie muss für eine Weile aussetzen, um wieder zu sich zu kommen. Warum nicht versuchen, bei ihrem Arbeitgeber ein Sabbatical durchzusetzen? Sie hat schon häufig davon gelesen, wie effektiv so eine Auszeit sein kann. Sie braucht die Luftveränderung so dringend, um weitermachen zu können, braucht neuen Input, frische Energie und Kraft. Und ihr Arbeitgeber muss doch auch Interesse daran haben, dass seine besten Kräfte leistungsfähig bleiben.

Je länger sie darüber nachdenkt, desto konkretere Gestalt nimmt die Idee in ihrem Kopf an. Vor ihrem inneren Auge sieht sie sich schon mit dem Rucksack über einsame Outback-Straßen trampen. Den Daumen nach oben, in T-Shirt und zerfetzten Jeans und ein breites Lächeln im Gesicht. Sie darf gar nicht daran denken, wie lange sie nicht unterwegs war, wie viel Urlaub sie in den letzten paar Jahren angespart hat! Wenn sie es schafft, ihren Chef davon zu überzeugen, ein Auge zuzudrücken und ihn ihr zu geben statt ihn, wie üblich, auszuzahlen, dann kommen etwa vier Monate zusammen. Vier Monate, in denen sie wieder richtig gesund werden kann!

Sie brauchte diese Auszeit so dringend wie noch nie etwas zuvor, also muss sie es versuchen. Das Schlimmste, was ihr passieren kann, ist eine Absage.

Ein paar Tage später vereinbart sie einen Termin mit ihrem Chef und konfrontiert ihn mit ihrem Plan. Er reagiert einigermaßen irritiert. Diese Seite der Kollegin hat er noch nicht kennen gelernt. Schließlich willigt er ein. Er spürt, dass sie ernst machen will und von ihrer Idee nicht abzubringen ist. Isabel weiß: »Ich hätte gekündigt, wenn sie mir das nicht ermöglicht hätten nach all meinem Engagement. Ich war an einem Punkt, wo mir die persönliche Auszeit wichtiger war als der berufliche Erfolg.«

Als sie die Zusage in der Tasche hat (»Okay, Sie dürfen reisen. Aber erst, wenn Ihr laufendes Projekt abgeschlossen ist«), muss sie sich erst mal sammeln. Vier freie Monate! Und nicht nur das, sondern, wie sich in einem weiteren Gespräch mit der Konzernleitung herausstellt, die Aussicht auf eine Beförderung zur Partnerin inklusive. Das ist eine echte Überraschung.

Über einem Berg Reiseprospekte, den sie daheim, bei einem Glas Wein, genüsslich durchblättert, fällt Isabel auf, dass sie nicht einfach nur wegwill. Sie will möglichst weit weg, so weit es überhaupt geht. Am liebsten ans andere Ende der Welt. Zeit genug hat sie ja nun. Vielleicht nach Australien? Oder Südamerika? Wo immer es um die Jahreszeit mild und angenehm zum Reisen ist. »So was machst du entweder mit dem Mann, den du liebst, oder ganz allein«, sagt sie sich. Eine Freundin hatte sich anschließen wollen, so enthusiastisch hatte Isabel von dem Trip erzählt, war dann jedoch wieder abgesprungen. Nun kann Isabel einmal im Leben, vielleicht zum allerersten Mal, wirklich das tun und lassen, was ihr Spaß macht, ohne Rücksicht auf andere nehmen zu müssen. Klingt egoistisch, aber genau danach steht ihr der Sinn.

Die Frage nach dem Wohin entscheidet Isabel schließlich aus dem Bauch heraus. Mit dem Wohnmobil die australische Ostküste entlangrollen kann sie auch mit siebzig noch. Aber mit dem Rucksack durch die Anden, nach Chile, Peru, Ecuador – dafür ist jetzt genau die richtige Zeit, das richtige Alter und die perfekte Gelegenheit gekommen. Und doch packt sie ein paar Tage vor ihrem Abflug das große Lampenfieber. Außer dem Hin- und Rückflug sowie zwei Übernachtungen, für Heiligabend und das Jahrtausendsilvester, hat sie nichts gebucht. In ihren Träumen wird sie von dunklen Gestalten in einen Hinterhalt gelockt, bis auf die Unterwäsche ausgezogen und ausgeraubt. Geld, Kamera, Rucksack – alles weg ...

Doch wenn sie nach solchen Nächten aufwacht, fühlt sie sich wieder stark. Jetzt nur nicht kneifen! Ihre Entscheidung steht fest, es gibt kein Zurück mehr. Vielleicht ist ein bisschen Angst ja gar nicht so schlecht! Wenn sie gut auf sich aufpasst, wird ganz sicher nichts passieren.

Ende September 1999 macht sie sich auf den Weg nach Ecuador. Piet, ein guter Freund und Studienkollege, bringt sie zum Flughafen, drückt ihr zum Abschied einen kleinen Sprachführer in die Hand und beschwört sie, regelmäßig zu schreiben. »Internetcafés gibt's auch im Dschungel!«, ruft er ihr durch die Passkontrolle hinterher. Isabel kann sich nicht umdrehen. Sie ist den Tränen nahe. Sosehr sie sich auf die Reise gefreut hat, im Moment des Aufbruchs überfordert sie das alles ein bisschen. Sie wird so lange weg sein, so weit weg von allen, die sie liebt. Ob es die richtige Entscheidung gewesen ist? Aber Piet hat schließlich Recht: Per Internet kann man heutzutage von überallher in Verbindung sein, und Cybercafés gibt es wirklich überall. Ein Tagebuch hat sie auch eingesteckt, für die Gefühle und Stimmungen, die sie unterwegs spürt. Sie will festhalten, ob sie Fortschritte macht bei der Bewältigung ihrer Sorgen. Eine Art Eigentherapie, sozusagen.

Und so sitzt sie da und wartet, dass endlich das Boarding für ihre Maschine nach Südamerika beginnt. Um sie herum neben vielen Südamerikanern nur noch ein paar Backpacker in ausgelatschten Sandalen und Batikshirts. Ein paar Dollar mehr in der Tasche zu haben, nicht nur für Notfälle, ist extrem beruhigend. Ein schlechtes Gewissen braucht sie sich auch nicht einzureden: Sie kann sich diese Reise leisten, hat hart dafür gearbeitet und ist Ewigkeiten nicht weg gewesen. Der einzige Luxus ist die Zeit, die sie über Jahre angespart hat und in den kommenden Wochen und Monaten exzessiv verprassen will, so großzügig und verschwenderisch, als würde sie niemals ausgehen. Noch steht sie ganz am Anfang, und ihr Zeitkonto ist randvoll. Eine wunderbare Vorstellung.

Nachdem Isabel sich bei einem dreiwöchigen Spanischkurs in Ecuador akklimatisiert hat, sticht sie in See. Mit einem Segelboot nach Galapagos, ihr erstes »echtes« Reiseziel. Sie will sich ein bisschen Wind um die Nase wehen lassen und dabei ein Tauchrevier ansteuern, das zu den atemberaubendsten der Welt zählt. Kann man sich einen schöneren Einstieg für eine Auszeit vorstellen? Auf dem Boot, inmitten einer Gruppe sympathischer Menschen und fernab von allem, was Stress heißt, wird sie gezwungen sein, auf andere Gedanken zu kommen. Es gibt so viel zu tun, wenn man bei den Manövern selbst mit anpackt. Abends fällt sie völlig erledigt in ihr Bett, viel zu müde, um zu grübeln.

Als nach zwei Tagen auf See der erste Tauchgang ansteht, ist Deutschland schon weit, weit weg. Und als sie in ihren Neoprenanzug schlüpft, sich die Preßluftflasche umschnallt und mit den anderen Tauchern rücklings von der Reling ins Meer fallen lässt, ist ihr, als hätte sie nie etwas anderes gemacht, als im Ozean mit Seelöwen zu spielen wie in einem riesigen, natürlichen Vergnügungspark. Das dunkle, klare Wasser, die vielen Tiere, die sie nie zuvor gesehen hat... Es ist eine völlig neue, gänzlich fremde Unterwasserwelt, die sie hier umfängt. Seltsam unwirklich auf der einen Seite und doch so reizvoll und faszinierend in ihrer wilden Unberührtheit.

Die Abende verbringt man in netter Gesellschaft unter Deck. Mal spielt Isabel Schach mit dem Kapitän, mal mit der Tauchlehrerin aus Boston Scrabble. Man redet, trinkt und lässt sich die Köstlichkeiten schmecken, die der Schiffskoch in seiner Kombüse zubereitet hat: frischen Fisch, vor wenigen Stunden gefangen, leckeres Gemüse und göttliche Desserts! Zehn Tage lang genießt sie das beschauliche Leben im Mikrokosmos des Schiffes in vollen Zügen. Dann zieht sie weiter. Nach Peru.

Sie will in den Norden fahren, sofern sie jemanden findet, der sie in die Richtung mitnimmt, denn der nächste Bus geht erst am folgenden Morgen. In einer Bar lernt sie einen Indio kennen der glücklich ist, den weiten Weg nicht allein zurücklegen zu müssen, und unterwegs wirklich alles von ihr wissen will. Angst hat sie keine, als sie zu dem Indio ins Auto steigt. Warum auch? In Peru wie in ganz Südamerika ist die Mehrheit der Bevölkerung katholisch und streng religiös. Hier hat man Respekt vor Frauen, zumindest, wenn sie sich anständig benehmen und nicht unpassend kleiden. Und so fühlt sie sich die ganzen vier Monate hindurch nicht einmal wirklich bedroht. Wen sie auch trifft: Jeder freut sich, dass sie auf eigene Faust sein Land entdecken will.

Und sie will sich wirklich treiben lassen. Sich keine Zwänge auferlegen, schon gar nicht durch eine vorher festgelegte Route. Wo sie sich wohl fühlt, bleibt sie oft tagelang, auch wenn es nur eine Jugendherberge ist. Dafür leistet sie sich zwischendurch immer mal wieder ein schönes Hotel mit duftender weißer Bettwäsche und Swimmingpool. Sie nimmt auf der Ladefläche eines alten Pick-ups neben Hühnern und Lamas ebenso ungezwungen Platz wie in einem klimatisierten Bus. Und wenn gar nichts Fahrbares des Weges kommt, geht sie eben ein paar Kilometer zu Fuß …

Isabels nächstes Etappenziel ist Cuzco, die Ausgangsstation des berühmten Inkatrails. 4198 Meter hoch, 43 Kilometer lang, und unterwegs weder Coffeeshops noch Imbissbuden oder Massagesalons. Darauf hat sie richtig Lust!

Ganz allein ist diese Unternehmung allerdings nicht zu machen. Sie muss sich eine kleine Gruppe suchen, wenn sie sich nicht unnötig Ärger einhandeln will. In einem Spezialgeschäft für Outdoor-Ausstattung lernt sie drei junge Amerikaner und ein Vater-Sohn-Gespann aus Neuseeland kennen, die dasselbe vorhaben wie sie. Man ist sich spontan sympathisch, trinkt im Café nebenan noch eine Cola zusammen und verabredet sich für den folgenden Morgen. Die Amerikaner haben schon einen einheimischen Führer für den Viertagesmarsch organisiert.

Am ersten Tag der Bergwanderung marschiert die siebenköpfige Gruppe stundenlang durch saftig grüne Berglandschaft. Jeder ist mit sich, seiner Ausrüstung und dem groben Weg beschäftigt, und in den Pausen, für die Marschverpflegung muss jeder selbst sorgen, erklärte der Bergführer Besonderheiten der Flora und Fauna. Die Nacht verbringen sie bei einer Andenbauernfamilie, romantisch, ohne Strom, ohne Toilette, ohne fließend Wasser. Dafür gibt es Kerzen, peruanische Nudeln und leckeren Indio-Tee. Am nächsten Tag dann, sie sind erst eine Stunde unterwegs, vertritt sich Isabel ausgerechnet auf den hohen Steinstufen am Dead Woman's Pass böse den Fuß. Ein stechender Schmerz fährt ihr ins Knie. Sie rappelt sich auf, kann gerade noch weitergehen, bewegt sich aber nur ganz langsam vorwärts. Am Nachmittag, die Gruppe marschiert nun wieder bergab, werden die Schmerzen zur Tortur. Isabels Kniescheibe ist gereizt, das Gefühl kennt sie von einer Sportverletzung. Jeder Schritt ist eine Qual, ihre Begleiter müssen sie abwechselnd stützen. Am Abend bricht sie wimmernd zusammen. Sie kann beim besten Willen nicht weiter. Aber es bleiben noch zwei Tage bis zum Ziel, sie muss durchhalten, irgendwie. Jessie, der Indio-Guide, hat eine Idee. Er marschiert los, verschwindet in dunkler Nacht und kommt eine gute Stunde später in das kleine Bergzeltlager zurück. Aus der Tasche zieht er ein Tütchen mit einem undefinierbaren Pulver. Tee? Zerstoßene Kräuter? Hier, nimm, bedeutet er ihr mit dem Finger und demonstriert, wie sie die Medizin schlucken soll. Danach wird es dir besser gehen. Isabel wagt nicht zu widersprechen und schluckt. Wenig später fällt sie in traumlosen Schlaf. Am nächsten Morgen sind die Schmerzen nicht verschwunden, aber sie fühlt sich bedeutend besser und fit genug, um weiterzugehen. Bis heute weiß sie nicht, was der Bergführer ihr da eingeflößt hat. Sie erinnert sich nur, dass es sie den Rest der Wegstrecke wacker weiterwandern ließ und sie sicher ans Ziel brachte.

Über Argentinien reist Isabel nach Chile weiter. Inzwischen ist es Dezember, Weihnachten ist nicht mehr weit und die Jahrtausendwende. Irgendwie ist sie erleichtert, dass sie weit genug weg ist, um mit diesem Stress nichts zu tun zu haben. Ihr ist nach fast allem, aber nicht nach feiern zumute. Viel lieber will sie sich weiter treiben lassen, keine Pläne machen und die innere Ruhe, die sich einstellt, lustvoll auskosten. Sie merkt, wie sie immer bewusster lebt und wie gut ihr das tut. Zu essen, wenn sie Hunger hat, zu schlafen, wenn sie müde ist. Nicht mit dem Wecker aufzustehen, sondern erst dann, wenn sie sich wirklich munter fühlt. Was für ein Luxus! Wie lange hat sie sich den nicht gegönnt. Was sie auch erlebt in diesen Wochen, sie versucht es in sich aufzusaugen und in ihrem Herzen zu konservieren. Am liebsten würde sie dieses Lebensgefühl inhalieren – wie die süßlichen Indio-Zigaretten, die sie unterwegs immer wieder zugesteckt bekommt.

Ganz ignorieren kann sie Weihnachten dann doch nicht. Sie schreibt ein paar Mails, Betreff »Lebenszeichen«, mit guten Wünschen an ihre besten Freunde, die Eltern und ein paar Kollegen. Dann trifft sie sich mit einem jungen Paar aus Köln, das sie unterwegs kennen gelernt hat, zum Grillen am Strand. Für den Silvesterabend hat sie ein Date: Auf dem Boot nach Galapagos hat sie sich mit einem Amerikaner angefreundet. Als sie erzählte, wo sie Silvester verbringen würde, hat er begeistert ausgerufen, dass er zum Jahreswechsel in derselben Gegend sei. Warum nicht, dachte sie sich, er war ein netter Typ, sehr schlank, sehr sportlich und überaus attraktiv. Sicher war er auch nicht uninteressiert an ihr. Aber eine Affäre war das Letzte, was sie suchte. Sie würden schön essen gehen, vielleicht ein bisschen flirten, ein, zwei Gläser Champagner trinken und sich um Mitternacht ganz bestimmt auch küssen. Aber mehr wollte sie von Männern derzeit wirklich nicht wissen.

Bevor sie ins Amazonasgebiet weiterreist, bekommt sie eine E-Mail, Betreffzeile: »Dringend!«, von ihrer Schwester in München.

Du sollst im Büro anrufen, schreibt sie. Es gibt Neuigkeiten …

Isabel fühlt sich ertappt. Sie hat tagelang nicht an zu Hause gedacht, geschweige denn an die Arbeit. Worum kann es sich nur drehen? Was ist passiert? Sie stellt sich eine halbe Woche lang taub, hat regelrecht Bauchschmerzen, wenn sie daran denkt, dass der Alltag sie einholen könnte. Auf keinen Fall will sie jetzt schon zurück. Sie hat noch vier Wochen! Die will sie auskosten, um jeden Preis. Ihr Chef ist ganz aus dem Häuschen, als sie sich endlich meldet. Er begrüßt sie überschwänglich, will wissen, wie es ihr so weit weg von daheim geht, und erzählt, wie sehr sich alle wieder auf sie freuen. Dann kommt er auf den Punkt: Es gebe gute Nachrichten. Die Abteilung habe einige Projekte in Südamerika in Aussicht. Sie, Isabel, sei dafür vorgesehen, sich darum zu kümmern. Immerhin kenne sie sich aus in der Region, wisse die Mentalität der Menschen einzuschätzen und spreche ja jetzt die Sprache. »Wenn du es nicht machst, ziehen wir uns zurück.«

Isabel ist völlig perplex, als sie den Hörer wieder auf die Gabel legt. Sie soll darüber nachdenken und in ein paar Tagen noch mal anrufen. Wie sich das anhört! Als handele es sich um den Kauf einer neuen Wohnzimmer-Sitzgruppe. Leider bleibt ihr nicht viel Zeit, sich an den Gedanken zu gewöhnen. Wenn sie zusagt, wird sie schon zwei Tage nach ihrer Rückkehr wieder auf große Fahrt gehen, nach Buenos Aires, São Paulo, Bogotá. Doch Isabel ist keine Frau, die lange fackelt. Am nächsten Tag ruft sie in der Konzernzentrale an und sagt Ja. Man solle bitte ihre Spanischkenntnisse nicht überschätzen, warnt sie. Die seien auch nach drei Monaten noch nicht berauschend. Dennoch glaubt sie, die perfekte Frau für den Job zu sein. Sie wollte immer schon ins Ausland. Dieser Deal ist wie geschnitzt für sie.

Auf der anschließenden Amazonastour, sie hat sich mit einem schwedischen Pärchen ein Hausboot mit lokalem Führer gemietet und schippert tagelang durch den tropischen Regenwald, ist Isabel entspannt wie nie. In ein paar Wochen wird sie Partnerin werden. Und sie wird reisen, ständig reisen! Was für ein Glück sie hat. Sie hat es immer vermieden, in den vergangenen Monaten an die Zukunft zu denken. Nun wagt sie es wieder. Und sie freut sich darauf, was da auf sie zukommt.

Das Leben, das die junge Frau heute, gut fünf Jahre später, führt, hat mit dem von damals nicht mehr viel gemein. Als sie in jenem Januar heimkommt, überschlagen sich die Ereignisse. Sie hat kaum Zeit, Hallo zu sagen, da sitzt sie schon wieder im Flieger nach Südamerika. Und so geht es die folgenden Monate pausenlos weiter. Bis sie vor gut zwei Jahren als kaufmännische Leiterin ganz in die USA übersiedelt. Funktionswechsel, Länderwechsel, Wechsel des Geschäftsbereichs. Alles hat sich verändert, nichts ist geblieben wie es war.

Auch privat kommt ein Stein ins Rollen. Isabel ist gerade nach Atlanta gezogen. Wenn du nun schon hier lebst, willst du wenigstens mal skilaufen gehen, denkt sie sich. Sie kann nicht ahnen, dass das Ticket nach Colorado ihr Leben noch einmal so vollends auf den Kopf stellen würde. Denn im Ski-Resort lernt sie einen sympathischen Amerikaner kennen: Glenn, ein hervorragender Skifahrer und toller Kumpel. Nach einer aufregenden Woche im Schnee verabschieden sie sich mit einem verschämten Kuss voneinander. Und kaum kommt Isabel in ihr Büro zurück, wartet da schon eine E-Mail von ihm in ihrem Postfach.

Eine ganze Weile flirten sie sich unschuldig über das Web an. Sie mailen einander fast täglich, tauschen sich über alles Mögliche aus, freuen sich über die Kommunikation. Isabel interessiert sich für Glenn, aber er ist viel zu schade für einen Ferienflirt. Die Freundschaft ist den beiden wichtiger. Für den Anfang ist das auch besser so. Schließlich haben sie bis dahin kaum Zeit miteinander verbracht, müssen sich gegenseitig erst ein bisschen besser kennen lernen.

Rund sechs Wochen nach ihrem Abschied in Colorado

lädt Glenn die Freundin zu sich nach Long Island ein. Er lockt sie mit Radtouren, langen Strandspaziergängen, gutem Essen und Wein. Isabel sagt zu. Und an jenem Wochenende macht es Klick zwischen den beiden. Ganz selbstverständlich, ohne jede Erwartung oder Inszenierung. Isabel und Glenn finden einfach zueinander und wollen sich nicht wieder loslassen. Als Isabel am frühen Montagmorgen wieder nach Atlanta fliegt, sind sie ein Paar.

Ihr sei von Anfang an klar gewesen, dass mehr daraus werden würde, meint Isabel. Es ist nicht dasselbe wie damals, mit Christian; sie und Glenn sind erwachsener, abgeklärter vielleicht und desillusionierter – aber auch vernünftiger. Auch Glenn hat schon eine gescheiterte Ehe hinter sich, da überlegt man sich schon ganz genau, ob man sich noch einmal auf dieses Abenteuer einlässt. Doch Isabel ist sich sicher wie nie. Nach einem Jahr Fernbeziehung Atlanta – Long Island nimmt sie den neuen Freund zum ersten Mal mit heim nach Deutschland. Sie reisen zwei Wochen durch die Republik, besuchen gute Freunde und Studienkollegen in Regensburg, Mannheim, München. Am Ende verbringen sie noch ein paar Tage nur zu zweit, gehen wandern, spazieren, schwimmen und lassen ausgiebig die Seele baumeln.

Eines Abends, bei Käse und Wein auf einer gemütlichen Almhütte, macht Glenn ihr einen unglaublich romantischen Antrag. Und Isabel freut sich wie ein Teenager auf die Hochzeit, die sie auf Lond Island feiern wollen, weil Glenn dort aufgewachsen ist und seine Eltern nicht mehr so reisefit sind. Aber noch mehr freut sie sich darüber, dass sie nach vielen Versuchen und einer ganz großen Enttäuschung nun endlich den Mann gefunden hat, der zu ihr passt. Heute weiß sie, was sie an einem Partner wirklich schätzt: miteinander lachen zu können, Spaß zu haben, gemeinsame Werte zu teilen.

Südamerika hat sie zu einem anderen Menschen gemacht. Nach allem, was sie dort erlebt hat, glaubt sie heute fest daran, dass sie es überall schaffen kann. Sie sei offener geworden und toleranter. Spontaner, souveräner, abenteuerlustiger. Und selbst-bewusster im doppelten Sinn. Die Zeit sei wichtig gewesen, um all die Dinge zu verarbeiten, die ihr widerfahren waren und die ihr auf der Seele lasteten. Aber die vielen neuen Menschen, Eindrücke und Erfahrungen, die sie on top dazu bekam, seien ungleich wertvoller.

Sie habe doch nur einmal im Leben etwas ohne Sinn und Zweck machen wollen, sagt Isabel zum Abschluss lächelnd. »Am Ende war die Reise das Sinnvollste, was ich je getan habe. Ich sehe die Welt heute mit anderen Augen. Ich gucke genauer hin und nehme mir Zeit für die Dinge, die mir wichtig sind. Früher wäre mir ein Mann wie Glenn nie aufgefallen. Heute weiß ich: Ich brauche ihn, um glücklich zu werden.«

Katja

»Der Körper bringt uns an Plätze, nach denen die Seele schreit.«

Wenn ich Katjas Geschichte höre, bin ich jedes Mal wieder fasziniert. Davon, wie die Diplompsychologin sich bei allen Widrigkeiten und Problemen ihre Vision bewahrt, auf ihre innere Stimme gehört und ihren ganzen Optimismus darauf verwendet hat, diese auch in die Tat umzusetzen. Sie ist das überzeugendste Beispiel dafür, seinen Weg zu gehen und seinen Träumen zu folgen, egal, was auch passiert. Ihre eigenen Schilderungen – das Ergebnis eines langen und intensiven E-Mail-Briefwechsels – gebe ich im Folgenden in Auszügen wieder:

»Ende 1999 wurde mein Freundeskreis langsam hibbelig. Das Millennium-Silvester stand an, und alles drehte sich nur noch darum, was wir anziehen sollten, wo wir hingehen würden, wie man den Jahrtausendabend feiern würde. Mir war fast schon der Spaß vergangen. Die uferlosen Vorbereitungen, die ständigen Planungen, die überteuerten Preise überall – das alles nervte mich kolossal. Gruppendynamik hin oder her, ich war entschlossen, da nicht mitzuspielen. Zwar wusste ich bis dato noch nicht, wie ich den Abend begehen wollte. Aber eins wusste ich ganz bestimmt: Es sollte ein Jahreswechsel werden, an den ich mich noch lange erinnern wollte. Am Morgen des Einunddreißigsten bin ich noch schnell in die Stadt gedüst, habe mir im Feinkost-Geschäft was Leckeres zu essen und eine Flasche Champagner gekauft. Anschließend legte ich im Farbenladen noch einen Stopp ein, um mir vier neue, blütenweiße Leinwände zu besorgen.

Daheim wurde erst mal das Wohnzimmer mit Plastikplanen ausgelegt. Nach einem köstlichen Mahl und dem ersten Glas Champagner begann ich zu malen. Ganz easy und locker, ohne an etwas Konkretes zu denken. Ich habe meine Fantasie einfach schweifen lassen. Die langen Pinselstriche, die betörend kräftigen Töne der Ölfarben und der Duft, den sie erzeugten, lullten meine Seele ein und versetzten mich für Stunden in wohlige Trance. Erst kurz vor zwölf kam ich wieder zu Bewusstsein und schaltete das Radio ein. Da lief ein fantastischer Song, leicht und fröhlich, außergewöhnlich und exotisch. Ich hörte nur, wie der Moderator von Seychellen sprach, dann ging draußen schon das Millennium-Feuerwerk los. War mir alles egal. Ich habe meinen Pinsel wieder in die Hand genommen, noch mal am Champagner genippt, vom Paradies geträumt und weitergemalt.

Am nächsten Morgen begutachtete ich meine Kunstwerke und staunte nicht schlecht, was mir da gelungen war. Ordentlich aufgereiht standen die vier Bilder im Flur nebeneinander, Zeugnis einer magischen Nacht. Ich brauchte eine Weile, um zu deuten, was ich da im Rausch der Gefühle fabriziert hatte.

Auf einem Bild war mit etwas Vorstellungskraft der Umriss eines Mannes zu erkennen. Ein weiteres deutete ich als Symbol meiner Arbeit und meiner Vision: Simply Love. Ein drittes zeigte Sonne und Mond – das Universum, in dem Rechtecke wie Bildschirmschoner herumschwirrten. Ich überlegte. Das konnten nur Bücher sein. Ich hatte seit Jahren davon geträumt, eines zu schreiben, nur nie die zündende Idee gehabt. Und mit einer Fünf in Deutsch hatte ich offen gestanden auch nie den Mut gehabt. Meine Rechtschreibung ist nun mal so freiheitsliebend, wie ich es bin! Das vierte Motiv zeigte Wasser. Sand. Und ein kleines (vielleicht mein kleines?) Herz am Strand.

Das neue Jahr begann, wie das alte aufgehört hatte. Die Bilder standen noch im Flur, und jedes Mal, wenn ich daran vorbeiging, hatte ich neue Einfälle zu den einzelnen Motiven. Aber ich wollte mich nicht in romantische Träumereien versteigen, dafür war auch gar keine Zeit.

Ich gab wie gewohnt meine Singleseminare, stellte Beziehungsführerscheine aus und hielt Therapiestunden ab. Wenn ich mal down war und keine Lust mehr auf all das hatte, sagte ich mir, dass ich doch schon eine ganze Menge geschafft hatte, seit meinem Umzug von Köln nach Bayern. Ich hatte Fuß gefasst, einen netten Freundeskreis aufgebaut. Wenn mir überhaupt etwas zu meinem Glück fehlte, war es ein Mann. Sonst konnte ich doch wirklich nicht klagen.

Ein paar Wochen später entdeckte ich in der Stadtbücherei zufällig ein Video mit dem Titel ›Seychellen‹. Das hast du doch neulich schon mal gehört, sagte ich mir und griff zu. Daheim, vor dem Fernseher, wusste ich sofort: Genau da willst du hin. Ich war völlig überwältigt von diesen traumhaften Bildern und spürte gleichzeitig Sehnsucht und Heimweh, wenn ich das alles sah. Dabei wusste ich damals noch nicht mal so genau, wo die Seychellen überhaupt lagen! Noch in derselben Woche bin ich ins Reisebüro gegangen und habe einen Flug gebucht. Der nächstmögliche Termin für diese Reise war erst im November; zuvor konnte ich keine zwei Wochen am Stück weg. Egal. Die Zeit bis dahin würde wie im Flug vergehen. Ich hatte so lange keinen Urlaub gemacht und wollte jeden Tag der Vorfreude wie ein Fest genießen …

Als es endlich so weit war und ich gerade dabei, meine beiden großen Koffer zu schließen, klingelte das Telefon. Mein Frauenarzt war dran und ich ahnte schon, dass es nichts Gutes bedeuten konnte. Er murmelte etwas von schlecht ausgefallenen Untersuchungen und dass er mich morgen, spätestens übermorgen operieren wollte. Mir dröhnte der Kopf, ich hörte nur noch Fiepen. Was ich gerade noch mitbekam, war: Verdacht auf Brustkrebs. Es war, als täte sich vor mir ein riesiges Loch auf.

Panik, Angst, Verzweiflung. Ich wusste nicht, was ich denken, fühlen, tun sollte. Mein Bauch sagte: fliegen! Du bist gesund. Aber die Freunde, mit denen ich noch in der Nacht telefonierte, meinten, dass es besser sei, die OP machen zu lassen: Du musst doch Gewissheit haben. Sei nicht dumm, geh ins Krankenhaus. Also hab ich alles abgeblasen und mich in mein Schicksal gefügt. Fünf Frauen in meiner Familie hatten Brustkrebs gehabt. Das konnte ich nicht ignorieren.

Eine schreckliche Zeit war das. Ich durchlebte noch mal jedes Schuldgefühl, das ich mir als Kind »antrainiert« hatte, nachdem meiner Mutter beide Brüste amputiert worden waren. Schmerz. Hilflosigkeit. Wut. Trauer. Und vor allem

Scham – weil meine Brust damals gerade anfing zu wachsen. Ich konnte doch nichts dafür! Und glaubte dennoch, sie verstecken zu müssen, damit meine Mutter keine schlechten Gefühle bekam. Da kam auch der Satz wieder hoch, den sie mir mal im Streit an den Kopf geworfen hatte: Ich bin nur krank geworden, weil ich mich immer so aufregen muss über dich. Ein schrecklicher Gedanke, nur einer von vielen. Es war eine einzige Tortur. Wenn es alte, unterdrückte, noch nicht bearbeitete Gefühle gab in meiner Vergangenheit, dann wurde ich in den endlosen Stunden vor der Operation mit jedem einzelnen konfrontiert.

Andererseits spürte ich: Je mehr ich mich mit mir beschäftigte, je intensiver ich versuchte herauszufinden, wer ich wirklich war und was mich ausmachte, desto leichter fühlte sich alles an.

Warten. Hoffen. Bangen. Nach vierzehn furchtbaren Tagen kam endlich die Entwarnung. Der Tumor war nicht bösartig. Das war für mich, als würde ich zum zweiten Mal geboren. Ich hatte es geschafft. Leider hielt die Freude nicht lange an. Kaum wieder zu Hause ging ich reiten. Das brauchte ich einfach, zur Ablenkung, nach all dem, was gewesen war. Aber ich hatte auf das falsche Pferd gesetzt. Oder hatte die Stute nur einen schlechten Tag? Jedenfalls wurde ich abgeworfen, keine zwanzig Minuten hatte ich im Sattel gesessen. Ein Krankenwagen kam und brachte mich zum Röntgen ins Krankenhaus. Am Abend stand die Diagnose fest: Oberarmkopffraktur. Es tut mir Leid, aber wir müssen operieren, sagte der Arzt. Ich schluckte.

Es war nicht die Diagnose, die mich fertig machte. Es war noch nicht mal die Operation selbst. Die überstand ich noch ganz glimpflich. Dann jedoch unterlief dem Operateur ein folgenschwerer Fehler. Die Drähte, die meinen Arm zusammenhalten sollten, wurden zu früh entfernt. Resultat: Neue OP. Neue Rekonvaleszenz. Neue Schmerzen, neue Medikamente. Neues Warten, Hoffen, Bangen, ob alles gut ging. Und ein Jahr ohne Job – ich musste meine Praxis schließen – und Einkommen.

Was sollte das alles? Habe ich mich immer wieder gefragt. Warum ich? Warum jetzt? Was sollte ich daraus lernen? Tröstend war in dieser Zeit, dass es so vielen anderen noch viel schlimmer ging als mir. Ich wollte dankbar sein, dass ich sonst gesund war und durch diese gezwungene Auszeit über mein Leben nachdenken musste. Das musste doch auch was Positives haben. Was, das wollte ich herausfinden. Etwas anderes blieb mir nicht übrig.

Die erzwungene Auszeit hatte mich ins Grübeln gebracht. Nicht nur, weil meine finanziellen Ressourcen nun langsam, aber sicher zu Ende gingen. Ich spürte, dass sich irgendwas ändern musste in meinem Leben. Einfach so, mir nichts, dir nichts wieder in die Praxis zurückzugehen und weiterzumachen wie bisher, lag jenseits meiner Vorstellungskraft. Wenn ich nur gewusst hätte, was. Für Veränderungen brauchte man Geld, für viele sogar eine ganze Menge Geld. Ich musste doch arbeiten, um mein Leben zu finanzieren. Die Unsicherheit über meine Zukunft wechselte sich ab mit depressiven Verstimmungen. Ich hatte Jahre investiert, um dahin zu kommen, wo ich – bis vor dem Unfall – war. Sollte das alles ruiniert sein, nur weil ein Arzt einen Fehler gemacht hatte? Den Sinn dessen hatte ich noch nicht ergründet. Ich fühlte mich mutlos, kraftlos – besiegt nach Punkten. Wäre nicht noch ein Fünkchen Überlebenswillen in mir gewesen, ich hätte mich aufgegeben, mich von der nächsten Brücke gestürzt.

Zum Glück hatte ich gute Freunde, die mich in den folgenden Wochen und Monaten, so gut es ging, von meinen Problemen abgelenkt haben. Ich bekam so viel Rat und Unterstützung, wie ich mir nie erträumt hätte. Was mir nicht mehr aus dem Kopf ging, war meine Buchidee. Um Frauen und Schönheitswahn sollte es sich drehen. Durch einen glücklichen Zufall fand ich eine Autorin, die Lust hatte, mich zu unterstützen. Ein paar Wochen später hatten wir ein Exposé verfasst, mit dem es uns gelang, einen Verlag zu überzeugen. Der Buchvertrag folgte kurz darauf. Das war ja alles weniger schwierig, als ich gedacht hatte! Ich war überglücklich.

Der Erfolg machte mir Mut, es noch einmal zu versuchen. Ein Buch zu schreiben war ja gar keine Hexerei! Nun kannte ich das Prozedere, wusste, was nötig war, um es beim Verlag vorzustellen – und startete einen zweiten Anlauf. Diesmal allein. Wer konnte mein Thema, Singleseminare und Beziehungsführerscheine, besser präsentieren als ich selbst?

Die Nachfrage war zweifellos da, das zeigte schon die große Resonanz auf meine Seminare. Alle Welt war auf der Suche nach Liebe! Und ich hatte ein Arbeitsmodell entwickelt, das glückliche, funktionierende Beziehungen möglich macht.

Unbedarft schickte ich meinen größten Wunsch ins Universum: Ich ›bestellte‹ mir einen Verlag für mein Simply-Love-Buch. Es funktionierte. Tage später lernte ich auf einer Frauen-Netzwerk-Veranstaltung eine engagierte Lektorin eines großen Verlages kennen. Wir sprachen über mein Projekt, und sie bat mich, ein Exposé einzureichen. Zuvor musste ich nur noch das Versprechen einlösen, das ich mir selbst gegeben hatte. Eine Operation hatte ich noch vor mir. Wenn diese überstanden war, würde ich endlich auf die Seychellen fliegen!

Wärme, Wonne, Leichtigkeit – das waren die ersten Eindrücke, die mich umfingen, als ich auf Mahé ankam. Das endlose blau-grüne Meer, Traumstrände, wohin man blickte. Das Paradies. Ich landete auf Ladigue, quartierte mich in einer hübschen kleinen Pension ein und ging erst mal schwimmen. Am Strand kullerten mir vor lauter Glück die Tränen übers Gesicht. So bewegt war ich und hingerissen von der unglaublichen Schönheit der Natur. Ich ging stundenlang schnorcheln und traf unter Wasser Schildkröten und Delphine. Ich umkreiste die Insel zu Fuß und per Fahrrad und lernte die nettesten, hilfsbereitesten und fröhlichsten Menschen kennen. Und wie ich eines Abends so dalag, auf einem sonnenwarmen, 500 Millionen Jahre alte Felsen, wurde mir klar, dass sich auch diese Vision meiner Silvesternacht erfüllt hatte. Es ist unglaublich, wie das Leben uns an Plätze bringt, nach denen die Seele schreit …

Leider war es nur ein Urlaub. Nach vierzehn herrlich unbeschwerten, unvergesslich schönen Tagen musste ich wieder nach Hause zurück. Mein Buch wartete auf mich, das war das einzig Schöne daran. Aber alles andere fand ich furchtbar. Ich konnte die Menschen um mich herum nicht mehr ertragen. Alles war so stressig und hektisch! Und ich fragte mich immer öfter, wofür ich überhaupt lebte. Auf der Insel war alles so leicht gewesen, so einfach und ungezwungen. Der einzige Luxus, den man sich auf den Seychellen leistete, war, in Ruhe seinen Gedanken nachzugehen. Einfach da sein. Leben. Genießen. Und auftanken! Das ging mir zu Hause in Deutschland wahnsinnig ab. Die Sehnsucht nach meiner Insel ließ mich nicht los. Zwei Wochen nach meiner Rückkehr hatte ich wieder ein Ticket in der Tasche. Ich würde noch mal hinfliegen, bei Freunden wohnen, die ich kennen gelernt hatte und die mich mit Herzlichkeit, Liebe und wunderbarem Essen überschütteten.

Diesmal machte ich nicht nur Urlaub. Ich nutzte die Zeit, um über mich nachzudenken. Ganz fokusssiert, ganz ehrlich und sehr intensiv. Wollte ich weiter so leben wie zu Hause? Kaum Zeit für mich haben, immer unter Druck sein, dafür aber fünfzig Paar Schuhe besitzen? Kam man nicht auch mit zwei Paar Flip-Flops aus? Auf der Insel brauchte ich nicht mehr. Ich dachte nach – und ich verstand. Es waren andere Dinge, auf die es wirklich ankam im Leben. Spaß zu haben an dem, was man tut, Freude zu empfinden, jeden Tag und jeden Augenblick aufs Neue. Konsum war nicht mehr als ein schaler Ersatz dafür. Ich musste etwas ändern, das war mir plötzlich klarer als je zuvor. Das Leben war zu kurz, um sich mit Kompromissen zufrieden zu geben. Schon morgen würde alles anders.

Leider war ich so abgebrannt wie nie zuvor in meinem Leben. All meine Reserven waren aufgebraucht. Auf die Insel war ich nur noch mal gekommen, weil eine Freundin eine Erbschaft gemacht und Mitleid hatte mit mir und meiner Seelenmisere.

Nie zuvor hatte ich mir Geld geliehen. Und das für Urlaub! Aber ich merkte, dies war kein Urlaub, diese Reise war lebensnotwendig für mich. Denn wenn die Batterien leer sind, kann man auch nichts mehr geben. Ich brauchte die Insel, um weitermachen zu können.

Voll getankt mit wunderbaren Momenten und strotzend vor frischer Energie und neuen Plänen ging ich zurück nach Deutschland. Frei wollte ich künftig sein und nicht mehr gebunden an eine Praxis. Arbeiten, wenn ich Lust dazu hatte, an Aufgaben, die mir Spaß machten. Es ließ sich ja alles sehr gut an. Mein Exposé war gut beim Verlag angekommen, der Vertrag lag auf dem Tisch, ich hatte ganze drei Monate, um das Buch fertig zu stellen. Die Möglichkeit, meinen Traum wahr zu machen und auf der Insel zu leben, schien in greifbare Nähe gerückt.

Voll bepackt mit Arbeitsmaterial flog ich ein paar Wochen später wieder los. Diesmal wollte ich für drei Monate weg bleiben. Ich konnte bei Klaus wohnen, er hatte ein Guesthouse auf Mahé und bot mir an, gegen Bezahlung von Wasser und Strom dort zu wohnen. Ein echtes Wagnis, denn ich hatte nach Abzug der Flugkosten nicht mehr als 1500 Euro in der Tasche …

Ich zog dort ein und begann zu tippen. Tage-, nächtelang. Mit atemberaubendem Blick auf den Indischen Ozean. Und Mittagspause am Strand. Am Heiligen Abend war alles im Computer. Ein perfektes Weihnachtsgeschenk. Aber es sollte noch besser kommen.

Am ersten Weihnachtstag wollte ich mit Klaus und seiner Frau Marketta ins Bayantree Hotel, dem besten am Platz, zum Kaffeetrinken fahren. Als ich die beiden im Auto eines fremden Mannes anrollen sah, haute es mich um. Am

Steuer saß Jude, ein umwerfender Typ – und ein guter Freund von ihnen. Wir begrüßten uns und hatten beide ordentlich Herzklopfen dabei. Was soll ich sagen? Es wurde Liebe daraus.

Wenn ich heute aufwache, von meinem Bett aus bis Ladigue gucken kann und bei gutem Wetter sogar bis Praslin, kann ich mein Glück immer noch kaum fassen. Neben mir Jude, der mich völlig verschlafen in den Nacken küsst und flüstert: Leg dich doch noch mal hin, mein Schatz, es ist noch viel zu früh. Manchmal zieht es mich dann trotzdem aus den Federn, und ich setze mich auf die Terrasse, gucke auf den Indischen Ozean, trinke Tee und träume. Im Garten wachsen Avocadobäume, Bananenstauden und Papayas, so groß, dass einem die Augen übergehen.

Zur Zeit leben wir mit Judes Eltern unter einem Dach. Die Mutter ist Politikerin, der Vater kümmert sich um Haushalt, Küche & Co. Perfekte Arbeitsteilung! Von den beiden hört man nie ein böses Wort. Früher wäre es mir nie in den Sinn gekommen, mit den Schwiegereltern unter einem Dach zu leben. Heute empfinde ich es, wenigstens für die Zeit, bis unser eigenes Haus fertig ist, als echte Bereicherung. Das Leben ist sehr relaxt hier: Mittags, wenn Jude von der Arbeit kommt, essen wir alle zusammen an einem großen Tisch im Garten. Abends, nach Feierabend, gehen wir beide Muschelsammeln am Strand. Oder Fischen. Oder Schnorcheln. Das Leben ist so gefühlvoll und sinnlich hier! Die Menschen sind viel mehr mit sich verbunden, vielleicht, weil sie nicht durch Konsum abgelenkt werden. Was man auf den Seychellen tut, um Spaß zu haben, kostet in der Regel kein Geld. Das hat die Werte, die ich vorher für mich und mein Leben hatte, völlig verschoben.

Ich könnte mir vorstellen, in dieser Atmosphäre Kinder großzuziehen. So konkret und real habe ich das noch nie vor mir gesehen wie heute. Das Umfeld ist einfach ideal für eine Familie. Auch, weil die europäische Community, in der wir uns bewegen, sehr stark ist. Man trifft sich, kocht zusammen. Das Gemeinschaftsgefühl ist unheimlich ausgeprägt. Wenn einer nach Deutschland fliegt, wird ein Rundruf gestartet: Braucht ihr irgendwas? Soll ich was mitbringen? Das geht von Schuhen über Uhren bis hin zu Musikinstrumenten und DVDs.

Unglaublich, wie sehr die Insel die Kreativität anregt! Jeder bastelt und werkelt an irgendetwas herum. Die einen machen aus Flaschen Kerzenständer, andere kochen Marmelade oder stellen leckere Fruchtsäfte her. Ich schreibe wie eine Besessene, habe noch nie so viele Einfälle gehabt wie auf der Insel.

Wenn unser Haus fertig ist, werden wir ganz auf eigenen Füßen stehen. Ich träume davon, in einem eigenen Trakt Singleseminare zu geben und nebenher vielleicht weitere Buchprojekte zu realisieren. Das neueste ist gerade fertig geworden, es dreht sich um mein Konzept des Beziehungsführerscheins. Und ›Simply Love‹, mein großer Buch-Traum, hat gerade einen Preis der Stiftung Buchkunst bekommen. Das macht mich schon stolz.

Ich habe mich hier von Anfang an wohl und integriert gefühlt. Deshalb habe ich auch nicht lange gezögert, als Jude mich fragte, ob ich bei ihm leben wolle. Ich habe mein Manuskript abgegeben und bin mit Sack und Pack auf die Insel gezogen.

Mein Traum ist wahr geworden, oder sollte man sagen:

Ich habe ihn wahr gemacht und mein Mut und meine Entschlossenheit haben dazu geführt, dass mir auch die Mittel bereit gestellt wurden. Und mit Simply Love habe ich endlich auch meine Vision auf den Weg gebracht. Kann man sich mehr wünschen im Leben?«

Kyra

»Ich hatte den Eindruck, mein Leben läuft ohne mich ab.«

Dass Kyra bis vor wenigen Jahren ein völlig anderes Leben lebte, daran erinnert hier oben im Nürnberger Oststadt-Idyll, einen Steinwurf vom berühmten Christkindlmarkt entfernt, so gut wie gar nichts mehr. Ein riesiger Esstisch steht da, für gemütliche Runden im Kreis der Freunde, und eine große, kuschelige Leder-Sitzgruppe. Unzählige Bücher, Kerzen, Krimskrams. Und Bilder, in jeder Ecke Bilder: Der süße, kleine Neffe, der strohblonde Sohn von Kyras bester Freundin, Kyra mit Freundinnen. Mittendrin, in einem besonders hübschen Rahmen, das Hochzeitsfoto. Eine kleine, strahlende Runde vor dem Standesamt. Kyra und Sebastian, überglücklich, als hätte sich für sie beide in diesem Moment ein Lebenstraum erfüllt. »Verrückt war das mit uns beiden. Wirklich verrückt.« Kyra lächelt. In ein paar Minuten kommt ihr Mann aus der Klinik nach Hause und übernimmt den kleinen Paul. »Dann erzähle ich dir die ganze Geschichte.«

»Ich war jahrelang ein typisches Single-City-Girl«, legt sie los. Traumjob, Traumwohnung, ein großer, attraktiver Freundeskreis. Kyra führte ein Traumleben. Wenigstens das, was sie sich immer darunter vorgestellt hatte. Sie hatte eine beachtliche Karriere gemacht, sich von der Hotelkauffrau zur Vertriebsleiterin an einem großen Theater hochgearbeitet und nebenbei auch noch ein Studium abgeschlossen. Dass sie die Leiter immer bergauf stieg, niemals auf der Stelle oder gar rückwärts trat, war eine Selbstverständlichkeit für die ehrgeizige Zwillingsfrau. Doch Genugtuung empfand sie nicht dabei. Seen it, done it. Das Nächste, bitte.

Sei nicht undankbar, schilt sie sich, wenn sie sich dabei ertappt, wie sie das alles in Frage stellt und zweifelt, ob es wirklich ihr Weg ist. Aber da ist diese Stimme, die unaufhörlich weiterbohrt. Die sie unzufrieden, für andere manchmal ungenießbar macht. Was soll sie tun, wenn die Melancholie kommt und alle Lebensfreude erstickt? Wenn sie sich steinalt fühlt, obwohl sie erst Mitte dreißig ist? Wenn ihr das ganze Leben müde und schal vorkommt, nichts mehr locker von der Hand geht ... Dagegen ist sie machtlos.

Dass der Job sie aussaugt bis auf die letzte Pore, davon erzählt sie niemandem ein Sterbenswort. Dass ihre Männerbekanntschaften meist nicht mehr als erotische Strohfeuer sind und ihre Sonntage tendenziell einsame Singletage, ebenso wenig. Ihre Freundinnen beneiden sie um ihren freien, ungebundenen Lebensstil. Doch Kyra fühlt sich wie in einer Zwangsjacke, die sie sich selbst übergestreift hat und aus der sie allein nicht wieder rauskommt. Alle Welt habe sie für die ultimative Karrierefrau gehalten, sagt sie. Sie hatte ja auch hart gearbeitet, um dorthin zu kommen, wo sie war. Aber einmal am Ziel, bedeutete ihr das alles nichts mehr. Sie hatte den Eindruck, ihr Leben lief ohne sie ab.

Während sie damit beschäftigt ist, das Puzzle ihres Selbst zusammenzusetzen und wieder einen etwas klareren Blick auf die Dinge zu bekommen, verschärft sich der Druck am Arbeitsplatz. Die Quoten schwächeln, die Werbeeinnahmen sind im Keller, und überall werden die Daumenschrauben angezogen. Kyra kämpft eine Weile – und streckt dann frustriert die Waffen.

Sie fühlt sich alldem nicht gewachsen, diese Art von Verantwortung hat sie nie gewollt. Ihr Leben ist völlig aus dem Gleichgewicht geraten.

Vielleicht kein Zufall, dass Kyras Cousine Helga, die vor Jahren mit ihrem Ehemann nach Sydney ausgewandert ist, für ein paar Tage in der Stadt ist. Man trifft sich, tauscht Neuigkeiten aus. Und Kyra erzählt endlich die Wahrheit über ihr vermeintliches Glamour-Leben. Helga und Klaus hören sich die Geschichte an und fallen aus allen Wolken, als sie erfahren, welchen Kampf Kyra seit Wochen kämpft. Mit sich, gegen sich, um sich herum. Die Cousine hat die rettende Idee: Komm für eine Weile nach Australien, sagt sie. »Wir haben doch das Guesthouse! Da kannst du abtauchen, solange du willst …«

Vielleicht ist das die Lösung, denkt Kyra sich. Vielleicht muss sie tatsächlich ans andere Ende der Welt reisen, um zu sich selbst zu finden. Sie kennt ja noch ein paar Leute dort, von ihrem Au-pair-Aufenthalt, muss also nicht völlig bei Null anfangen. Vielleicht würde sie dort ja einen neuen, noch viel spannenderen Job finden? Oder einen netten Mann kennen lernen … Was auch immer passiert: Sydney ist das Risiko wert. »Ich hatte Schiss«, erinnert sie sich. »Unglaublich viel Schiss. Aber ich wusste, ich musste es versuchen.«

Ein paar Tage später reicht sie die Kündigung ein. Ihr Arbeitgeber ist großzügig: Kyra wird zwei Monate vor Ende der Kündigungsfrist freigestellt. Man lässt sie ungern gehen, immerhin, das stärkt ihr Selbstbewusstsein. Dann geht es an die Reisevorbereitungen. Versicherungen sind abzuspecken, Bankgeschäfte zu organisieren; das Visum muss beantragt und ein Flug gebucht werden. Die Zeit bis zur Abreise vergeht rasend schnell. Nach einem harmonischen Heiligabend im Kreis der Familie, einer großen Silvesterfeier unter guten, alten Freunden und einer letzten Abschiedsfete fliegt Kyra am 4. Januar 2000 in ihr neues Leben.

In Thailand will sie mit ihrer besten Freundin noch drei Wochen Urlaub machen. Es ist die erste echte Bewährungsprobe für die beiden Großstadtmädels. Sie hätten einfach ein Hotel buchen können. Aber sie wollen nicht das übliche Touristenprogramm, sie wollten Thailand pur erleben. Die Unternehmung wird zur Belastungsprobe. Wären sie nicht so dicke Freundinnen, wer weiß, ob die Reise sie nicht auseinander gebracht hätte.

Kyra schmunzelt, als sie von einem baufälligen Baumhaus, riesigen, haarigen Spinnen, die in Duschkabinen lauerten, unterarmgroßen Geckos und anderen Erfahrungen erzählt, auf die sie gut hätte verzichten können. Das Bemerkenswerte allerdings ist, dass sie, die sich in Thailand quasi auf der Brücke zwischen gestern und morgen befindet, plötzlich zu Hochform aufläuft. Sie fühlt sich stark und mutig wie nie. Allein für diese Erfahrung hat sich das Experiment schon gelohnt.

Dann geht es für Kyra richtig los. Im Flieger nach Sydney wird ihr erst so richtig bewusst, dass sie nun ganz allein ist. Ohne Zukunft, ohne Pläne, ohne echtes Ziel. Die Freundin durch den Dschungel zu lotsen hat sie stark gemacht. Aber nun weiß sie nicht mehr weiter. Wann würde sie wieder nach Hause zurückkommen? Wird sie vielleicht sogar für immer dort bleiben? Alles ist offen, alles ist möglich. Ihr ist zum Heulen zumute, doch sie reißt sich zusammen. Und je näher sie Sydney kommt, desto größer wird die Vorfreude.

Die ersten Wochen in ihrem neuen Zuhause fliegen nur so dahin. Kyra wohnt und lebt in einer süßen kleinen Wohnung hoch über dem Strand von Manly, schläft morgens oft lange, liest zum Frühstück den Sydney Morning Herald und nach dem Abendbrot die Bild, die Süddeutsche und die Frankfurter Allgemeine im Internet. Sie geht mit ihrer Cousine Helga und deren achtzehnjähriger Tochter tagelang shoppen und macht täglich ausgedehnte Spaziergänge am Strand. Die neu gewonnene Freiheit kostet sie wie ein Geschenk aus, das sie sich aus purer Lust am Leben gemacht hat. Vor lauter Lebenslust weigert sie sich, an morgen zu denken.

Dass ihr Schwager, der in der Stadt eine eigene Werbeagentur betreibt, ihr in väterlicher Fürsorge immer wieder Vorstellungsgespräche vermittelt, erträgt sie mit stoischer Gelassenheit. Doch wo sie auch aufkreuzt, um welchen Posten es auch geht: Begeisterung, geschweige denn Euphorie, will nicht aufkommen. Sie ist einfach noch nicht so weit. Wie soll ihr Schwager ahnen, dass es ihr noch nicht um eine neue Existenz, sondern zunächst nur ums Überleben geht? Von den paar tausend Euro, die sie sich für den Trip beiseite gelegt hat, kann sie noch eine ganze Weile gut leben – zumal sie frei wohnt und kaum Lebenshaltungskosten hat.

So widmet sich Kyra zur Abwechslung mal nur den angenehmen Dingen des Lebens. Sie genießt Sydney zwei Jahre nach dem Fieber der Olympischen Sommerspiele, sucht alte Lieblingsplätze wieder auf. Die Botanischen Gärten etwa. Oder den Martin's Place zur Mittagszeit, wenn in dem modernen Amphitheater mitten in der City buntes, internationales Publikum zusammenkommt und den Life-Shows zuhört. Sie trifft alte Bekannte wieder, wie eine Freundin in Chatswood, und schreibt wöchentlich beruhigende »Happy-Mails« nach Hause. Zur Gewissensberuhigung und um »irgendwie vorwärts zu kommen«, sucht sie einen Anwalt für Einwanderungsfragen auf und erfährt, dass es bei ihrer Ausbildung, ihrem Know-how und der Verantwortung in ihrem letzten Job keine Hexerei wäre, die erforderlichen Punkte zu schaffen. Für andere ein Sechser im Lotto, Kyra lässt es ziemlich kalt. Nach Sydney auszuwandern ist zweifellos eine schöne Vorstellung, aber nicht ihr Lebensziel. Sie will sich alle Möglichkeiten offen lassen.

Von Männern will sie in Sydney gar nichts wissen. Zur großen Enttäuschung ihrer Cousine, die sie gern mit einem netten Australier verkuppeln würde.

So vergehen die Wochen. Kyra lebt sich ein, genießt die wohl verdiente Auszeit. Hier ist sie weit genug weg von allem, was sie daheim belastete. Entspannt erlebt sie die langen Tage ohne jede Routine, völlig ohne Pflichten. Doch anders als echte »Sydneysider«, die von ihrer Stadt meist in den höchsten Tönen schwärmen, fallen Kyra immer mehr Dinge auf, die sie stören. Zu ihrer Au-pair-Zeit hätte es das nie gegeben! Da war alles, was ihr widerfuhr, großartig. Einfach weil es anders war als zu Hause, größer, schöner, fantastischer. Doch die erwachsene Kyra ist nicht mehr so leicht zu beeindrucken. Die Oberflächlichkeit vieler Australier nervt sie. Jeder denkt nur an sich und seinen persönlichen Lustgewinn, fällt ihr auf. Keiner schert sich darum, was sich im Rest der Welt tat. Wie gerne würde sie mal wieder wie früher eine Nacht mit ihren WG-Mitbewohnerinnen am Küchentisch sitzen und über Gott und die Welt diskutieren! Sie ist erwachsen geworden, sagt sie sich, hat andere Ansprüche an das Leben. Kann sie wirklich auf Dauer so leben?

Eine Freundin, von Beruf Unternehmensberaterin, rät ihr, eine Pro-und-Contra-Australien-Liste anzufertigen: »Wichtige Entscheidungen musst du rational abwägen. Guck dir das Ganze ganz objektiv an und stell dir das Best- und das Worst-Case-Szenario vor.« Kyra sammelt. Es gibt eine ganze Menge Pro-Argumente. Schließlich ist Sydney doch ihre Stadt! Aber ihr ist klar geworden, dass sie nie wirklich dazugehören, nie eine von denen sein wird. Und je mehr sie darüber nachdenkt, desto weniger will sie dazugehören! Sie ist Europäerin, durch und durch. Sie vermisst die Kultur, die Menschen, München ... Kyra nimmt die Liste und zerreißt sie. Sie ist noch nicht so weit.

Ein Anruf von einem alten Freund mitten in der Nacht – er hat in seiner Begeisterung nicht an die Zeitverschiebung gedacht – kommt wie gerufen. Er habe was ganz Interessantes im Internet gefunden, sagt er, eine neue Partnerschaftsseite, auf der er seit Tagen herumsurft und wie wild Online-Dates macht. »Ich habe da eine total nette Frau kennen gelernt!« schwärmt er. »Solltest du auch mal reingucken ...« Typisch Micha. Seit Jahren ist er auf der Suche nach der Frau fürs Leben. Ähnlich wie sie den Traumpartner sucht und immer wieder in Affären geschlittert ist. Um endlich die Augen zumachen zu können, verspricht sie ihm, sich das mal anzusehen. Micha ist zufrieden.

Natürlich ist sie neugierig. Gleich am nächsten Morgen, noch vor dem Frühstück, loggt sie sich ein. Es dauert eine Weile, ehe sie sich durch das Friendscout-Menü geklickt und ein Pseudonym zum Chatten bekommen hat. Das ist Neuland für die Marketing-Fachfrau. Alles, was mit Internet zu tun hat, hat sie im Job ihre Praktikanten machen lassen. Für so was fehlt ihr die Zeit – aber auch der rechte Zugang. Die Flirt-Seite dagegen gefällt ihr auf Anhieb. Der logische Aufbau, die ansprechende Aufmachung, der ausführliche Fragebogen. Kyra ist fasziniert. Sie beginnt, alles auszufüllen, ehrlich und offen, wie Micha es ihr geraten hat. Nach etwa einer Stunde Arbeit, es geht um Hobbys, Lebensstil, auch ihr Lebensmotto – da trägt sie »la vita è bella« ein –, macht sie Pause. Per Mausklick wandern ihre Daten ins System. Den Rest will sie später ausfüllen.

Abends loggt sie sich erneut ein. Inzwischen ist es dunkel geworden am Strand von Manly, Kyra hat mit der Cousine und ihrer Familie zu Abend gegessen und ein, zwei Gläschen Wein getrunken. Sie ist viel zu müde, um zu reden. Da findet sie eine erste Friendscout-Nachricht in ihrem Postfach. Ein gewisser Sebastian, Psychotherapeut aus München, ist auf sie aufmerksam geworden. Sicher gibt es eine Liste aller Neuanmeldungen, denkt Kyra, mit ihr hat das nichts zu tun. »Wer bist du? Was machst du so?«, schreibt er. Man tauscht nette Belanglosigkeiten aus, beschnuppert sich mit ausreichend Sicherheitsabstand. Wie viel Abstand tatsächlich zwischen ihnen beiden liegt, 20 000 Kilometer, einmal um die halbe Welt, behält Kyra vorerst für sich …

In ihrem Profil hat sie geschrieben, sie sei Münchnerin. Aus dem Bauch heraus, ohne groß darüber nachzudenken. Kein Wort davon, dass sie seit Wochen in Australien lebt und vorhat, für unbestimmte Zeit zu bleiben. Rückblickend wertet sie das als weiteres Zeichen, dass sie nie wirklich in Australien angekommen ist. In einer Chat-Pause, Sebastian entschuldigt sich, er muss noch auf einen Termin, klickt sich Kyra durch sein Profil. Und staunt nicht schlecht, was er als sein Lebensmotto festgehalten hat: la vita è bella. Dass Sebastian nicht, wie sie, zum ersten Mal in seinem Leben chattet und die schöne Gemeinsamkeit längst entdeckt hat, kommt ihr nicht in den Sinn.

Die paar Worte haben sie neugierig gemacht. Dieses Medium ist packender, als sie dachte! Aus purer Abenteuerlust klickt sie sich durch weitere Profile, verliert aber schnell das Interesse. Sie will es langsam angehen lassen, sie war ja nicht auf Brautschau, sagt sie sich.

Am nächsten Morgen säuselt die freundliche AOL-Stimme wieder »You've got mail«, als sie den Computer einschaltet. Sebastian hat ihr seine private E-Mail-Adresse geschickt. Lass uns mailen, schreibt er, das ist entspannter. Kyra ist erleichtert. Das Chatten ging ihr auch eine Nummer zu schnell, sie braucht etwas mehr Zeit, um sich die Dinge, die sie schreibt, zu überlegen. »Also haben wir angefangen, uns sehr, sehr lange Mails zu schreiben«, erzählt sie. »Mails, in denen wir unser ganzes Leben offen gelegt haben. Unglaublich, wie viele Gemeinsamkeiten wir hatten.«

Der Arzt aus München tut ihr gut. Seine sensible Art, seine Zurückhaltung, sein Charme. Sie überlegt sich manchmal, wie er wohl aussieht, aber sie fragt ihn nie danach. Es geht um so viel Wichtigeres zwischen ihnen beiden! Kyra hatte selten einen Menschen kennen gelernt, dem sie sich so öffnen kann, der sie so gut versteht und der sie nie langweilt.

Inzwischen ist es Herbst geworden in Sydney. Die Tage werden kürzer, die Luft kühler. Statt zum Baden zu gehen, sitzt Kyra nun immer öfter an ihrem Computer vor dem großen Panoramafenster und mailt. Meist an Sebastian, lange, ausführliche Briefe. Aber auch an die Familie, Freunde, Bekannte. Und während sie dasitzt und mailt und sich wie ein Kind auf ein Päckchen schon beim Absenden ihrer Nachrichten auf die Antworten freut, wird ihr klar: Es ist Zeit, ich muss zurück. Ich gehöre nach München. Es fühlte sich an, als wäre ein Knoten geplatzt. Der Kokon, in dem sie sich seit Monaten eingeigelt hatte, ist aufgebrochen. Vielleicht hat Sebastian auch ein bisschen Anteil daran. Auch wenn es kein Flirt war, wie Kyra sich beeilt zu versichern. Sie sind gute Freunde geworden, über die zahllosen Nachrichten, die sie mehrmals täglich austauschten. Aber ein Flirt? Dazu sei das alles noch viel zu abstrakt gewesen.

»Als ich den Entschluss gefasst hatte, habe ich mich an den Strand gesetzt und hätte heulen können vor Freude«, erinnert sie sich. Sie war ganz aufgeregt, dass sie sich bald wieder auf den Weg machen würde. Es war schön gewesen, nach Sydney zurückgekommen zu sein und zu wissen, dass hier immer ein Platz für sie war. Aber die Sicherheit, nach Hause zu müssen, weil sie nur dorthin gehörte, war ebenso wertvoll. So deutlich hatte sie das noch nie zuvor gespürt.

In der Euphorie über ihre Entscheidung schreibt sie Sebastian eine lange Mail. Und unter »PS«: Nur zur Info, falls es dich interessiert: Ich komme nach Deutschland zurück.

Der Mediziner freut sich so über die Nachricht, dass er mit Mailen keine Zeit verlieren will. Er greift spontan zum Hörer und ruft sie an. Zum ersten Mal, seit sie sich kennen gelernt haben. Und von nun an sprechen die beiden stundenlang jeden einzelnen Tag, den Kyra noch in Sydney ist.

Helga, die Kyra beim Wäscheaufhängen im Garten oft an ihrer Workstation sitzen sieht, das Telefon zwischen Schulter und Kinn eingeklemmt, macht sich schon lustig über den hartnäckigen Kavalier aus Deutschland. Kyra bremst ihre Cousine ein. Sie ist geschmeichelt, will sich aber in nichts reinsteigern. Noch immer nicht. Dabei ist Sebastian längst mehr als nur ein Freund. »Wenn wir telefonierten, war alles ganz normal. Aber in den Mails wurde inzwischen schon heftig geflirtet ...«

Sebastian kümmert es nicht, dass er drei-, vierhundert Euro monatlich mit ihr vertelefoniert. Genau wie sie lebt er gern gut, genießt das Leben, trinkt gern gute Weine und isst lecker. Genau wie sie hat er gern Leute um sich und liebt das Reisen. »Wir passten so gut zueinander, dass es uns fast unheimlich war.«

Umso größer ist die Angst. Was, wenn sie sich gar nicht riechen können, wenn sie sich zum ersten Mal gegenübertreten würden? Kyra träumt die abenteuerlichsten Szenen, erzählt dem Freund von ihren Befürchtungen. Sie reden darüber. Malen sich aus, was im schlimmsten Fall passieren kann.

»Komm endlich nach Hause, sonst komme ich und hole dich«, schreibt Sebastian aus München. Ja, Lieber, ich komme, antwortet sie. Zeit, Abschied zu nehmen. Von den alten und neuen Freunden. Von ihrer Lieblingsstadt, die sie herzlich aufgenommen hätte, wenn sie es nur gewollt hätte. Von Helga, von Klaus, den Kindern. Von Manly Beach, den sie in den paar Monaten hunderte Male auf und ab gewandert ist. Und von ihrer kleinen Workstation mit Blick auf den Pazifik, von der aus sich etwas entwickelt hat, was sie nun nicht mehr stoppen kann. Was auch immer aus Sebastian und Kyra werden sollte: Es hatte schon jetzt ihr Leben verändert.

Auf dem Heimflug denkt sie noch einmal in Ruhe über alles nach. Sie sieht sich in ihrem Appartement sitzen und mit einer Mischung aus Spannung, Amüsement und zärtlicher Zuneigung seine Mails lesen. Wie sehnsüchtig sie täglich auf seine Nachrichten, seine Anrufe oder auch nur ein kleines Lebenszeichen auf ihrem Handy gewartet hat! Sollte Sebastian tatsächlich der Traummann sein, auf den sie so lange gewartet hatte? Immerhin: Sie haben vieles gemeinsam. Träume, Werte, Lebenseinstellung. Sie waren sich so ähnlich, dass es fast ein Wunder war, dass sie sich nicht längst schon über den Weg gelaufen waren. Sie gingen in dieselben Kneipen, liebten dieselben Cafés, hatten dieselben Ausstellungen besucht... Nun war es anders gekommen. Eine Internet-Bekanntschaft. Das klang so profan, so rational, so schrecklich leidenschaftslos. Wie würde sie ihrer Umwelt nur klar machen, dass sie mit Sebastian mehr Leidenschaft verband als mit vielen anderen Männern zuvor. Und das, ohne sich je begegnet zu sein?

Vierundzwanzig Stunden später kommt Sebastian Kyra abholen, zu ihrem ersten richtigen Date. Kyra stürzt ihm entgegen – der erste Moment gehört nur ihnen beiden.

Er habe sie nur angesehen, erinnert sie sich. Konnte die Augen gar nicht abwenden, so fasziniert war er von ihr.

»Guck auf die Straße!«, hat sie gesagt und etwas verschämt seine Hand gestreichelt. »Nicht, dass wir noch einen Unfall bauen …« Minutenlang sitzen sie schweigend nebeneinander, Sebastian lächelt zufrieden in sich hinein, Kyra guckt ihn vom Beifahrersitz vorsichtig an. Irgendwie hat sie das Gefühl, ihn schon ewig zu kennen.

Er will sie ins Kino ausführen. Aus Nostalgie, weil sie sich stundenlang per Mail über Filme ausgetauscht hatten, doch sie überredet ihn, in die Stadt zu fahren, ein bisschen spazieren zu gehen. Schließlich wollen sie sich doch unterhalten … Wahnsinnig aufgeregt war sie, erinnert sie sich. Wie ein Teenager! Bis er beim Gehen, irgendwo zwischen Oper und Theatinerstraße, den Arm um sie legt. Wie selbstverständlich, als hätte er nie etwas anderes gemacht. Kyra lässt es geschehen, fühlt sich in seinen Armen ganz geborgen und ruhig. Sie trinken Cappuccino im Stadtcafé, Händchen haltend, überglücklich. Schlendern Arm in Arm durch den Englischen Garten, Hand in Hand durch Schwabing. Abends gehen sie zu Kyras Lieblingsitaliener. Vor lauter Aufregung und Glück bringt Kyra kaum einen Bissen herunter. Und nach dem Kaffee geht sie mit zu Sebastian. Das alles geschieht ganz selbstverständlich.

Kyra kann heute noch kaum glauben, was da passiert ist mit ihnen beiden. Und doch sind da dieses stillschweigende Verständnis füreinander und dieselbe Leidenschaft, wie am allerersten Tag. »Schon verrückt. Es hat uns getroffen wie der Blitz. So was gibt's auch per Internet …«

Corinna

»Spaghetti machen glücklich.«

Drei Jahre ist Corinnas Weltreise jetzt her. Im August 2002 hatten sie sich auf den Weg gemacht, ihr Mann Eric und sie. Drei Jahre, die Corinnas Leben komplett auf den Kopf gestellt haben. Oder sollte man sagen, dass sie sie ihrem eigentlichen Leben, ihrem wahren Ich ein Stück näher gebracht haben? – Als ich die Siebenunddreißigjährige treffe, hat sie ihr mini-i-Book dabei, auf dem ein Großteil der Fotos – von Russland bis Chile, von Indochina bis Neuseeland – digital gespeichert sind.

»Die könnten wir zur Untermalung einfach durchlaufen lassen. Was hältst du davon?«

»Gute Idee.«

Als sie ihrem Chef erzählt, dass sie auf Weltreise gehen will, fragt der ernsthaft, ob sie sich nicht mal vom betriebsärztlichen Dienst untersuchen lassen wolle. Vielleicht leide sie ja am Burnout-Syndrom, meint er, und es hört sich so an, als sei sie nicht ganz richtig im Kopf. Corinna wird heute noch sauer, wenn sie an die Reaktion ihres Vorgesetzten bei der Hamburger Versicherungsgesellschaft zurückdenkt. Dabei hatte sie alles perfekt geplant, ehe sie überhaupt jemanden einweihte. Hatte Ersatz gesucht für die Seminare, die sie leitete, und alles andere so umorganisiert, dass ihr Fehlen eine Zeit lang zu verschmerzen war. Sie wollte etwas für sich tun, und da warf man ihr einen Brocken nach dem anderen vor die Füße. Das war einfach nicht fair.

In zehn Gesprächen mit drei verschiedenen Vorgesetzten kam nicht mehr als ein mehr oder minder verklausuliertes Nein heraus. Selbst der Betriebsrat bedauerte: Sorry, wir können nichts für Sie tun. Blieb nur die Flucht nach vorn: In ihrer Verzweiflung rief sie einen der acht Firmenvorstände an. Im Sekretariat wollte man sie höflich abwimmeln, doch Corinna blieb hart. Jetzt oder nie. Wenn sie wirklich losfahren wollten, musste sie da durch.

Vielleicht klang sie am Telefon verzweifelt genug. Oder auch nur glaubwürdig. Jedenfalls bat der Vorstand sie ein paar Tage später zu sich. Das war kein Spaziergang, erinnert sie sich. Einen Termin bei ihm zu bekommen habe fast so viel bedeutet wie mit Gott zu sprechen. Sie weiß noch gut, wie sie die Nacht zuvor kaum ein Auge zumachen konnte und sich am folgenden Morgen erst nach drei Tassen Kaffee und einer halben Schachtel Zigaretten zu ihm reingewagt habe.

Dann ging alles ganz schnell. Ob es gute Gründe für die Absage gebe, hatte der Mann gefragt. Sie hatte Nein gesagt, ihm erklärt, dass sie für Ersatz gesorgt hatte. Schließlich wollte er wissen, was sie sich von der Reise versprach. Mich weiterbilden, meinen Horizont erweitern, vorwärts kommen im Leben, hatte sie geantwortet. Er hatte zustimmend genickt, vielleicht ein bisschen beeindruckt von ihrer Entschlossenheit. Sie hören von mir, waren seine Worte.

Corinna hatte allen Grund, optimistisch zu sein. Sonst hätte der Vorstand sie sicher gar nicht vorgelassen. Trotzdem: Sie musste erst so weit kommen, um zu merken, dass diese Art von Firmenkultur auf Dauer nicht ihr Ding war. Man hatte sie immer gefördert, keine Frage, es war nicht selbstverständlich, dass eine gelernte Bankkauffrau wie sie Motivationsseminare leitete, statt hinter dem Bankschalter zu stehen. Aber auf Dauer war ihr das alles nicht genug. Sie wollte mehr bewegen, eigenständiger arbeiten, unabhängiger sein. Am liebsten in einer Branche, die weniger konservativ war, ihrem offenen Wesen etwas näher kam.

Auf dem Bildschirm tauchen abwechselnd Büffel in Reisfeldern, Mönche in orangenen Gewändern vor goldenen Buddha-Statuen, mit Obst und Gemüse voll bepackte Pickups und andere Impressionen auf. Das ist Burma, erklärt sie nebenbei. Ein wunderschönes Land … Ein paar Sekunden Schweigen. Fotos gucken. Staunen. Doch bevor sie weiter einsteigt und etwa die Geschichte von den burmesischen Studenten erzählt, denen sie und Eric Englischunterricht gaben, meint sie: »Weißt du, eigentlich fing alles in Mexiko an.«

Dorthin hatte sie sich kurz nach der Jahrtausendwende geflüchtet, weil zwei Männer an ihrem Herzen herumzerrten und sie sich beim besten Willen nicht entscheiden konnte, wen oder was sie eigentlich wollte im Leben.

War es Martin, der beim Fernsehen arbeitete und den sie für ihre große Liebe hielt? Der toll aussah, beruflich auf der Überholspur war und ihr das Blaue vom Himmel herunter versprach? Der sie heiraten und mit ihr Kinder haben wollte? Er hatte sie überwältigt wie eine Naturkatastrophe, sein

Charme hatte sie komplett schachmatt gesetzt. Was ihr nicht passte, war, dass er insgesamt ein bisschen schnell zu begeistern war. Dass er nur die wenigsten seiner Versprechen einhielt und sie nicht immer so korrekt behandelte, wie sie es sich von einem Partner gewünscht hätte. Seine Unzuverlässigkeit irritierte Corinna schon, wenn es um banalere Dinge als eine Hochzeit oder gemeinsamen Nachwuchs ging. Konnte das auf Dauer funktionieren? Liebte sie ihn wirklich?

Oder liebte sie Eric, den sie seit vielen Jahren kannte, den sie aber immer nur als wertvollen Freund, nie als potenziellen Partner fürs Leben angesehen hatte. Sie fühlten sich zueinander hingezogen, auch körperlich, keine Frage. Eric war ein äußerst attraktiver Typ und im Bett harmonierten sie so gut, wie Corinna es noch nie zuvor erlebt hatte. Doch in all den Jahren hatte es einfach keinen geeigneten Zeitpunkt gegeben, um sie wirklich zusammenzubringen. Mal war er, mal war sie anderweitig liiert. Aber aus den Augen verloren hatten sie sich nie. Dass Eric nicht lockerließ, besonders jetzt, da sich die Sache mit Martin zu verfestigen schien, schmeichelte ihr. Sie waren einander so vertraut, emotional und erotisch. Eric war der ruhende Pol in ihrem Leben, sie die quirlige Abenteurerin in seinem. Was hatte sie nur abgehalten, es mal mit ihm zu versuchen?

Als sie an jenem Abend in einer namenlosen Strandbar in Mexiko saß und mit einem Gin Tonic in der Hand in die untergehende Sonne blinzelte, wurde ihr klar, dass sie sich ein Leben ohne Martin durchaus vorstellen konnte. Ein Leben ohne Eric niemals. Da war's mit einem Mal sonnenklar; da wusste sie, dass sie zusammengehörten! Es würde bestimmt alles gut.

Eric hatte das alles natürlich immer schon geahnt, sagt Corinna lächelnd. Typisch Mann. Aber er wollte ihr die Freiheit geben, selbst darauf zu kommen, wollte die Freundin nicht unter Druck setzen. Er kannte sie einfach sehr gut und wusste, dass es auf Dauer nur so funktionieren konnte.

Auf dem Bildschirm sieht man die Osterinsel. Riesige Steinstatuen mit bedrohlich leerem Blick, inmitten einer gigantischen Wüste aus Gestrüpp und Gras. »Beeindruckend, nicht?«, fragt Corinna, stoppt die digitale Diashow für einen Moment und zündet sich eine Zigarette an. »Da, siehst du, wie ein paar von ihnen angestrahlt werden? Das Motiv wollten wir unbedingt haben. Es gab weit und breit keine Scheinwerfer. Also sind wir nachts mit dem Mietwagen noch mal rausgefahren und haben die Steine mit Fernlicht angestrahlt.«

Die Idee mit der Weltreise kam ihr ganz spontan. Es war nicht wie bei Leuten, die von so etwas ein Leben lang träumten, jahrelang darauf sparten und irgendwann tatsächlich losfuhren, sagt sie. Erst als sie Eric hatte und damit alles, was sie wollte im Leben, fühlte sie sich mit einem Mal mutig und stark. Sie brauchte ihre Energie nicht mehr damit zu verpulvern, den Mann ihres Lebens zu suchen oder sich halbherzige Kompromisse schönzureden. Jetzt konnte sie all ihre Power in ihre Träume, ihre Zukunft investieren. Das sei ein völlig neues, extrem befreiendes Gefühl gewesen. Die Welt gehörte ihnen, nur ihnen beiden. So habe sie das empfunden.

Sie saßen mit einem gemeinsamen Freund an der Nordsee

und guckten aufs Meer, als Corinna aus heiterem Himmel ihren Einfall in die Runde warf. »Ich hätte Lust, um die Welt zu fahren.« Verdutzte, verständnislose, fragende Blicke. »Wärst du dabei?« – »Warum eigentlich nicht ...?«

Sie wollten sich ein Jahr Zeit nehmen, um alles zu planen. Vor allem das nötige Geld zusammensparen, um nicht mehr auf absolutem Low-Budget-Niveau reisen zu müssen, sie waren ja keine achtzehn mehr. Ein guter Grund, endlich zusammenzuziehen – und eine gute Gelegenheit, sich 24 Stunden auf Tuchfühlung zu testen. Wenn sie es unterwegs schaffen wollten, musste es zunächst in Hamburg klappen.

»Das packt ihr nie«, hieß es im Freundeskreis. Oder: »Ihr kommt garantiert getrennt zurück.« Selbst einer ihrer besten Freundinnen fiel nicht mehr dazu ein als: »Du kannst mich doch nicht einfach so lange allein lassen!« Kein: Toll, was ihr da vorhabt. Kein: Wow, dazu hätte ich auch mal Lust. Corinna hätte sich auf die Zunge beißen können, dass sie überhaupt etwas erzählt hatte.

Ihre Eltern waren auch alles andere als begeistert von der Idee. Ein paar Wochen vor ihrem Abflug hatten sie sie beim Osterbrunch offiziell eingeweiht. Eric hatte die undankbare Aufgabe übernommen, Corinna ahnte schon, dass es nicht ganz einfach werden würde. Eine Weltreise? Wie? Wann? Wie lange?, hatte die Mutter entsetzt gefragt. Ein Jahr, hatte Eric geantwortet. Und was passiert mit euren Jobs? Da hatte Eric ihnen achselzuckend eröffnet, dass die Internetfirma, bei der er angestellt gewesen war, vor ein paar Wochen Konkurs gemacht hatte. Die großzügige Abfindung wolle er nun in die Reise stecken.

Corinna stoppt die Fotoreihe für einen Moment. Im Bildschirm bleibt ein Traumstrand stehen, Aitutaki, postkartenreifes Südsee-Atoll mit smaragd-türkisgrün-blauem Wasser und korallenweißem Sand. Den Blick auf das Foto geheftet erzählt sie weiter.

Der Vater hatte sich bald wieder gefangen und Corinna und Eric am Ende sogar seine Hilfe angeboten. Ihr braucht doch jemanden, der sich hier um eure Finanzen kümmert, hatte er gesagt. Das ganze Geld wollt ihr sicher nicht bar mitnehmen. Schließlich mauserte sich der Exbanker zu ihrem Homeoffice, ihrer Notfall-Hotline und ihrer Therapiepraxis, zuständig für hundert große und kleine Dinge. Ihr Vater war nicht nur Finanzchef, sondern auch Coach und Reiseleiter, der im Internet genau mitverfolgte, wo sie gerade waren. Der auf obskuren Kanälen billige Tickets organisierte, sie ihnen per Fedex nachschickte und sich auch sonst um alles kümmerte. Allein wären sie sicher auch durchgekommen, sagt Corinna. Aber so war's beruhigender.

Der Abschied zog sich in die Länge. Sie feierten so viele angeblich allerletzte Partys, gaben so viele Farewell-Essenseinladungen, dass sie am Ende schon den Überblick verloren, wen sie nun schon verabschiedet hatten und wen noch nicht. Nun fahrt doch endlich!, hieß es im Freundeskreis schon hinter vorgehaltener Hand. Aber sie konnten beide nur sehr schwer loslassen. Als Corinna sich ein paar Tage vor der Abreise von ihrer Mutter verabschiedete, als endlich alles gepackt, die Tickets gekauft und der Rest straff durchorganisiert war, schluchzte sie wie ein Schlosshund – einfach aus Angst vor ihrer eigenen Courage.

Letzte Bedenken ertränkte sie mit einer Flasche Rotwein –

und ihrer besten Freundin Molly. Zum Abschied drückte die ihr eine schwarze Strickjacke in die Hand. »Molly liebt dich«, war da in großen, weißen Lettern draufgedruckt und innen ein Foto von ihnen beiden, eng umschlungen. »Die kannst du als Schmusedecke benutzen oder als Kissen, als Jacke gegen die sibirische Kälte oder als Decke im Flieger«, sagte die Freundin und drückte sie ganz fest. Die ersten Tage unterwegs sollte Corinna das gute Stück gar nicht mehr ausziehen …

Ende August ging es tatsächlich los. Hamburg, Frankfurt, Moskau. Wie befreiend es war, endlich unterwegs zu sein! Drei Tage wollten sie in der russischen Hauptstadt verbringen. Längst nicht genug, um sich mit ihrer neuen Lebenssituation vertraut zu machen – sie waren ja jetzt Reisende, keine Urlauber mehr, daran mussten sie sich erst gewöhnen. Aber dafür blieb ihnen in der Transsibirischen Eisenbahn sicher noch genügend Zeit.

Sie setzten sich mit Sack und Pack in einen öffentlichen Bus und besichtigten den Kreml, die palastartige Metro und den alten Lenin, der aussah wie aus Plastik. Ein würdiger Einstieg. Dann streikte Corinnas nagelneue Canon zum ersten Mal, das Objektiv ließ sich nicht öffnen. Leider galt die Garantie für Europa und nicht für Russland …

Nach drei Tagen Moskau wollten sie mit der Transsib weiter nach Osten fahren. Der Ticketkauf allein war schon ein Abenteuer für sich. Natürlich sprach weit und breit niemand ein Wort Englisch. Wie gut, dass sie in der Hamburger Washington-Bar vorsorglich ein paar Russen gebeten hatten, ihnen für den Fall der Fälle einen einzigen Notfall-Satz auf Russisch niederzuschreiben: »Wir möchten zwei Tickets, 2. Klasse, am 27. 8.« Es klappte, sie bekamen ihre Tickets. Trotzdem hätten sie am Ende fast noch den Zug verpasst, weil Katja, ihre neu gewonnene russische Freundin und Fremdenführerin, ihnen in ihrem Lada unbedingt noch ganz Moskau zeigen wollte …

In Irkutsk, dem ersten richtigen Stopp nach vier Tagen kartenspielend quer durch Dr.-Schiwago-Land (in Nowosibirsk hatte Corinna gerade genug Zeit gefunden, auf dem Bahnsteig einen doppelten Wodka zu trinken und zur Irritation der Einheimischen Marius Müller-Westernhagens »Ihr Name war Natascha, sie kam aus Nowosibirsk« zum Besten zu geben), startete Eric eine schöne Tradition, die er in jedem der bereisten Länder fortführen wollte: Er ging zum Friseur. Für umgerechnet 1,80 Euro sah er wieder aus wie aus dem Ei gepellt. Sein Motto: Auch wenn die Umgebung immer karger wird, muss man sich nicht gehen lassen. Weiter ging's, Richtung Mongolei. Zu zweit im Vierbettabteil rollten sie gemütlich durch die sternenklare Nacht Sibiriens, naschten Kaviar und tranken Wodka dazu. Was für ein Leben!

Dann kam die Tour durch die Wüste Gobi, sagt Corinna und atmet bei dem Gedanken an den Trip im Minibus einmal tief durch. Acht Tage waren sie unterwegs, immer querfeldein, mit nie mehr als 30 km/h. Vorbei an Geiern, Kamelen, Murmeltieren, Yaks und mongolischen Pferden. Immer eingepfercht im Bus, mit wildfremden Menschen aus aller Herren Länder. Mit der warmen Yakmilch der Nomadenfamilien konnte man sich anfreunden, zur Not sogar mit dem Hammel, der hier in allem Essbaren steckte, selbst in

Gemüsesuppe! Aber die klirrend kalten Nächte der Mongolei, im klammen Doppelschlafsack, weil der Schafsmist-Ofen nicht richtig zog, dafür aber umso kräftiger stank, ohne Toilette oder auch nur elektrisches Licht waren wirklich gewöhnungsbedürftig.

Als sie zu allem Überfluss auch noch beklaut wurden, war für Corinna der Spaß vorbei. Sie atmeten auf, als sie nach dreizehn Tagen im »Outback« endlich wieder in Ulan Bataar ankamen und halbwegs zivilisiert duschen konnten. Als sie im Appartement auch noch Deutsche Welle TV empfingen und die ersten Nachrichten seit Reisebeginn hörten, war die Welt schon fast wieder in Ordnung. Schnell noch ein Friseurbesuch – Mohontoya kratzte Eric für umgerechnet achtzig Cent nur einmal in den Hals –, dann ging es auf die letzte Etappe der Transsibirischen Eisenbahn.

Unterwegs bekam Corinna Fieber und einen dicken Hals. Das lag nicht nur am unfreundlichen chinesischen Zugpersonal. Sie fror erbärmlich, denn die Chinesen heizten die Zugwaggons erst ab Oktober, in den mongolischen Wagen war es dagegen kuschelig warm gewesen. Bis Peking wurden die Schmerzen immer schlimmer, sie musste dringend zum Arzt. Ein freundlicher Berliner, der für ein Jahr in Peking lebte und dem sie am Bahnhof zufällig in die Arme liefen, wies sie in die geheimen Strukturen chinesischer Krankenhäuser ein. »Keine Sorge, das löst man hier schneller und sauberer als bei euch zu Hause in Eppendorf.« Eine Ärztin untersuchte den kranken Rachen und meinte zum Abschied nur, Corinna solle ihr Geld nicht für nutzlose Medizin verschwenden. Sie hatte Recht. Nach ein, zwei Tagen im Bett war sie wieder die Alte.

7800 Kilometer hatten sie schon hinter sich und das Reich der Mitte nun komplett vor sich. Gleich am folgenden Morgen leisteten sie sich ein Taxi an die Chinesische Mauer, die Busse waren ohnehin schon über alle Berge. Dass in China Feierwoche war und damit 1,3 Milliarden Menschen auf den Beinen, hatten sie nicht bedacht. So ging es dort streckenweise zu wie in der Fußgängerzone am verkaufsoffenen Sonntag. Sie hatten Glück: Ihr Taxifahrer hatte sie in weiser Voraussicht an einem weniger frequentierten (leider auch nicht restaurierten) Mauerstück abgesetzt, wo sie stundenlang bis zur Erschöpfung herumkraxelten, bis sie sich schließlich hinsetzten und die Weite, die Einsamkeit und die Schönheit des Landes genossen. Abwärts gings mit Gesang: »Auf der Mauer, auf der Lauer sitzt die kleine Corinna.« Nach acht weiteren Tagen, in denen sie die Verbotene Stadt, den Sommerpalast und viele weitere Attraktionen bestaunten, setzten sie sich wieder in den Zug. Sie wollten über Pingyao nach Xian weiterfahren und sich die Terrakotta-Soldaten des ersten Kaisers ansehen. Ein Hotel aus dem Jahre 1760, mit riesiggroßem, beheizbarem Steinbett, bot ihnen Unterschlupf. Bei der Besichtigung der Tonkrieger, sie hatten den öffentlichen Bus genommen und wurden unterwegs angestarrt wie Affen im Käfig, gingen den beiden die Augen über. Hier konnte man alles kaufen! Von echten Wolfsfellen bis hin zu toten Miniatur-Tonkriegern, alles echt, ganz klar… In einer riesigen Menschentraube ließen sie sich durch die drei Hallen schieben und konnten gar nicht fassen, welche Ausmaße diese Armee gehabt haben musste, wo doch erst fünf Prozent davon ausgegraben waren…

Dann Tibet. Eric war wie besessen von der Idee, so weit wie möglich das Dach der Welt zu erklimmen. Aber eine Viertagestour zum Everest kostete happige tausend Dollar. Ein Deutscher, der hier oben als Agrarwissenschaftler arbeitete, half ihnen und organisierte für ein Viertel des üblichen Preises einen Jeep mitsamt Fahrer. Wie sich herausstellte, war es der Wagen vom Panchen Lama, dem zweitwichtigsten Mann nach dem Dalai Lama. Das war fast so, wie mit dem Papstmobil zum Everest zu fahren.

Im Überlandbus ging es anschließend durch Vietnam, von Norden nach Süden, von Hanoi bis nach Ho-Chi-Minh-Stadt, dem ehemaligen Saigon, das Corinna und Eric als überraschend charmant und gemütlich empfanden, und weiter nach Kambodscha. Das Erste, was ihnen auffiel, als sie über die vietnamesisch-kambodschanische Grenze fuhren, war, dass es hier überall frisch roch und dass die Menschen lächelten. Das war in Asien nicht überall so gewesen. Phnom Penh ließen sie links liegen, um möglichst schnell nach Siem Reap, der Ausgangsstation zum Angkor Wat, zu kommen. Das Hotel, das sie dort bezogen, sollte das bis dato skurrilste ihrer ganzen Reise sein: Zwei Meter hinter ihrem Schlafzimmer lag eine riesige Krokodilfarm. Die Vorstellung allein war noch nicht schaurig genug. Am heftigsten waren die Geräusche, die die riesigen Tiere beim Einschlafen von sich gaben: Lautes Rülpsen, heftiges Pupsen – dagegen war jedes Froschkonzert ein kultivierter Ohrenschmaus!

Die Tempelanlagen von Angkor Wat allerdings waren noch um ein Vielfaches schöner, imposanter und bewegender, als sie es sich je vorgestellt hatten. Zwei Tage berauschten sie sich an diesen alten Steinen, waren um 5.30 Uhr morgens die ersten und spätabends die Letzten dort. In Ta Prohm fraßen sich hundert Jahre alte, riesige Bäume durch noch viel ältere Bauwerke. Und das Ganze in einem Ausmaß, dass sie nur sprachlos davorstanden und staunten. Angkor, da sind sie sich einig, war bisher das Größte.

Und als sie auf einem Plakat entdeckten, dass der Startenor José Carreras hier in Kürze singen werde, zu Ticketpreisen von 500 bis 1500 Dollar, waren sie froh und glücklich, die Tempelanlagen noch für den Spottpreis von zwanzig Dollar am Tag gesehen zu haben.

In Thailand, ihrem nächsten Ziel, war Erholung angesagt. Auf der Ferieninsel Koh Lanta wollten sie zwei Freundinnen aus Hamburg treffen – Jutta, die sie von der Fähre abholte, und Molly, die einen Tag später landete. Gemeinsam Weihnachten feiern und die Weltreise für ein paar Tage zur Urlaubsreise machen – eine schöne Abwechslung. Molly hatte Schwarzbrot mit frischem Kräuterquark mitgebracht, und damit setzten sie sich gemütlich hin und picknickten. Unglaublich, wie viel Lust man auf so simple Dinge entwickeln konnte, wenn man sie nirgends bekam! Wie schön es war, zur Abwechslung mal nicht jeden Tag den Rucksack neu packen zu müssen. Und wie sehr sie das azurblaue Meer und die köstliche thailändische Küche genossen! Von den Thai Massagen ganz zu schweigen. Die Silvesternacht verbrachten Eric und Corinna in Yangon, ehemals Rangoon, der Hauptstadt von Burma. Sie gingen mit zwei Österreichern und zwei Slowenen in ein chinesisches Lokal essen und stießen um Mitternacht auf dem Zimmer des Kandawgy Palace Hotel mit Slibowitz an. Und weil Burma Zeitverschiebung hat und sie alle schon reichlich beschwipst waren, fanden sie, sie müssten sich mehrmals auf ein frohes Neues zuprosten. Ein etwas unspektakulärer Jahreswechsel, sagten sie sich im Nachhinein. Irgendwie hatten sie sich Silvester auf Reisen außergewöhnlicher, verrückter, abgefahrener vorgestellt. Aber wenn jeder Tag Ausnahmezustand ist, kann man Silvester nicht noch eins draufsetzen. Sie waren sich einig, dass es ein wundervolles Jahr gewesen war, dass sie keinen einzigen Tag davon missen, nur noch viel, viel mehr von alledem haben wollten. Das war das Wichtigste.

Dann kam Ernst, berichtet Corinna. Der Arzt aus Berlin war allein unterwegs, den beiden Hamburgern spontan sympathisch und reiste die folgenden vierzehn Tage mit ihnen weiter. Sie hatten so einen offenen, einladenden Eindruck auf ihn gemacht, würde er ihnen später erzählen. Das hatten sie unterwegs schon öfter gehört. Es war Quatsch, dass man als Paar auf Reisen niemanden kennen lernte! Das Gegenteil war der Fall. »Was du ausstrahlst, das bekommst du auch zurück«, sagt Corinna. »Allein oder als Paar.«

Auf der Zugfahrt von der alten Königsstadt Mandalay nach Hsipaw waren sie wieder mal die einzigen Ausländer. Bei jedem Stopp bestaunte man sie. Entsprechend irritiert war Corinna, als eine Burmesin auf dem Bahnsteig mit einem Messer auf sie zugelaufen kam. Blinder Alarm: Die Frau hatte in ihrem Garten nebenan Rosen geschnitten und wollte der hübschen Deutschen nur zwei davon ins Haar stecken.

Unvergesslich auch die burmesischen Studenten, die sie unterwegs spontan zum Essen eingeladen haben. Die so glücklich waren, dass sie die drei Deutschen gleich am nächsten Tag als »Gastlehrer« an die Klosterschule baten, für ein paar Stunden Englisch-Nachhilfe und eine Art Einsteigerkurs in Sachen westlicher Lebensstil. Die Mädchen seien besonders süß gewesen, meint Corinna lächelnd. Sie wollten von Eric unbedingt wissen, wie oft er und Corinna sich täglich küssten.

Burma, Birma, Myanmar – dieses Land hatte so viele verschiedene Gesichter! Die Freundlichkeit der Menschen, die Wärme, ihr Lachen. Atemberaubende Natur und wunderschöne alte Tempelanlagen. Aber leider auch eine Militärregierung, die das Volk unterdrückte, die jeden Ausländer überwachte, vom weltgrößten Drogenanbaugebiet profitierte und keine freie Meinungsäußerung zuließ. Als Tourist sah man umstellte Dörfer, die für westliche Augen hergerichtet wurden, man konnte und durfte sich nicht wirklich frei bewegen. Dabei hatte dieses Land reiche Felder, traumhafte Inseln im Indischen Ozean, Himalayagipfel. Es war frustrierend, dass sie gegen die Umstände dort nichts unternehmen konnten.

Mitte Februar verließen sie den Kontinent in Richtung Down Under. Sie hatte sich lange gesträubt, mit dem Argument, dass man sich Australien mit siebzig auch noch angucken konnte. Weil sie gern noch ein bisschen in Asien geblieben wären und im Flugzeug bereits Sehnsucht empfanden, kritzelten sie ein assoziatives Asien-Alphabet in Corinnas Tagebuch: a wie anders stand da. B wie Buddhas, klar. C wie Currys – lecker! D wie drängeln, das hatten sie vor allem in China immer wieder erlebt … Es endete mit u wie unvergesslich, V wie Verkehrschaos, W wie Wasserbüffel, von denen sie hunderte fotografiert hatten. X stand für Xmas in der Ferne – ungewohnt, aber o.k. Y für yes – die Allzweckwaffe der Asiaten, auch wenn sie no meinten – und schließlich Z für Zeremonien.

Sydney übertrifft alle ihre Erwartungen. Dabei waren sie zum ersten Mal ohne ihren »Lonely Planet« unterwegs, und Corinna hatte Befürchtungen, dass sie sich nicht zurechtfinden würden. Das Gegenteil war der Fall: In ihrem kleinen, lauschigen Hotel im Szeneviertel Darlinghurst fühlten sie sich das erste Mal seit ihrer Abreise so richtig heimisch. Sydney war die erste westliche Stadt seit Frankfurt, der Hafen roch nach Elbe, Darlinghurst erinnerte sie an Hamburg und die »Darlo Bar« unten im Hotel ein bisschen an ihre geliebte »Washington-Bar« zu Hause. Der Opernbesuch, für den sie eigens schicke Klamotten eingesteckt hatten, entpuppte sich als mittelschwere Enttäuschung: Für den Soweto Gospel Choir fühlten sie sich tatsächlich einen Tick zu jung. Umso amüsanter war der Ausklang des Abends mit Tom, einem alten Bekannten, der in Berlin studiert hatte, den sie spontan angerufen hatten und mit dem sie bis in die frühen Morgenstunden in Sydneys Nachtleben unterwegs waren. »In Sydney hätten wir bleiben können«, sagt Corinna. »Ehrlich. Da könnte ich leben.«

Als sie am 3. März auf dem internationalen Cook Island Flughafen landeten, waren bereits sechs Monate vergangen. Halbzeit für Corinna und Eric. Grund genug, eine Zeit lang Pause zu machen, sich aus ihrem Weltreise-Plan auszuklinken und Südsee-Feeling zu genießen. Sie wollten drei Wochen lang nur schöne Strände entdecken, stundenlang schnorcheln, ausgiebig sonnenbaden und gut essen. Das musste mal sein nach den Strapazen der Reiserei ... Auf der Insel gab es ein Guesthouse, das von einer Österreicherin und ihrem Mann Tauono geführt wurde. Deren Kochkünste seien einfach göttlich gewesen, schwärmt Corinna. An Wahu Fisch mit Mangochutney und Brotfrucht mit Süßkartoffeln konnten sie sich gar nicht satt essen.

Ihr nächstes Ziel war Neuseeland. Mittelerde. Per Campervan wollten sie das Land erkunden, dreißig Tage und Nächte auf fünf Quadratmetern. Eine echte Belastungsprobe für die Beziehung, denn in dem kleinen Wohnmobil sollten sie noch mal eine ganz neue Dimension von Nähe erfahren. Nach diesem Trip würden sie wirklich gar keine Geheimnisse mehr voreinander haben ... Dass das Gefährt schon knapp 300 000 Kilometer auf dem Buckel hatte, äußerlich auch nicht das schmuckste war und Dusche sowie Toilette im Freien lagen, machte die Sache nicht besser: Seit ihrer Ankunft regnete es in Strömen, und die Stimmung sank proportional zur Temperatur. Nach dem Motto »Das billigste Auto bedeutet noch lange nicht das schlechteste Essen« machten sie das Beste draus und kochten abwechselnd Krustentiere zu Weißwein und Steaks zu Kiwi-Bier. Corinna wurde zur Camping-Koch-Queen und Eric zum Spüler. »Man spricht Deutsch« in Reinkultur, lächelt sie. Die Hosen, die sie sich in Asien hatten günstig schneidern lassen, würden bestimmt bald nicht mehr passen.

Whale Watching in Kaikoura. Thermalquellen in Hamner Springs. Pinguin-Spotting in Oamaru. Neuseeland ist an Naturschönheiten nicht zu überbieten. Dann der Besuch bei Ned und Rosie, auf ihrer Farm in Warkworth. Das Kiwi-Ehepaar hatten sie in der Transsibirischen Eisenbahn kennen gelernt. Mit »Kommt vorbei, wenn ihr in der Nähe seid!« hatten sie sich verabschiedet. Also waren Corinna und Eric einfach hingefahren. Die Freunde staunten nicht schlecht, als sie es wirklich wahr machten! Was sie erwartete, war eine Woche Landleben pur. Kälberfüttern, Schafscheren, Steaks vom Grill – wunderbar entspannend, herrlich normal.

Corinna erinnert sich, dass sie die neuseeländische Landschaft als surreal empfand, so grün und saftig und perfekt sah hier alles aus. »Man fragt sich unwillkürlich, wann endlich die große Leinwand hochgezogen wird und der Abspann kommt! Aber es war alles echt!« Wander-Junkies könnten auf der Insel ganz bestimmt alt werden, meint sie rückblickend. Auch Camperfans kämen auf ihre Kosten – einsame Plätze gab es wie Sandfliegen am Meer. Aber für sie beide war Kiwiland nicht Abenteuer genug, vielleicht waren sie einfach zu jung, um sich nur an Landschaften zu ergötzen?

Es überraschte sie immer noch, dass es nicht öfter rumpelte zwischen ihnen beiden, sagt Corinna. Im Wohnmobil hätten sie ein paar Mal kurz davorgestanden zu streiten. Aber für solche Notfälle hatten sie vorgesorgt – mit einem eigenen Erste-Hilfe-Programm. Wenn sie aneinander gerieten und im Eifer des Gefechts getrennte Wege gingen, wollten sie sich genau eine Woche später an derselben Stelle wieder treffen. Bis dahin hätten sich die Gemüter beruhigt, und sie konnten vielleicht wieder zusammenfinden. Das war der Plan. Vernünftig, realistisch. Zum Glück kam es dazu nie.

Auf den Osterinseln empfingen sie Mystik und eine unglaubliche Einsamkeit. Sie waren auf der Isla de Pascua gelandet, hatten sich drei Tage für die weltbekannten Steinbüsten reserviert.

Von dort ging es weiter auf der Panamericana: Chile, Bolivien, Peru, Ecuador, Venezuela. »Das musst du sehen!«, sagt Corinna und startet die dazugehörige Bilderserie. Im Chevrolet-Pick-up fuhren sie über die Anden, 5000 Höhenmeter durch rotes Gebirgsgestein, durch saftig grüne Wiesen, weißen Schnee und an gelben, spuckenden Lamas vorbei. Man sieht Gauchos und ihre Pferde, Mate-Teetrinker in bunten Kleidern und Strickmützen, Tango-Tänzerinnen. Man sieht die chilenisch-bolivianische Grenze, eine einsame Bretterbude mitten im Nirgendwo, mit einer gelb-rot-grünen bolivianischen Flagge, die im kalten Wind flattert. Und man sieht Bergseen mit grün-blauem Wasser, rosa Flamingos, die im Abendlicht ihre Flügel spreizen, violette Sonnenuntergänge. Argentinien sei eines der schönsten Länder überhaupt gewesen, sagt sie. Dabei hatten sie Patagonien noch ausgespart. »Da wollen wir das nächste Mal hin! Dieses Land nimmt dich gefangen.«

Knapp vier Stunden später. Vor uns steht eine Batterie leerer Kaffeetassen und auf dem Bildschirm noch immer Fotos. Unzählige Menschen, traumhafte Landschaften, herrliche Strände, Palmen. »Wenn ich die Bilder jetzt sehe, kommt es mir vor, als wäre das alles gar nicht wirklich passiert.« Man müsse sich immer wieder sagen: Wir haben es wirklich getan. Wir waren da, wir haben nicht nur davon geredet. Aus diesem Gefühl könne man richtig Kraft schöpfen.

»Lass uns noch was trinken«, sagt sie. Eben hat ihr Handy geklingelt. Eine gute Freundin war dran, die unfreiwillig wieder Single ist und mit Corinna um die Häuser ziehen will, als Therapie gegen Liebeskummer. »Komm zu mir, dann kochen wir uns Pasta mit Pesto und gehen anschließend gemeinsam los, o.k.?«, redet sie auf die Freundin ein und, als sie aufgelegt hat, in meine Richtung: »Spaghetti machen glücklich. Ich habe zwar keinen großen Hunger, aber sie braucht das jetzt.« Es ist nicht zufällig dieselbe Freundin, die sie auch damals, vor ihrer großen Reise, nur ungern gehen lassen wollte. Die solche Angst hatte, dass Corinna sie allein ließ, weil sie dann niemanden mehr hatte, bei dem sie sich bei akutem Gefühlsstress ausweinen konnte. Natürlich sei sie für sie da, sagt Corinna. Das sei Ehrensache. Wenn es Freunden schlecht gehe, setze sie ihr Rotkreuzmützchen auf und sei sofort zur Stelle. Allerdings ... sie zögert, überlegt kurz. Sagt dann: »Seit der Reise sind die Probleme anderer nicht mehr das Wichtigste auf der Welt für mich. Ich helfe gern. Aber ich merke nun auch, wann es zu viel wird und wann es Zeit ist, mal was für mich zu tun.« Ehrlicher sei sie geworden, sie sage offener, was sie denke. »Wenn eine Freundin pausenlos Probleme mit Typen hat, muss ihr doch mal jemand klar machen, dass sie sich immer in die falschen Kerle verliebt – und besser nach einem anderen Typ Ausschau halten sollte, oder?« Früher hätte sie sich das nie getraut, aus typisch weiblicher Harmoniesucht und Angst, jemanden zu verletzen. Auch das habe die Reise mit ihr gemacht. Überhaupt sei sie cooler geworden, lässiger und großzügiger, sagt Corinna, und wenn man sie so erlebt, kann man sich kaum vorstellen, dass es je anders war. Über Kleinigkeiten wie die Schnecke an der grünen Ampel oder den unfreundlichen Kassenangestellten rege sie sich nicht mehr auf, es gebe wirklich Schlimmeres.

Und sie lächele mehr! Diese Entwicklung sehe man sogar auf den Fotos. Die ersten Wochen grinste sie gerade mal ein bisschen. Am Ende strahlte sie auf fast jedem Bild über beide Ohren. Das komme, wie vieles andere, auch auf einen zurück. Dass ihr Verhältnis zu Eric sich »verändert« hat, kann man am Ehering sehen: Ein Jahr nach der Rückkehr haben die beiden Weltreisenden geheiratet. Ganz stilecht im Maori Haus des Hamburger Völkerkundemuseums. Zwei Tage später gab's noch ein riesiges Gartenfest mit Tiki-Bar, einem Südsee- und Asia-Buffet und Live-Musik von Tobias Schacht, dem »Jungen mit der Gitarre«, dessen Hit »Meer sehen« sie unterwegs hunderte Male gehört hatten.

Für sie beide war die Weltreise der Schlüssel zum Glück. Ob das auch für andere Paare funktioniere, könne sie nicht einschätzen, sagt Corinna. Voraussetzung sei sehr viel Toleranz. Und Neugier auf den anderen! Dann sei so eine Reise das Tollste und Aufregendste, was man als Paar miteinander erleben könne. Denn: »Man lernt sich auf so einer Tour in- und auswendig kennen. Darum beneiden uns heute viele Freunde.« Eric und sie verstünden sich oft ohne viele Worte, seien in mehrfacher Hinsicht fast symbiotisch geworden. Vielleicht deshalb, weil sie unterwegs wirklich jede Kleinigkeit ausdiskutiert hätten, das tun sie bis heute. »Anders geht es nicht. Du musst dich voll auf den anderen verlassen können, auf Reisen noch mehr als zu Hause. Dazu musst du lernen, wie er tickt.« Dabei entdecke man natürlich auch eine Menge kleiner Eigenheiten, die man erst lieben lernen müsse, sagt sie. Ecken und Kanten, mit denen man sich abfinden müsse, weil man einen Menschen nun mal nicht ändern könne.

Ihr aber habe die gemeinsame Reise unmissverständlich gezeigt, dass Eric der Mann ist, mit dem sie alt werden will.

»Vielleicht ist es so gut gelaufen, weil wir nichts erwartet haben«, sagt Corinna. »Wer losfährt, um sich selbst zu finden, kann eine böse Bauchlandung erleben. Denn wo du auch hinfährst, du nimmst deine Geschichte mit.« Sie beide waren völlig offen, so konnten sie im Grunde nur positiv überrascht werden. Heute weiß sie, dass es im Leben nicht immer nur Schwarz oder Weiß, sondern auch ein Grau gibt, das absolut lebenswert ist. Und dass sie an jedem Ort der Welt leben kann, wenn Eric nur bei ihr ist. »Der eine lernt so etwas unterwegs. Ein anderer muss seinen Heimatort nie verlassen. Wir wollten ein Jahr lang frei sein. Andere kaufen sich für dasselbe Geld ein Haus oder ein neues Auto. Alles legitim. Das Wichtigste ist doch, dass du glücklich bist. Denn das perfekte Ich steckt in dir selbst.«

Regine

»Ich glaubte zu schwimmen. Aber nicht irgendwohin, sondern nur, um nicht unterzugehen.«

»Ich stehe nicht auf Männer.« Endlich war es raus. Robert scharwenzelte seit Tagen um sie herum. Machte anzügliche Bemerkungen, ließ nachts demonstrativ die Schlafzimmertür offen stehen. Regine hatte so getan, als ob sie seine plumpen Annäherungsversuche nicht bemerkte. Hatte weiterhin wie gewohnt mit ihm zu Abend gegessen, sich dann zeitig in ihr Zimmer zurückgezogen, um im Bett noch zu lesen, und dann gegen elf das Licht gelöscht. Als die Abfuhr kam, spielte er den Beleidigten, den zurückgewiesenen Liebhaber. Gab sich einsilbig oder ließ sich ganze Tage nicht zu Hause blicken. Als Regine auch darauf nicht reagierte, bat er sie auszuziehen. Also packte sie, setzte sich in den nächsten Bus nach Sydney und war sich ihrer Sache so sicher wie nie zuvor. Sie stand einfach nicht auf Männer.

Es hatte alles so unbeschwert angefangen. Sie hatten sich auf dem Red Centre Highway von Alice Springs zum Uluru, damals Ayers Rock, kennen gelernt. Robert, der Tischler aus Melbourne, sie, die Krankenschwester aus Hamburg, und Tanja, die Studentin aus München. Tanja und sie mochten sich auf Anhieb. Und Robert, damals Mitte vierzig, mochte sie beide. Zwei junge deutsche Frauen, ganz allein unterwegs. Am anderen Ende der Welt. Er fand das ausgesprochen mutig.

»Kommt doch für ein paar Tage mit zu mir nach Melbourne«, hatte er gesagt, nachdem sie eine Zeit lang zu dritt Richtung Süden gereist waren. Mit ausgedehnten Zwischenstopps, nur, um nicht Abschied nehmen zu müssen. »Ihr könnt für eine Weile bei mir wohnen. Wenn ihr Lust habt, machen wir eine Tour ins Outback; und ich zeige euch, wie die Menschen im Busch leben.« Warum eigentlich nicht? Das roch nach Abenteuer, und es war eine willkommene Abwechslung zur ewig gleichförmigen Busfahrerei. Robert konnten sie sich bedingungslos anvertrauen. Und Melbourne lag ohnehin auf ihrer Route. Sie würden einfach ein paar Tage später weiterfahren als geplant.

Regine, damals Mitte zwanzig, war selig, als sie ihr Zimmer bezog.

Nach sechs Monaten on the road war es eine Wohltat, mal wieder eine ganze Wohnung für sich zu haben! Tanja schlief im Zimmer nebenan, schrieb fleißig Tagebuch oder las auf einer Liege im Garten. Herrlich relaxt war das und wunderbar entspannend. Robert arbeitete mal hier, mal dort, ließ sich zwischendurch auf einen Snack zu Hause blicken, fuhr die jungen Frauen zum Baden an den Strand oder zum Bummeln in die Stadt.

Und er machte sein Versprechen wahr und nahm sie mit ins Outback. Die Tour führte sie Australiens berühmte Küstenstraße, die Great Ocean Road, entlang, an den Twelve Apostles vorbei mitten hinein in den Busch. Unterwegs hörten sie Bryan Ferrys »Don't Stop the Dance« so oft, bis sie jede Silbe mitsingen konnten, weil der Song so gut zu ihrer

Stimmung passte – und der Rest der Kassette erbärmlich eierte. Sie picknickten unter klarem Sternenhimmel, grillten süße Kartoffeln und Würstchen, tranken Dosenbier dazu und erzählten sich die Geschichte ihres Lebens. Hin und wieder hoppelte ein Wallaby vorbei und guckte neugierig zu ihnen herüber. Und weil es da draußen sicher massenhaft Spinnen gab und vielleicht sogar Schlangen, schliefen sie lieber zu dritt in Roberts Wagen als im Schlafsack auf dem Wüstenboden. Regine, die kleinste und zierlichste, lag in der Mitte.

Sie waren unzertrennlich, so, wie man das selten mit Menschen erlebte, die man noch nicht lange kannte, sagt Regine. Aber vielleicht hatte nur sie es so easy empfunden und Robert hatte sich die Sache von Anfang an anders vorgestelllt. Vielleicht hätte sie viel früher Klartext reden müssen. Aber dann durfte man ja mit gar keinem Mann mehr offen und ungezwungen umgehen. Dann müsste man doch immer Angst haben, dass er es in den falschen Hals bekam. Robert war nett, aber er war nun mal nicht ihr Typ.

Wir sitzen in einem Café in Zürich, trinken gespritzten Wein auf Eis und gucken auf die Limmat, die hinter großen Panoramafenstern in den Zürichsee mündet. Regine ist vor gut zehn Jahren aus ihrer Heimatstadt Hamburg in die Schweiz gezogen, hat als Krankenschwester am Unispital angefangen und arbeitet nun, seit gut fünf Jahren, im Aufwachraum der Privatklinik Hirslanden. Dort hat sie auch ihre jetzige Freundin Sonja kennen gelernt. Auf einem Spitalfest am Zürichsee sind sich die beiden näher gekommen. Seit drei Jahren wohnen sie zusammen, in Winterthur, wo

Sonja aufgewachsen ist und Familie hat, gut dreißig Kilometer östlich von Zürich. Regine und ich haben uns getroffen, um über Australien zu reden, wo sich für Regine die Welt veränderte.

Ihr Leben war ein einziges Chaos, als sie im Frühjahr 1989 Hamburg verließ, erzählt Regine. Dabei schien von außen betrachtet alles ganz normal. Sie hatte gerade ihre Ausbildung als Krankenschwester abgeschlossen und arbeitete in der Gefäßchirurgie in der Klinik Hamburg Blankenese. Und sie hatte einen Freund, Lars, zwei Jahre waren sie schon zusammen. Sie erzählt, dass sie sich wahnsinnig gern mochten und dass sie die Zeit mit ihm sehr genossen habe. Dass er tollen Humor hatte. Und wie sehr es ihr imponierte, wenn er sie einfach auf den Soziussitz seiner alten XT packte und mit ihr an die Nordsee fuhr. Ob es Liebe war? Sie weiß es nicht. Gleiches Lebensgefühl, gleiche Interessen und große Zuneigung. Das war ja schon eine ganze Menge. Durfte man mehr erwarten? Sie spürte, dass irgendwas fehlte. Dass sie sich nicht mit Haut und Haaren auf den Freund einließ und zumachte, wenn es um Sex ging. Aber so was ließ sich schließlich nicht erzwingen. Vielleicht brauchte sie einfach mehr Zeit. Dass ihr eine Schwesternkollegin ausgerechnet in dieser Zeit in ein paar irritierend-romantischen Nächten eine Ahnung davon vermittelte, dass Sex durchaus reizvoll sein konnte, machte die Sache nicht besser. Doch die Affäre hörte so schnell auf, wie sie begonnen hatte. Als hätte sie ein Buch aufgeschlagen und die Lektüre gleich wieder abgebrochen.

Sie suchte weiter, wonach, war ihr selbst nicht klar. Bis sie eines Tages auf einer Party Susanne kennen lernte, die als

Psychologiestudentin ganz neu in Hamburg war. »Es war nicht Liebe auf den ersten Blick«, erinnert sich Regine. »Aber Susanne hatte was, was ich klasse fand. Sie war so groß, blond und toll geschminkt. Ein überwältigender Typ.«

Irgendetwas zog sie zueinander hin. So unterschiedlich sie waren, so verschieden ihr Background und ihre Lebenswelt: Sie verstanden sich auf Anhieb und verlebten gemeinsam einen unvergesslichen Abend. Doch da war mehr als das, was man eine nette Fetenbekanntschaft nennt. Da war vor allen Dingen Neugier. Eine Neugier, die Regine in dieser Form nie zuvor gespürt und die sie Männern gegenüber so intensiv überhaupt noch nie erlebt hatte. Sie musste herausfinden, was dahinter steckte.

Als sie sich zum Abschied in den Arm nahmen, ein kleines bisschen länger und inniger, als es die Situation erforderte, und Susanne ihr dabei verschwörerisch zuflüsterte: »Treffen wir uns doch mal wieder!«, wusste Regine nicht, wohin mit ihrer Euphorie. Und als die neue Freundin ein paar Tage darauf tatsächlich in ihrer WG anrief, erst ihre Mitbewohnerin Nicole an der Strippe hatte, die keine Susanne kannte und mit viel sagendem Schmunzeln an Regine weitergab, war klar, dass das Interesse nicht einseitig war.

Nächstes Wochenende!, hatte Susanne gesagt. Komm doch zu mir, wir trinken gemütlich ein Glas Wein. Regine war einfach hingefahren und hatte sich draußen vor der Tür noch schnell die Lippen nachgezogen. Sie hatte keine Ahnung, was sie erwartete. Aber was es auch war: Sie wollte dafür auf alle Fälle gut aussehen.

Susanne öffnete, perfekt gestylt, noch schöner als am ersten Abend. So, als ob sie jeden Moment ausgehen wollte.

Sie bat sie in die Wohnung, kochte Tee und setzte sich zu ihr aufs Sofa. Alles war völlig unverfänglich, absolut harmlos. Zwei Freundinnen beim Kaffeekränzchen. Bis die Situation kippte. Ein Blick, eine flüchtige Berührung, dann der Kuss. Sehr lange. Sehr zärtlich. Sehr intensiv.

Ein Kuss, der Regine die Welt eröffnete.

Sie ließ es geschehen, ließ sich fallen. Und blieb, als hätte sie nie etwas anderes gemacht, die ganze Nacht in Susannes Armen liegen. Sie wussten nicht, was sie da taten, hatten das beide nicht geplant. Erst am nächsten Morgen realisierten sie, in was für einer verzwickten Lage sie steckten. Susannes Freund konnte jeden Moment vor der Tür stehen …

Sie verabschieden sich, ohne sich neu zu verabreden. Dazu waren sie beide viel zu verwirrt. Was Regine anging, so hatte ihr der überwältigende Kuss und die atemberaubende gemeinsame Nacht alle Sinne geraubt. War sie verliebt?, fragte sie sich. Sie kannten einander doch kaum. Und es war doch alles viel zu kompliziert. Susanne hatte Eduard, sie hatte Lars. Vielleicht musste man nur etwas Geduld haben, und alles regelte sich von allein. Doch dazu waren sie schon einen Schritt zu weit gegangen. Sie hatten etwas losgetreten, das sie nun nicht mehr aufhalten konnten.

Geschichten, Lügen und Heimlichkeiten sollten für die nächste Zeit die Regel werden. Verschwörerische Treffen, verletzende Szenen und leidenschaftliche Nächte wirbelten ihre Leben gehörig durcheinader. Susanne. Eduard. Lars. Regine. Alle zerrten aneinander herum. Keiner wollte nachgeben, keiner zurückstecken. Und jeder glaubte, mit seinen Ansprüchen Recht zu haben.

Es sei ein fürchterliches Tohuwabohu gewesen, erinnert

sich Regine, und man merkt, dass sie Jahre brauchte, um so locker über all das reden zu können. »Ich war abwechselnd hocheuphorisch, todtraurig, überglücklich und völlig verzweifelt.«

Wann genau die Idee mit der Reise aufkam, kann sie nicht mehr mit absoluter Sicherheit sagen. Sie weiß nur, dass sie eines Nachts mit Nicole im Kino einen »Bounty«-Werbespot sah. Palmen, Sonne, Strand und Meer. Attraktive Menschen, gute Musik, sorglose Leichtigkeit. Kein Stress, kein Alltag, kein nerviges Hin und Her. Das musste das Paradies sein. Aus einer Weinlaune heraus machen die WG-Partnerinnen einen Deal. Sie wollten zusammen verreisen, und zwar genau dorthin. Und ohne zu wissen, wie es mit Lars, Susanne und Eduard weitergehen sollte, buchte Regine am folgenden Morgen zwei Round-the-World-Tickets. Südsee, Fidji, Neuseeland, Australien. Regine wollte weg, und Nicole wollte mit. »Ich wusste, das alles war völlig verrückt. Aber ich wusste auch, dass es so nicht weitergehen konnte. Wenn ich blieb, wo ich war, würde das Gezerre ewig weitergehen. Nur ein Perspektivenwechsel konnte noch Klarheit schaffen.«

Dass die Nachricht von ihrer großen Fahrt im Familien- und Freundeskreis einschlug wie eine Bombe, verbuchte Regine als Bestätigung dafür, dass ihre Entscheidung richtig war. Keiner konnte sich für irgendetwas entscheiden, alles war in der Schwebe. Nun hatte sie wenigstens in einem Punkt Fakten geschaffen. Nur für sich, nur für ihr Leben. Aber das war ja auch schon Verantwortung genug. Sie wollte niemandem mehr was vormachen, und sie wollte sich auch nichts mehr vormachen lassen. Für diese Art Leben war sie sich zu schade. Sie hatte das Gefühl zu schwimmen – aber nicht irgendwohin, sondern nur, um nicht unterzugehen. Was sie brauchte, war ein Ziel. Aber das konnte ihr in der Situation niemand bieten. Sie musste es selbst finden.

Einmal im Leben eine andere sein. Vielleicht war das möglich, wo niemand sie, ihr Umfeld, ihr Vorleben kannte. Sich ausprobieren, völlig anders auftreten, testen, wie sie ankam, das reizte sie. Wie es sich wohl anfühlte, wenn sie auf die typische Backpacker-Frage: »Hast du einen Freund?« mit »Nein, ich habe eine Freundin« antwortete? Vielleicht war sie naiv, vielleicht spielte das alles überhaupt keine Rolle. Aber Regine brauchte diese Art Mutprobe, diesen »Alltagstest«, um sicher zu sein. Sicher zu werden! Nicht für Susanne, nicht für oder gegen Lars, sondern für sich selbst. Dafür konnte sie gar nicht weit genug weg sein von zu Hause.

Der Abschied von Susanne fiel leichter als erwartet. Regine wusste, dass sie diese Frau liebte. Und Susanne liebte sie auch. Aber so konnten sie nicht zusammen sein. Vielleicht mussten sie sich trennen, um zu spüren, was sie wirklich aneinander hatten. Regine war bereit, sich auf das Experiment einzulassen.

»Die Leichtigkeit der ersten Wochen tat mir unglaublich gut«, schwärmt Regine von der Aufbruchsstimmung, die sie unterwegs umfing. Südsee, Fidji, Neuseeland, Australien. Das alles lag vor ihr, wie bestellt, um von ihr ganz allein entdeckt zu werden. Wie erfrischend es war, in diese Welt einzutauchen! Wie erleichternd, zu spüren, dass sich jenseits ihrer persönlichen Probleme noch ein Alternativ-Leben abspielte, an dem man einfach teilhaben konnte, ohne ein schlechtes Gewissen zu haben.

Das Zweiergespann zerbrach zur Halbzeit. Nicole und sie waren so ein eingespieltes Team, sie konnten zusammen so viel Spaß haben, und sie kannten einander unglaublich gut. Trotzdem förderte diese Reise Züge zutage, die sie aneinander noch nicht kannten und die sie auch nicht intensiver kennen lernen wollten. Regine spürte, dass sie mehr Raum für sich brauchte. Also trennten sie sich in Cairns und verabredeten sich für zwei Monate später wieder. Same time, same place. »Dann habe ich mir ein Greyhound-Ticket gekauft, mich in den Bus gesetzt und bin bis nach Alice Springs gefahren.«

Es habe Momente gegeben, da konnte sie es kaum aushalten vor Heimweh, erinnert sich die junge Frau. Sie sehnte sich nach Susanne, nach Lars, nach ihrer Familie. Gleichzeitig erlebte sie jedoch so viele schöne, neue Dinge, dass sie zeitweise gar nicht an Deutschland dachte. Je näher die Rückkehr kam, desto öfter kam ihr in den Sinn, wie es wohl sein würde, wenn sie wieder nach Hause käme. Wie würde es sein, Susanne nach so langer Zeit wieder zu sehen? Was würde sie dabei empfinden, Lars zu treffen? Sie hatten kaum voneinander gehört in all den Monaten. E-Mails gab es noch nicht, Post war umständlich, so viel, wie sie unterwegs war, und Telefon teuer.

Als sie im Dezember 1989 wieder in Altona ankam, waren alle da. Lars, ihre Zwillingsschwester Bettina, ihre Mutter, gute Freunde. Alle, bis auf Susanne. Regine war erleichtert. »In dem Moment hätte mich das komplett überfordert.« Das Willkommensgrüppchen fuhr geschlossen zu Lars, wo Regine bei Kaffee und Kuchen versuchte, von ihrer großen Reise zu erzählen. Aber die nötige Ruhe dazu wollte nicht aufkommen. Sie sollte auch in den folgenden Wochen und Monaten nicht aufkommen. Denn hier in Hamburg war alles wie immer. Nichts hatte sich verändert, außer der Jahreszeit. Und Regine, die so viel über sich nachgedacht hatte in den vergangenen Monaten, die so viel erlebt, sich so verändert hatte, fühlte sich ein bisschen wie auf dem falschen Stern. Irgendwie kam ihr das vertraute Leben plötzlich mehr als oberflächlich vor. Man kannte sich eine Ewigkeit, mochte sich wirklich. Aber die Vertrautheit, die sie auf Reisen mit oft wildfremden Menschen erlebt hatte, kam nie mehr auf.

Unterwegs hatte sie sich anders unterhalten. Klar: Man hatte oft nur einen Abend, vielleicht noch ein, zwei weitere. Da kapierte man schnell, dass man umso mehr voneinander hatte, je mehr man von sich preisgab. Darüber hinaus hatte Regine jedoch auch noch andere Dinge entdeckt, die sie überraschten. Allein unterwegs hatte sie bemerkt, dass sie gar nicht so harmoniebedürftig war, wie sie das immer geglaubt hatte. Die reisende Regine war bedeutend mutiger, stand zu ihren Wünschen und blieb bei ihren Entscheidungen. Auch wenn sie damit nicht Everybody's Darling war. Auf der anderen Seite erlebte sie eine völlig neue Dimension von Toleranz. Sie hatte sich Leuten angeschlossen, die sie daheim in Hamburg nicht mit der Zange angefasst hätte. Auf Reisen waren sie die besten Kumpels. Wenn sie müde war, konnte sie überall schlafen, wenn sie Hunger hatte, war sie mit kalten Ravioli und Marshmallow-Keksen zufrieden. Sie war eine starke, selbstbewusste Frau, die so schnell nichts umblies. Dachte sie. Bis Susanne ihr eröffnete, dass sie einen anderen hatte. Sie hatte erst ein paar Tage nach deren Rückkehr Zeit für Regine gefunden, und sie dann gleich mit auf eine Party geschleift. Stück für Stück schwammen Regine alle Hoffnungen wie Felle davon. Dort erlebte sie live, was sich in all den Monaten getan hatte. Lars knutschte in einer Ecke mit einem Mädchen herum. Susanne klebte an Paul, ihrem neuen Freund. Und Regine verstand die Welt nicht mehr.

Sie fühlte sich wie im freien Fall. Und um die Irritation perfekt zu machen, verknallte sie sich aus dem Stand in das Geburtstagskind oder er sich in sie. Jens war ein witziger Typ, genau das, was sie an dem Abend der Hiobsbotschaften brauchte. Regine wollte das Risiko eingehen und es mit ihm versuchen. Vielleicht war er ja die Lösung all ihrer Probleme? Sie war in all den Monaten ja auch ein neuer Mensch geworden. Doch so entschlossen sie beide waren und so spontan begeistert voneinander, Erotik wollte nicht recht aufkommen zwischen ihnen, an jenem Abend nicht und die Wochen und Monate darauf auch nicht. Sie habe ihn nicht glücklich gemacht, und er konnte sie nicht richtig glücklich machen, sagt Regine. Sie hatte immer wieder gemerkt, dass ihre Männer-Beziehungen umso komplizierter wurden, je mehr die Männer von ihr wollten. Auch diesmal war es so; irgendwann ging einfach die Leichtigkeit, das Unbeschwerte, das kindlich Vergnügte an der Sache verloren. Vielleicht kam das mit Männern einfach nicht auf.

Regine und Jens, Susanne und Paul. Die Karten waren neu gemischt. Und doch war nicht alles anders. Denn die Situation war längst nicht so stabil, wie sie nach außen hin aussah. Das Schicksal, so schien es, hatte mit Susanne und Regine noch nicht abgeschlossen. Und wenngleich sich die unbändige Anziehung des ersten Abends ein wenig verflüchtigt hatte, so konnten die beiden Frauen doch nicht voneinander lassen.

Nach außen hin wurde aus den beiden Paaren ein eingeschworenes Vierergespann. Doch das Idyll der gemeinsamen Billardabende, der romantischen Essen, der ausgelassenen Ausflüge zu viert war äußerst trügerisch. Regine und Susanne wussten, dass sie nicht das Beste aus beiden Welten haben konnten. Und doch genossen sie jeden Augenblick des erotischen Ausnahmezustands wie einen Tanz auf dem Vulkan. Vielleicht brauchten sie die Jungs, um einen Fuß in der Normalität zu behalten, mutmaßt Regine heute. Vielleicht brauchten sie den schönen Schein, um weiter funktionieren zu können. Vielleicht hatten sie auch einfach nur Schiss vor der Endgültigkeit einer Entscheidung.

Ohne dass es je zum Streit gekommen wäre, dividierten sie sich immer weiter auseinander. Man traf sich weiterhin, aber die Paare waren irgendwann nicht mehr auszumachen. Wer gehörte zu wem? Wer liebte wen? Sie wussten es selbst nicht. Und eines Tages standen Regine und Susanne ganz allein da; so, wie Regine es sich in ihren Träumen immer ausgemalt hatte. Susanne und sie wurden tatsächlich ein Paar. Regine konnte ihr Glück kaum fassen, das alles war wie ein Rausch für sie. Sie lebte auf, weil sie mit Susanne lebte. Und sackte in sich zusammen, wenn sie sie nicht bei sich hatte. Für Regine war es Liebe. Bedingungslos. Doch die Freundin war sich ihrer Sache nicht ganz so sicher.

»Drei Jahre ging es gut«, erzählt Regine, und man ahnt, dass die Romanze kein Happyend hatte. »Dann hat Susanne sich wieder in einen Mann verliebt. Alex – mit dem ist sie bis heute zusammen.« Susanne, ihre erste große Liebe, die nie ganz aus ihrem Leben verschwunden ist, habe immer alles gewollt, sagt sie. Selbst dann noch, als die Karten längst auf dem Tisch lagen und sie faktisch schon mit Alex zusammen war. Regine hätte alles für sie getan. Aber zu dritt konnten sie nicht glücklich werden. Dafür bedeutete ihr das alles viel zu viel. Sie hatte zu lange gewartet, ehe es endlich was wurde mit ihnen beiden. Also ging sie. Traurig, geschlagen.

Das Fachabitur betäubte den Trennungsschmerz. An den Wochenenden jobbte sie bei einer Zeitarbeitsfirma, um ihren Lebensunterhalt zu verdienen. Ein guter Freund am Hafenkrankenhaus gab ihr den Tipp, sich in der Schweiz zu bewerben. Regine überlegte nicht lange, fuhr mit ihrer Zwillingsschwester nach Zürich zum Vorstellungsgespräch und bekam prompt eine Stelle am Unispital. Ein Ortswechsel war genau das, was sie brauchte, um auf andere Gedanken zu kommen. Die erste Zeit sei nicht leicht gewesen, erinnert sie sich und lächelt darüber, dass sie noch nicht mal wusste, was eine Stange Bier, ein Gipfeli oder ein Dezi Wein war. Aber sie fühlte sich gleich willkommen an der Limmat, irgendwie erinnerte sie das Flair ein bisschen an Hamburg.

Sie sei wirklich glücklich hier, sagt sie. Und man merkt ihr an, dass sie endlich angekommen ist in dem Leben, das zu ihr passt. »Wer weiß? Im Herzen bin ich vielleicht schon fast so etwas wie eine Schweizerin.« Wie zum Beweis streckt sie die dicken Bergstiefel unterm Tisch aus. »Da kommt Sonja!«, ruft Regine da und springt auf. Eine hübsche Brünette betritt das Lokal, guckt sich kurz um, marschiert auf uns zu. Breites Lächeln. Küsschen links, rechts, links – nach Art der Schweizer. »Grüezi, seid ihr fertig?«

»Ist sie nicht wunderbar?«, sagt Regine, als Sonja kurz zum Händewaschen im Keller verschwindet. »Sie ist ein ganz anderer Typ als Susanne, weißt du? Ich möchte die beiden auch nicht miteinander vergleichen. So wie ich jetzt lebe, so möchte ich leben. Sonja ist die Frau, mit der ich zusammen sein will.«

Katarina

»Heute ist ein schöner Tag, ein Tag zum Gewinnen!«

Katarina hat so eine Ahnung. Irgendetwas stimmt nicht. Sonst benimmt Sascha sich ganz anders, auch wenn ihr Ehemann noch nie einer der Herzlichsten gewesen ist. Aber als sie ihn abends, nach seinem Golfturnier, im Hotelzimmer erreicht, ist er distanziert und kühl wie nie. Komm nach Hause, bittet sie ihn. Ich brauche dich hier. Nein, sagt er nur. Keine Zeit. Ich will auf dem Rückweg nach Slowenien noch ein paar Plätze in Österreich spielen.

Instinktiv weiß sie, dass sie nur eins und eins zusammenzuzählen braucht. Es ist zu offensichtlich, ein Wunder, dass sie nicht früher darauf gekommen ist. Ihr Ehemann hat eine Affäre. Ohne bewusst danach zu suchen, fallen ihr auf einmal alle möglichen Beweisstücke in die Hände. Zwei gebrauchte Kinokarten in seiner Jackentasche. Eine mysteriöse Rechnung von einem Juwelier – sie hat seit Ewigkeiten kein Geschenk von ihm bekommen. Und, am auffälligsten: Sascha geht in letzter Zeit überraschend oft aus.

Katarina ahnt sogar, wer es ist, und das versetzt sie umso mehr in Rage: eine Golf-Schülerin von Sascha, Schauspielerin von Beruf. Eine, die wie er, Sloweniens bester Golfer, regelmäßig in den Klatschspalten auftaucht, weil sie keine gute Party auslässt.

Als Sascha Tage später nach Hause kommt, schickt Katarina ihre fünfjährige Tochter Eva ins Bett und konfrontiert den Heimkehrer mit ihrer Vermutung. Sascha druckst herum, streitet alles ab. Feigling!, sagt Katarina. Es ist doch längst alles raus. – Also gut. Dann weißt du's jetzt. Dann kann ich ja gehen. Und so wie er gekommen ist, verschwindet er auch gleich wieder.

In den darauf folgenden Wochen erlebt die junge Mutter die Hölle auf Erden. Sascha lässt sich kaum noch blicken, verbringt jede freie Minute mit seiner neuen Freundin. Was soll sie nur tun? Was der kleinen Tochter erzählen, warum ihr Vater sich nicht mehr blicken lässt? Nach dem ersten Schreck beschließt sie zu kämpfen. Für ihre Ehe, ihre Familie, ihren Mann. Wenn sie es nur entschlossen genug versucht, wird sie Sascha zurückgewinnen, da ist sie sich ganz sicher. Sie haben doch schon so manche Hürde genommen, eine ganze Menge großer und kleinerer Krisen gemeinsam überstanden. Doch ellenlange Briefe, in denen sie ihm ihre Liebe offenbart, endlose Telefongespräche, in denen sie ihn anfleht zurückzukommen oder Treffen, in denen heftig diskutiert und nicht nur ein Teller zerschmissen wird – nichts kann den untreuen Ehemann umstimmen. Er pflegt seine Affäre – und nun, da sie alles weiß, völlig ungeniert.

In ihrer Verzweiflung konsultiert Katarina eine Anwältin. Schildert ihr, was passiert ist, und bittet die Juristin um Rat. Sehen Sie zu, dass Sie an Geld kommen!, beschwört diese sie. Katarina hatte noch gar nicht darüber nachgedacht, dass das Problem existenziell für sie werden könnte. Sie muss handeln, sich und ihrer Tochter ein Auskommen sichern. Wer weiß schon, wie lange sie noch mit Sascha rechnen kann? Obwohl sie sich wie eine Verbrecherin fühlt, als sie noch am gleichen Tag zur Bank marschiert und etwas mehr als 20 000 DM auf ein geheimes Konto transferiert, geht es ihr danach schon deutlich besser.

Sascha tobt, als er die Sache herausfindet. Was ihr einfällt, schreit er sie an. Sie solle sich nicht so anstellen! Er komme doch immer wieder zu ihr zurück. Sie will ihm ja nur zu gern glauben. Also reißt sie sich zusammen. Schluckt ihre Traurigkeit und den Ärger herunter und hofft auf ein Wunder. Ein paar Tage später dann, nachts im Auto, der endgültige Eklat. Sascha und Katarina kommen von einem gemeinsamen »Pflichttermin«. Katarina will die Chance nutzen und noch einmal mit ihrem Mann reden. Doch sie verliert die Kontrolle, beginnt zu weinen. Was willst du denn, ich kann dir nicht helfen, sagt Sascha kalt. Ich liebe diese Frau mehr, als ich dich je geliebt habe. Das ist zu viel. Katarina holt aus und schlägt ihm ins Gesicht, mit der ganzen geballten Wucht ihrer Wut. »Das war das Ende«, erinnert sie sich. »Daraufhin hat er seinen Ehering weggeschmissen, meinen letzten Brief aus der Tasche geholt und ihn vor meinen Augen zerrissen und zerstampft. Dann ist er endgültig zu ihr gegangen.«

Sie will auf keinen Fall zu Hause bleiben in dieser Nacht und allein vor den Scherben ihrer gescheiterten Beziehung sitzen. Also packt sie Eva ins Auto und fährt zu einer Freundin. Weinen kann sie nicht. Aber es tut gut, Druck abzulassen und sich auszusprechen. Am folgenden Morgen sucht sie sich übers Telefonbuch eine Therapeutin. Vielleicht kann die ein bisschen Klarheit in das emotionale Durcheinander bringen. Sie kann. Als Katarina die Praxis verlässt, ist ihr klar: Es gibt kein Zurück. Willst du diesen Mann oder nicht?, hatte die Psychologin gefragt. Sie muss jetzt ehrlich sein, es geht um nicht weniger als ihr Leben. Bis vor zwei Tagen hätte sie noch ohne zu zögern »Ja, ich will ihn!« gesagt, weil sie mit Sascha und nur mit ihm ihre Zukunft verbringen wollte. Doch nun lautet ihre Antwort Nein. Wie sehr hat sie sich in den letzten Wochen und Monaten erniedrigt, nur damit er bei ihr blieb. Und wie sinnlos ist alles gewesen. Sascha hat offenbar mit allem abgeschlossen, er will ihre Ehe nicht mehr, da kann sie sich noch so ins Zeug legen. Es ist aus, vorbei. Für immer.

Und was jetzt? Katarina kauft sich einen Berg Lebenshilfe-Bücher, darunter den Bestseller »Wenn Frauen zu sehr lieben«. Sie liest ganze Tage und Nächte durch, um nur ja nicht melancholisch zu werden. Wenn sie zwischendurch doch mal die Traurigkeit übermannt und auch ein bisschen Selbstmitleid, dann denkt sie an ihre Therapeutin. »Sei froh, dass es so gekommen ist. Lieber ein Ende mit Schrecken als ein Schrecken ohne Ende. Diese Ehe wäre noch ein Albtraum geworden. Du wärst krank geworden mit dem Mann.«

Weil Katarina Tapetenwechsel dringend braucht und weil da niemand mehr ist, der sie zurückhält, fliegt sie im November 1996 spontan nach Südafrika. In George, ungefähr 400 Kilometer nördlich von Kapstadt, findet ein großes Golfturnier statt. In Slowenien hatte sie sich für das Weltfinale qualifiziert. Sascha hatte sie jedoch überredet, nicht hinzufahren. Zu teuer, hatte er gesagt, du findest nie einen Sponsor. Da war natürlich was dran, so bekannt war sie noch nicht mit ihrem 13er Handicap. Aber es kam ihr auch so vor, als ob ein bisschen Neid dahinter steckte: Ihr Mann hasste es, wenn sie mehr Erfolg hatte als er. Er hatte immer Angst, sie könne ihm die Show stehlen ... Darauf muss sie nun keine Rücksicht mehr nehmen. Sie packt ein paar Sachen zusammen, bringt Eva zu ihrer Mutter, die auf ihre kleine Tochter aufpassen wird, und bricht auf.

Die Reise ist beschwerlicher als erwartet. Ihr Flug führt über London nach Johannesburg, dort haben sie noch einmal ein paar Stunden Aufenthalt, bevor sie eine kleine Inlandmaschine nach George bekommen. Etwa hundert müde Golf-Finalisten marschieren über das Rollfeld. Dazu kommen etwa noch mal so viele Tennisspieler aus aller Welt. Mitten unter ihnen fällt Katarina ein smarter Anfang Dreißiger auf, dunkelhaarig, sportlich und sehr elegant in Anzug und Polohemd. Mit seinem breiten Lächeln sieht er aus wie ein Amerikaner auf Urlaub, denkt sie bei sich. Da strahlt er sie durch die Menge hindurch unvermittelt an. Katarina guckt sich irritiert um, und weil da niemand mehr steht, lächelt sie zaghaft zurück.

Im Hotelzimmer findet sie auf ihrem Bett eine Fax-Nachricht. Ich habe einen großen Fehler gemacht. Bitte lass uns reden. Katarinas Herz klopft etwas schneller. Sascha. Um Gottes willen. Hat er sich von der Schauspielerin getrennt? Wird am Ende vielleicht doch noch alles gut? Werd jetzt nicht sentimental, ermahnt sie sich und schluckt schnell das Fünkchen Optimismus herunter. Trotzdem, ein paar Zeilen können nicht schaden. Die Nachricht hat ihn sicher einige Überwindung gekostet, da darf sie sich nicht tot stellen. O.k., lass uns reden. Ich bin in vier Tagen zurück. Kuss, Katarina.

Von der Rezeption faxt sie das beidseitig bekritzelte DIN-A4-Blatt nach Bled in Slowenien, wo Sascha als Pro und Trainer der slowenischen Golf-Mannschaft arbeitet. Dann geht sie essen. Sie kann nicht ahnen, dass ihr Fax irgendwo im Äther stecken bleibt und verloren geht. Ihre kurze, aber ernst gemeinte Versöhnungsgeste kommt nie bei Sascha an.

Wenig später, im Speisesaal. Da staunt sie nicht schlecht, wer die Begrüßungsrede hält: Es ist derselbe, der sie auf dem Flugplatz so süß angelächelt hat. Wie er erzählt, ist er durch einen tragischen Zufall Turnierleiter geworden: Sein Vorgänger ist beim Location Check in Südafrika vor ein paar Wochen tödlich verunglückt. Man suchte schnell Ersatz, kam spontan auf ihn, weil er ein echtes Kommunikationstalent ist, und schickte ihn umgehend von seinem damaligen Standort in den USA nach Südafrika. Der Mann gefällt Katarina, ohne Zweifel. Aber weiter denkt sie nicht. Ihre Therapeutin hat ihr von Männerbekanntschaften dringend abgeraten. Nimm dir Zeit!, hatte sie gesagt. Du brauchst mindestens zwei Jahre, um deine Trennung zu verarbeiten und wieder zu dir zu kommen. Alles andere wäre Blödsinn.

Doch das Schicksal hat offenbar anderes mit ihr vor. Zunächst regnet es. Tagelang, wie aus Kübeln. Der Golfplatz von George versinkt nur so im Matsch, an ein Turnier ist nicht zu denken. Also lassen es sich die zweihundert Sportler mit gutem Essen, leckeren Drinks und netten Unterhaltungen im Hotel gut gehen. Man macht Ausflüge in die Gegend, redet über das Wetter, hofft auf baldige Besserung – und trinkt weiter. Am zweiten Abend, es muss irgendwann zwischen dem vierten und dem fünften Caipirinha sein, kommt Katarina auch mit Thomas, dem charmanten Turnierleiter, ins Gespräch. Sie sitzen an der Bar, reden über dies und das, flirten ein bisschen. Sie muss kein schlechtes Gewissen haben, dass sie ihn so lange mit Beschlag belegt: Es ist Thomas' Job, die Sportler bei Laune zu halten. Schließlich bleibt er den ganzen Abend bei ihr sitzen. Man rutscht sich immer näher, bis kaum mehr ein Blatt Papier dazwischen passt. Dann, plötzlich und für beide unerwartet, küsst sie ihn. »Es war einfach magisch. Ein Kuss, so innig und intensiv, wie ich es nie zuvor bei einem Mann gespürt hatte. Irgendwas hat mich unbändig zu ihm hingezogen. Ich war wie elektrisiert.« Morgen wird die Sonne scheinen, sagt er und lächelt ein bisschen dämlich, weil dies eine der wenigen Situationen ist, die selbst jemanden wie ihn sprachlos machen. Zu dumm, ich habe keine Sonnencreme dabei, meint sie darauf. Kannst gern meine haben, komm doch noch kurz mit, ich gebe sie dir. Und weil sie ein bisschen betrunken ist und aufgeregt und verlegen und alles zusammen, geht sie mit und verbringt die Nacht mit ihm.

Als sie aufwacht, fühlt sie sich todmüde, hat einen schrecklichen Hangover. Trotzdem ging es ihr noch nie besser als in seinen Armen! Die Sonne blinzelt ihr ins Gesicht, draußen hört man schon die ersten Spieler. Das Turnier hat begonnen, das Wetter hat tatsächlich umgeschlagen. »Heute ist ein schöner Tag, ein Tag zum Gewinnen!«, scherzt sie beim Anziehen. Viel Zeit hat sie nicht, bis zu ihrem Abschlag um elf Uhr bleibt ihr gerade mal eine knappe halbe Stunde. Thomas döst noch. Als sie ihn zum Abschied zärtlich auf die Wange küsst, lächelt er müde. Ich muss los. Drück mir die Daumen ... Na klar, viel Glück!, ruft er ihr verschlafen hinterher.

»Die ersten drei Löcher waren eine absolute Katastrophe«, weiß Katarina noch wie heute. »Nichts klappte. Ich spielte wie der letzte Mensch. Kein Wunder. Ich hatte kaum ein Auge zugemacht, mir war kotzübel, und meine Gedanken kreisten irgendwo umher, nur nicht auf diesem Platz.« Ihre Flight-Gefährtinnen beobachten misstrauisch, wie sie sich von Schlag zu Schlag hangelt, Punkt für Punkt verliert. Und weil sie es den beiden zeigen will, mit ihrem First Class Equipment und der aufgesetzten Meistergolfer-Attitüde, erwacht ihr Kampfgeist. Jetzt bist du schon hier, jetzt machst du auch das Beste draus, sagt sie sich. Irgendwie, sie weiß nicht mehr wie, mobilisiert sie all ihre Konzentration, kehrt sie noch im selben Spiel zu ihrer alten Form zurück – und gewinnt.

Szenenapplaus, als sie abends zum Galadinner erscheint. Es hat sich herumgesprochen: Katarina, die Außenseiterin aus Slowenien, hat tatsächlich den ersten Platz gemacht! Im tief ausgeschnittenen roten Ballkleid spaziert sie auf die Bühne, nimmt von Thomas, dem Turnierleiter, den Pokal entgegen und küsst den verdutzten Geliebten auf den Mund – aus lauter Übermut ein klein bisschen länger, als es die Situation erlaubt. Bei der darauf folgenden Siegesfeier gibt Tom den perfekten Gastgeber: hofiert sie, die Siegerin, nach allen Regeln der Kunst, verschafft dem slowenischen Team den besten Tisch und setzt sich neben Katarina. »Ich hab dich natürlich gedopt«, flüstert er Katarina ins Ohr. »Im Grunde müsste man dich disqualifizieren …« Dafür bekommt er noch einen Kuss, egal, was alle anderen denken. Sie essen, sie reden, sie lachen und tanzen. Und würden an jenem Abend am liebsten die Zeit anhalten.

Thomas schläft noch tief und fest, als Katarina am nächsten Morgen in aller Herrgottsfrühe zum Flughafen aufbricht. Sein Geschenk vom Abend zuvor hat sie gleich in ihrer Handtasche verschwinden lassen: ein Schnappschuss aus den USA – Tom mit der olympischen Fackel in der Hand. Im Taxi zum Airport holt sie das Bild hervor und liest noch einmal die zwei Worte auf der Rückseite, spontan mit Kuli hingekritzelt, zwischen Hauptgang und Dessert: Love, Tom. Darunter die Handynummer. Meld dich doch mal!, hat er dazu gesagt. Und Katarina insistierte nicht weiter. In der Welt, aus der er kommt, bedeutete »Love« so viel wie »Guten Tag«. So viel hat sie verstanden. Gut möglich, dass das, was ihr zwei unvergessliche Nächte lang den Boden unter den Füßen weggezogen hat, für ihn nichts als ein Abenteuer war – auch wenn für sie der 22. November ab jetzt ein ganz besonderes Datum sein wird. Andererseits: Sie hat nichts zu verlieren. Warum ruft sie ihn nicht einfach an und lädt ihn zu einer Party ein? In Johannesburg findet sie einen Fernsprecher, holt sein Foto hervor und wählt. Herzklopfen. Sie erwischt Thomas auf einem Termin. Ich gebe bei mir zu Hause noch eine kleine Siegesfeier, improvisiert sie. Komm doch auch. Er verspricht, es sich zu überlegen.

In den folgenden Tagen fühlt sie sich wie ein Teenager mit Liebeskummer. Nach außen hin scheint alles wie immer. Da ist Eva, da sind ihre Eltern, ihr Job. Ein Leben, das etwas aus den Fugen geraten, aber bei allem Gefühlschaos doch noch einigermaßen übersichtlich war. Nun, da Thomas alles durcheinander gewirbelt hat, fühlt sie sich wie auf Dope. Sie ist verliebt – so verliebt, wie sie sich nicht erinnern kann, es je gewesen zu sein. Und sie kann nicht aufhören, an den Geliebten zu denken. Katarina träumt davon, wie er sie anfasst, wie sie sich lieben, mal ganz zärtlich und liebevoll, mal stürmisch, leidenschaftlich, besinnungslos. Er ist nicht da, und doch ist er überall. Dass er sich nicht meldet, ist wie eine Folter.

Tage später, es fühlt sich an wie eine halbe Ewigkeit, ruft er endlich an. Du willst immer noch feiern?, fragt er vorsichtig. – Na klar, Freitag. – Und wie finde ich da hin? Er will tatsächlich kommen. Sie hat schon nicht mehr damit gerechnet. Dass außer ihm nur noch zwei Team-Kolleginnen aus der Golf-Mannschaft zugesagt haben, erfährt er schon noch früh genug. Und dass es eine reine Whiskey & Chips Party werden wird, keine Luxus-Veranstaltung, wie er sie gewohnt ist. Er wird kommen, morgen schon – das ist das Wichtigste. Katarina freut sich wie eine Schneekönigin. Doch als er an jenem Freitagabend wie verabredet gegen zehn Uhr abends anrollt, in seinem dicken, pechschwarzen 5er BMW, muss sie zweimal hinsehen, um zu erkennen, dass er es wirklich ist. Er erscheint in Anzug und Krawatte, kommt direkt aus dem Büro. Katarina öffnet die Tür, fällt ihm stürmisch um den Hals. Wie schön, dass du da bist.

Bald sehen sich die beiden fast jedes Wochenende, und weil Thomas mobiler ist, kommt er meist zu ihr. Von München sind es nur rund vier Stunden Autofahrt zu Katarina, die kurz hinter Triest, an der italienisch-slowenischen Grenze lebt. Sie genießen die Unbeschwertheit und Leidenschaft, die sie verbindet. Bis es an einem dieser Liebeswochenenden zur unvermeidlichen Konfrontation mit Sascha kommt. Katarinas Ex hat noch immer einen Schlüssel für die ehemalige

Familienwohnung. Er sieht den schwarzen BMW in der Einfahrt stehen und platzt eines Morgens einfach rein. Du hast einen anderen!, blafft er sie an. Wie konntest du mir das nur antun? Los, sag, wo ist er? Ich will ihn sehen! Katarina, im Bademantel, muss unweigerlich schmunzeln, als sich ein tobender Sascha an ihr vorbei ins Schlafzimmer drängt. Den betrogenen Ehemann spielt, wo er sie doch längst verlassen hat! Da streckt ihm Thomas, bereits angezogen, frank und frei die Hand entgegen. Ich bin Tom, hallo. – Hi, ich bin Sascha. – Wie war's in Spanien? Hast du gut gespielt? Schöner Platz? Katarina atmet auf. Das ist gerade noch mal gut gegangen. Sascha ist nicht ausgetickt.

»Im Grunde ist er ein sehr umgänglicher und durchaus kultivierter Typ«, meint Katarina. Sie hat ihn vor ein paar Wochen das letzte Mal gesehen, da hat er Eva für die Weihnachtsferien zu sich nach Bled in Slowenien geholt. »Sicher, er hat seine Fehler. Aber wer hat die nicht?« Die Scheidung von Sascha sei noch mal ein Tiefpunkt gewesen. Um Geld zu kämpfen, um sich und ihrer Tochter ein Auskommen zu sichern, das war ihr körperlich zuwider. Am liebsten hätte sie sich das alles erspart, sie war ja glücklich, warum sollte man am Status quo etwas ändern? Das schwemmt nur schlechte Erinnerungen an die Oberfläche. Doch sie tut es, fightet vor Gericht – für Eva.

Genau in dieser Phase, sie sind gerade sechs Monate zusammen, kriselt es zwischen ihr und Thomas zum ersten Mal. Katarina mutmaßt, dass sie für seinen Geschmack einfach zu viel Altlasten mit sich herumschleppt. Er liebt sie, das kann sie deutlich spüren. »Aber ich habe einfach nicht zu dem Bild gepasst, das Thomas sich immer von seiner Traumfrau gemacht hatte. Eine ganz normale Münchnerin, die wie er Karriere macht, die gut verdient und von ihm ihr erstes Kind bekommt. Ich dagegen hatte schon eine große Tochter, einen furiosen Exmann und kam zu allem Überfluss auch noch aus dem Ostblock.« Thomas macht keine Anstalten, sie zu sich nach München zu holen, geschweige denn, sie zu heiraten. Nur dann, das wusste er, würde sie eine Aufenthaltserlaubnis bekommen. Er grübelt, wochen- und monatelang. Und erst, als sie ihn massiv bedrängt, weiht er sie in seine Überlegungen ein: »Ich bin nicht der Typ, der so etwas ausprobiert, um dann nach einem halben Jahr zu sagen: Es funktioniert nicht, geh wieder nach Hause. Wenn schon, denn schon«, sagt er zu ihr und grübelt weiter. Katarina ist nicht schlauer als zuvor.

Ein neuer Job in Brüssel gibt ihr die Bestätigung, die sie jetzt braucht. Eine Freundin, die dort lebt und arbeitet, hat alles eingefädelt. Mit ihrem Fremdsprachentalent will sie sich dort zur Kommunikationstrainerin ausbilden lassen und anschließend auf selbstständiger Basis in Slowenien Rhetorik-Seminare für Firmen veranstalten. Die Rechnung geht auf. Das Geschäft läuft besser als erwartet, und das schon nach kurzer Zeit. Derweil wird die Beziehung zu Thomas immer konfuser. Er zieht sich immer mehr zurück, lässt sich nicht mehr bei ihr blicken, nimmt sie nirgends mehr mit hin. Ich habe Stress, meint er nur, wenn sie ihn zwischen zwei Terminen am Telefon erwischt und darauf anspricht. Was wirklich dahinter steckt, kann sie nur mutmaßen. Eine andere Frau, vielleicht. Oder auch nur Frust über das Liebeschaos, in dem sie beide stecken und aus dem sie allein nicht herauskommen. Katarinas Freundin in Brüssel spielt noch einmal Feuerwehr. Unter einem Vorwand lädt sie die beiden zu sich ein, veranstaltet am Abend ein großes Essen mit Freunden. Es wird viel getrunken, gelacht. Und lange nach Mitternacht werden sie beide ins einzige Gästezimmer verfrachtet, in dem – was für ein Zufall – nur ein Ehebett steht. Ihr werdet euch schon irgendwie zusammenraufen, meint die Freundin und zwinkert Katarina verschwörerisch zu.

Sie reden bis in den Morgen. Schließlich haben sie sich seit Wochen nicht gesehen. Aber sonst passiert nichts, keiner von ihnen beiden ergreift die Initiative. Zu viele Verletzungen, zu viel enttäuschte Hoffnungen, zu viel Durcheinander. Ein Labyrinth der Gefühle. Aber immerhin ist der Kontakt wieder hergestellt. Und die Chemie zwischen ihnen ist zweifellos noch da. Eine gute Basis, um noch mal neu anzufangen, wenn sich endlich etwas tut, meint Katarina und stellt ihm ein Ultimatum: Ich will Teil deines Lebens sein, nicht nur die nette Affäre zwischendurch. Du musst dich entscheiden. Entweder bleiben wir zusammen – aber dann richtig –, oder es ist sinnlos.

Zunächst sieht es ganz so aus, als hätte Thomas kapiert, worum es ihr geht. Trotzdem vergehen noch drei Jahre, ehe sich an der Situation tatsächlich etwas ändert. Tausend Ausflüchte, tausend Entschuldigungen, tausend Argumente hat er parat. Alles Mögliche scheint dagegen zu sprechen, warum sie nicht jetzt und hier Nägel mit Köpfen machen sollten. Wir bräuchten eine größere Wohnung, du bräuchtest einen Job, Eva müsste in eine neue Schule ... Also bleibt Katarina erst mal in Slowenien und alles andere wie bisher. Sie konzentriert sich auf ihr Leben, auf die Renovierung ihres Elternhauses und Toms sporadische Besuche.

Was Katarina nicht weiß: Ihr Geliebter ist sich seiner sicher. So sicher wie nie zuvor in seinem Leben. Er will mit Katarina zusammenbleiben. Und er bastelt auch an einer gemeinsamen Zukunft. Doch er ist Stier – und entsprechend stur, wenn es um gravierende Änderungen geht. So wartet er und wartet, auf den ultimativen Moment, die ideale Gelegenheit. Perfektionist, der er ist, muss alles passen. Wenn schon, denn schon. Und weil immer irgendwas dazwischen kommt, wenn es ernst wird, verstreicht so manche Chance ungenutzt. Mal haben sie plötzlich was anderes vor, mal ist einer von beiden krank. Nun, den Ring hat er schon mal. Jetzt muss er ihn nur noch an die Frau bringen.

Ostern 2001. Thomas ist wieder mal in Slowenien, ein paar Freunde sind auch noch da und Katarinas Bruder mit seiner Frau. Auf der Terrasse kocht Ramon Paella, es gibt Bier und Prosecco. Katarina steht in der Küche und wäscht Salat, als Tom reinkommt, ein bisschen unschlüssig herumsteht und verlegen um sie herumstreicht. »Plötzlich fing er an, über die Zukunft zu reden und dass er sich Gedanken gemacht hätte über uns beide. Ich habe mich nicht getraut hochzugucken, so gespannt war ich, was jetzt wohl kommen würde. Da sagt er mit einem Mal: Du, ich könnte mir das ganz gut mit dir vorstellen. Soll das etwa ein Heiratsantrag sein?, habe ich ihn gefragt. Was denkst du?, hat er grinsend entgegnet. Hier, das wollte ich dir noch geben …«

Umständlich holt er den Ring aus der Tasche, steckt ihn Katarina an den Finger und küsst sie, erst ganz zaghaft, dann lang und innig. So innig, dass Katarina ganz weiche Knie bekommt. »Ich war überglücklich in diesem Augenblick. Das war alles, was ich mir gewünscht hatte«, erzählt Katarina. »Meinetwegen hätte es dabei bleiben können.«

Aber Thomas will auf alle Fälle heiraten. Warum nicht am 22. November?, schlägt er vor. Dann müssen wir uns nur ein Datum merken …

Doch der kleine Cameron ist schneller. Vielleicht ist es noch an diesem Osterwochenende passiert, vielleicht auch ganz kurz danach. Jedenfalls wacht Katarina eines Morgens auf, will aus dem Bett springen und zur Arbeit fahren, ein Kommunikationsseminar für eine Versicherung. Da merkt sie, dass ihr speiübel ist. Sie braucht nicht lange zu überlegen, was das bedeutet. Katarina ist schwanger. »Verrückt, nicht? Gerade so, als ob mit Toms Antrag ein Knoten geplatzt wäre«, lächelt sie.

So trauen sie sich schon im Sommer, in Slowenien und in ganz kleinem Rahmen. Weil die Behörden dort bedeutend toleranter sind. Die kirchliche Hochzeit feiern sie ein Jahr später – und legen sie mit Camerons Taufe zusammen. Ein großes Gartenfest, daheim bei Katarina. Mit mehr als hundert Leuten. Ganz easy und relaxt und überhaupt nicht spießig.

Genau so, wie Katarina es sich immer gewünscht hat.

Katja Büllmann

Mit einer Reise fing alles an

Frauen erzählen. 272 Seiten. Klappenbroschur

Es kann in der Idylle eines apulischen Dorfes oder beim Trekking in Südamerika passieren, während eines Sabbaticals in Australien, beim Ayurveda auf Sri Lanka, beim Salsatanzen oder während eines Sprachkurses in Barcelona: Oft genug gibt ein Aufenthalt fern von zu Hause unserem Alltag eine neue Wendung, und manchmal mündet das, was als Kurzreise geplant war, in ein neues Leben. Die Reisejournalistin Katja Büllmann stellt die unterschiedlichsten Lebensläufe vor – Frauen, die sich auf faszinierenden Reisen ganz neu kennenlernten, die dank einer Reise Kraft fanden für den Aufbruch: aus Begeisterung für eine andere Region der Erde, für einen neuen Beruf oder eine große Liebe.

02/1112/01/R

Susanne Fischer
Meine Frauen-WG im Irak

Die Villa am Rande des Wahnsinns. 256 Seiten mit 16 Seiten Farbbildteil. Gebunden

Gemeinschaftsküche, drei Shampoos im Bad, ein Fernseher für alle. Eine ganz normale WG in Hamburg oder Berlin, könnte man meinen stünden nicht die Wächter vor dem Haus, Männer in Pluderhosen mit Schnellfeuergewehren. Und wären da nicht die Muezzins, die fünfmal täglich zum Gebet rufen. Susanne Fischer und ihre WG-Partnerinnen wohnen im Nordirak, im kurdischen Sulimania. Aus den verschiedensten Ländern sind sie gekommen, um irakische Journalisten auszubilden, sie Meinungsfreiheit und unabhängiges Berichten zu lehren. Zu Hause hatten sie eigene Wohnungen, Freunde, Ehemänner. All das haben sie zurückgelassen für ein Leben auf Zeit mit Fremden. Lichtjahre entfernt von der westlich-modernen Welt Frankfurts oder New Yorks werden die Frauen, die daheim vielleicht nie Freundinnen geworden wären, zur verschworenen Gemeinschaft. Denn die Welt vor ihrer Tür ist viel fremder, als sie es sich je sein könnten.

02/1069/01/L

MALIK

Andreas Pröve

Erleuchtung gibt's im nächsten Leben

Eine verrückte Reise durch Indien. 320 Seiten mit 24 Seiten Farbbildteil. Gebunden

Seit seiner ersten Indienreise im Rollstuhl vor 25 Jahren ist Andreas Pröve gebannt von der Spiritualität dieses Landes, in dem Götter einen Rüssel tragen, Ratten so heilig sind wie Kühe und Gurus mit ihrem Penis einen Ziegelstein anheben können. Jedes Jahr brechen Millionen Gläubige auf: Bauern und Handwerker, Busfahrer und Programmierer – in Gewändern, die alle Kastenunterschiede überdecken. Sie opfern Zeit, Geld und ihre Gesundheit; barfuß, auf glühenden Kohlen und Nagelbrettern kommen sie, um zu leiden. Auf ihren Spuren, als Fährtenleser in der Welt der Erleuchtung, durchstreift Pröve die Backwaters an Keralas Küsten und die Kardamomberge, er freundet sich mit Straßenkindern in Mumbai an und verliert sich in jahrtausendealten Tempeln.

02/1110/01/R

Ellen MacArthur

Ich wollte das Unmögliche

Wie ich allein die Welt umsegelte. Aus dem Englischen von Karl-Heinz Ebnet. 351 Seiten mit 13 Schwarzweißfotos und 16 Seiten Farbbildteil. Piper Taschenbuch

»Ich habe 26 000 Seemeilen zurückgelegt, und ich wünschte, es wären noch mal so viele.« Ellen MacArthur hat ihren größten Traum wahrgemacht: Mit nur vierundzwanzig Jahren hat sie das härteste Rennen der Welt geschafft, die Vendée Globe, die Weltumsegelung im Alleingang. In ihrem spannenden Buch schildert sie die Geschichte einer Leidenschaft und ihren persönlichen Weg zum Erfolg.

»Das Buch ist nicht nur eine echte Bereicherung für jeden aktiven Segler, es ist auch die Geschichte einer ungewöhnlichen Frau, die selbst Nichtsegler faszinieren und emotional berühren wird.«
Welt am Sonntag

05/1719/02/L

Favell Lee Mortimer / Todd Pruzan

Die scheußlichsten Länder der Welt

Mrs. Mortimers übellauniger Reiseführer. Herausgegeben und mit einer Einleitung von Todd Pruzan. Aus dem Englischen von Martin Ruben Becker. 256 Seiten mit 28 Abbildungen. Piper Taschenbuch

Von dreckigen Franzosen und tollpatschigen Portugiesen, versoffenen Asiaten und wilden Negern, die Menschen fressen: Obwohl die Bestsellerautorin Mrs. Mortimer (1802–1878) ihr Leben lang nicht aus England hinauskam, schrieb sie doch unbeirrbar Reiseführer. Darin rechnete sie mit der ganzen Welt ab; ihre Bücher wimmeln geradezu vor Vorurteilen. Sie sind überhaupt nicht politically correct – und gerade deshalb hinreißend zu lesen.

»Eine höchst amüsante Sammlung von Boshaftigkeiten.«
Südkurier

05/2320/02/R

Jamie Zeppa

Mein Leben in Bhutan

Als Frau im Land der Götter. Aus dem Englischen von Karina Of. 367 Seiten mit 15 Farbfotos. Piper Taschenbuch

Bhutan – das ist das geheimnisvolle »Land des Donnerdrachens« im Himalaja zwischen Tibet, Indien und Sikkim. Aus purer Abenteuerlust beschließt die Kanadierin Jamie als 24jährige, für zwei Jahre in Bhutan Englisch zu unterrichten. Dort begegnet sie einer vom Tourismus noch unberührten Welt. Sie entdeckt die sensationelle, wilde Schönheit der Natur, die faszinierende buddhistische Religion, die traditionsreiche Kultur mit ihren überwältigenden Klosterburgen und uralten mystischen Bräuchen. Mehr und mehr erliegt sie dem Zauber dieses einzigartigen Landes. Jamies tiefe Zuneigung zu den einheimischen Kindern und ihre Liebe zu dem Bhutaner Tshewang führen schließlich dazu, daß sie für immer bleiben möchte – gegen alle Widerstände … Eine mitreißende Reportage einer mutigen jungen Frau und das bewegende Zeugnis einer großen Liebe zwischen den Kulturen.

05/1079/02/L

Maria Blumencron

Flucht über den Himalaya

Tibets Kinder auf dem Weg ins Exil. 304 Seiten mit 16 Seiten farbigem Bildteil. Piper Taschenbuch

Rund tausend Kinder aus Tibet fliehen jedes Jahr über die eisigen Pässe des Himalaya. Oft können sie kaum noch weiter und kämpfen gegen Schnee, Hunger und Erschöpfung. Ihr Ziel sind die Schulen des Dalai Lama in Nordindien. Dort, so hoffen ihre Eltern, erwartet sie eine bessere, freie Zukunft. Die engagierte Dokumentarfilmerin Maria Blumencron hat sechs Kinder auf ihrer Flucht begleitet. Mit ihrer einfühlsam erzählten Geschichte macht sie zugleich auf die Mißstände im besetzten Tibet aufmerksam.

»Es gibt Bücher, die zerreißen einem einfach das Herz, und wenn sie dann auch noch wie Maria Blumencrons Buch ein Happy-End haben, ist das so wie Weihnachten und Ostern an einem Tag. Ihr Buch setzt starke Emotionen beim Lesen frei: Lachen, Bangen und Hoffen.«

Brigitte

05/1910/02/R